DIE BIBLIOTHEK DES NORDENS

THEODOR STORM

Durch die Stille braust das Meer

AUSGEWÄHLT NACH
THOMAS MANN

| Hoffmann und Campe |

Die Bibliothek des Nordens wurde
zusammengestellt von Vito von Eichborn.

In Kooperation mit

NDR kultur journal

1. Auflage 2006

www.hoca.de

Satz: atelier eilenberger, Leipzig
Gedruckt in Tschechien
ISBN (10) 3-455-40024-8
ISBN (13) 978-3-455-40024-3

HOFFMANN
UND CAMPE

Ein Unternehmen der
GANSKE VERLAGSGRUPPE

INHALT

THOMAS MANN:
»THEODOR STORM«

Es war September 1865, vier Monate nach dem Tode Constanze's, seiner Frau, nach dieser Erschütterung, der wir die durchdringendsten Trauer- und Abschiedsgedichte zu danken haben, welche wohl überhaupt die deutsche Lyrik aufzuweisen hat, daß Theodor Storm in Baden-Baden Iwan Turgenjew besuchte, der dort bei seiner Freundin, der Frau Viardot-Garcia wohnte und an den deutschen Kollegen eine respektvoll-herzliche Einladung hatte ergehen lassen. Zwei Wochen blieb der Dichter von ›Immensee‹ in der Nähe des Autors von ›Erste Liebe‹ und ›Frühlingsfluten‹ und zeigte, trotz der fast entnervenden Traurigkeit jener Gedichte, eine bemerkenswerte Empfänglichkeit für die natürlichen und gesellschaftlichen Reize des Kurortes. Auch blieb er in Fühlung mit dem Russen, sandte ihm später seine Erzählungen auf das Gut bei Moskau, empfing von dort die französische Übersetzung von ›Dunst‹; und wenn es auch kein Austausch war wie der Briefwechsel Storm-Keller, den dieser der Unterhaltung eines Klosterpaters mit seinem benachbarten Konfrater über einen gesprenkelten Nelkenflor ähnlich fand, so hat es mich doch immer gefreut, daß sie einmal beisammen waren, daß sie einander gekannt und einander Freundschaft erwiesen haben, die beiden Meister, zwischen denen der dankbare Aufblick des Jünglings nie wählen mochte, weil sie, verwandt nicht nur durch ihr Jahrhundert, in charakteristisch verschiedenen Sphären etwas Gleichartiges an Gefühl und Form, an Stimmungskunst und Erinnerungsweh repräsentieren. Sie sind, kraft des Nationalen, viel verschiedener als Storm und Keller, dessen goldige Schnurrigkeit doch nur eine andere, volkstümlich-südlichere Abwandlung jenes deutschen Meistertums ist, das auch Storm verkörpert. Aber erweitert man den Vergleichsraum ins Menschlich-Typische, so gewinnen Storm und Turgenjew eine geradezu brüderliche Ähnlichkeit; sie sind ein und dieselbe Figur in zwei Abwandlungen, eines Vaters Kinder gleichsam, geboren von zwei Mutter-Erden.

Zu Anfang unseres Jahrhunderts schrieb ein junger Dichter eine lyrische Novelle, deren Gegenstand der in einer Brust lebendige Widerstreit zwischen bürgerlich-nordischer Gefühlsheimat und der strengen, abenteuerlichen und kalt-ekstatischen Welt der Kunst und des Geistes war. Den Vater seines Helden beschrieb der junge Verfasser als einen »langen«, zur Wehmut geneigten Herrn »mit sinnenden blauen Augen, der immer eine Feldblume im Knopfloch trug«. Er wich mit dieser Beschreibung vom autobiographisch Wirklichen entschieden ab, und dennoch war sie nicht Willkür und bloße Phantasie. Die Figur, die ihm vorschwebte, erstand aus dem Gefühl und Bewußtsein der doppelten kulturellen Herkunft des Werkchens, in das er sie hineinstellte, einer deutsch-heimatlichen und einer mondänen: die Figuren der geistigen Väter seiner Geschichte, Storms und Turgenjews, des »doux géant«, wie die Pariser Freunde den Skythen nannten, verschmolzen ihm zur Vatergestalt des langen, wehmütig sinnenden Weißbartes mit der Feldblume im Knopfloch …

Ich habe sie wieder angesehen, die beiden geist- und kunstbeschwerten Häupter, in denen die Novelle des neunzehnten Jahrhunderts auf einen höchsten Stand ihres Anspruchs und ihrer Vollendung kam. Wirklich, es sind Bruderhäupter, differenziert durch das Klima ihrer Geburt und ihres Talentes. Storm: ein vergeistigter Schifferkopf, etwas schräg gehalten, Wetterfältchen in den Winkeln der zugleich träumerischen und spähenden blauen Augen, die Bitternis hochbedürftiger und skrupulöser Anstrengung um den Mund, typisches Platt-Deutschland, und man hört die etwas dünne, gemütvoll-schwerfällige Sprechweise der ›Heimat‹, diesen Timbre und Tonfall, in dem ein nervöser und klagender Widerstand gegen alles nicht Heimatliche, auch das gleich hinter Husum und Hademarschen beginnende, sich auszudrücken scheint. Turgenjew: slawische Künstlermelancholie, nicht ganz ohne Posiertheit, es fehlt nicht die Stirnlocke, das Auge grau, weich und tief verschwimmend – aber eine Chopin'sche Mondänität des Schmerzes bildet das Fluidum, man spürt Paris, Baden-Baden, Bougival, die Welt, die Gesellschaftsliteratur, europäisches Prosaistentum. Theodor Storm hätte die Verführung des reinen Gefühls durch das abgefeimt Gesellschaftliche, die Bestrickung Ssanins durch Maria Nikolajewna in ›Frühlingsfluten‹, nicht zu schildern gewußt, und auch die elende Komik des Gatten Polosow wäre ihm kaum gelungen. Von seiner Hand konnte kein europäisches Meisterwerk von der Art des Gesellschaftsromans ›Väter und Söhne‹ kommen, worin der geistig-politische Typus des Nihilisten geprägt wurde und das, präzis, virtuos und durchsichtig, von Vollendung umflossen, in einem weiteren und helleren Raume steht als des Holsteiners ernste und spröde, in Nebelfeuchte gehüllte und gegen das Abergläubisch-Mystische nachgiebige Dichtung, der nordheidnische Spuk des ›Schimmelreiters‹. Aber wiederum: es ist hier, eben im ›Schimmelreiter‹, den Storm als Siebzigjähriger, als ein von der Todeskrankheit schon Überschatteter schrieb, zum Schlusse etwas erreicht an Urgewalt der Verbindung von Menschentragik und wildem Naturgeheimnis, etwas Dunkles und Schweres an Meeresgröße und -mystik, das Turgenjew bei aller feinsten Naturempfindlichkeit auch nur anzustreben sich nicht hätte getrauen dürfen. Wer möchte leugnen, daß er als Erzähler und Psycholog die schärferen, leichteren, von Kritik und Satire gelockerten Kunstreize besitzt. Aber die ›Gedichte in Prosa‹ wiegen bei aller Stimmungskraft Storms lyrisches Werk nicht auf, diese Liebes-, Erinnerungs- und Abschiedsgedichte, die auf durchaus zauberhafte Weise bis in jeden Silbenfall durchtränkt sind mit Innigkeit und deren Gefühlsweichheit gebändigt wird von einem Wahrheitssinn, der sie gegen das Sentimentale sichert und das männliche Wesen der Kunst überhaupt beweist.

Ich muß von den Gedichten noch sprechen dürfen. Sie bestimmten zusammen mit ›Immensee‹ das Bild des Dichters, das ich in mir trug, als ich jung war und sein unnachlässig-strenges Wachstum bis ins Alter, diese Überwindung des jugendlich Weichen der Stimmung, und die Entwicklung zum tragischen Charakternovellisten großen Stils, noch nicht in mein Gesichtsfeld fiel. In dieser zehnmal gesichteten und geseihten Lyrik steht Perle fast neben Perle, und es ist darin, auf Schritt und Tritt, eine bebende Konzentrationskraft der Lebens- und Empfindungsaussage,eine Kunst der Formung zum Einfachen, die in bestimmten Fällen unfehlbar immer wieder, so alt man wird und sooft man etwas davon wieder liest oder sich vorspricht, dies Sichzusammenziehen der Kehle, dies Angepacktwerden von unerbittlich süß und wehem Lebensgefühl bewirkt, um dessentwillen man mit sechzehn, siebzehn diesem Tonfall so anhing. Ein französischer Dichter bemerkt einmal, schon das Wort Kunst (art) sei seinem Klange nach fern von Gutmütigkeit und Sanftmut; es sei der Schrei eines niederstoßenden Raubvogels. Es ist wohl wahr, die Lyrik Storms lehrt es, daß Kunst noch in ihrer mildesten, gemüthaft-innigsten Form ein Griff an die Kehle ist ...

Ich will nicht, sosehr es mich versucht, Beispiele, Anführungen geben, denn ich muß meinen Raum schonen und spreche zu Lesern, die im Begriffe sind, sich unmittelbar mit Storms Lebenswerk zu beschäftigen. Es genügt, daß ich ihnen vorhersage, was sie nachher sagen werden: daß nie und nirgends das Menschliche mit durchdringenderer Einfalt und Reinheit ausgesprochen worden ist als in Gedichten wie dem ›Einer Toten‹ oder in ›Spruch des Alters‹ (»Dein jung Genoß in Pflichten –«), in ›Mein jüngstes Kind‹ oder jenem ›Lose‹ überschriebenen, das ein frommeres und unwitzigeres Gegenstück zu dem Heinischen ›Es ist eine alte Geschichte‹ bildet. So mag man in der bewunderungswürdigen zwölfzeiligen Bild-Erzählung ›Eine Fremde‹ die Vorform erkennen zu George's ähnlich, wenn auch härter geformten und dämonischer erfülltem Sechzehnzeiler

›Die Fremde‹. Herrn Walthers Weise klingt an in ›Verirrt‹ (»Ein Vöglein singt so süße«); aber das artifiziell Altertümliche und Volksliedhafte, ein paarmal in der Überschrift angekündigt, tritt weit zurück hinter eine durchaus vorherrschende Modernität und sprachliche Zeitbewußtheit, eine Kulturlyrik persönlichen und unvergeßlichen Klanges, von der wenigstens ein halbes Dutzend Stücke würdig ist, neben dem Höchsten und Reinsten seinen Platz zu nehmen, was Gefühl und Sprache hervorgebracht haben, und vollkommenen Unsterblichkeitscharakter besitzt.

Wo ist der Laut noch einmal und wie könnte er je vergehen, der mit Zauberdichtigkeit durchgeführt ist durch die vier Strophen von ›Abseits‹ mit ihrer weltvergessenen Sommermittagsstimmung, ihrem Duft von erhitzten Kräutern? ›Meeresstrand‹, die Haff und Wattenstimmung im Abendlicht mit den wie Träume im Nebel liegenden Inseln, dem Laut des gärenden Schlammes und einsamen Vogelruf, diesem eintönig-zeitlosen »So war es immer schon« und der geheimnisvoll romantisch getönten Schlußkadenz: die Geschlossenheit, Einfachheit, Getroffenheit des Bildes ist über jedes Lob erhaben – und gleich daneben steht ein anderes kleines Wunder dieser Art: ›Im Walde‹, die sommerzauberversponnene Vision der kleinen Waldfee unter den niederhängenden Zweigen …

Sie sitzt im Thymiane,
Sie sitzt in lauter Duft;
Die blauen Fliegen summen
Und blitzen durch die Luft.
– – – – – – – – – – – – – – – – – – –

Der Kuckuck lacht von ferne,
Es geht mir durch den Sinn:
Sie hat die goldnen Augen
Der Waldeskönigin.

Das ist nicht erzen, es ist aus zartestem Stoff; und doch steht es da für immer.

Zu dieser Rangordnung gehört ›Hyazinthen‹ mit seiner vornehmen Zärtlichkeit, seiner cellomäßig gezogenen Fülle von Empfindung, Schwermut, Liebesmüdigkeit, dem unendlich gefühlssymbolischen Refrain: »Ich möchte schlafen, aber du mußt tanzen«; gehört ›Über die Heide‹ mit dem Rhythmus seines dumpf aus der Erde widerhallenden Wanderschrittes, dem realistischen Akzent seines Schauders und Seufzers der Unwiederbringlichkeit:

Wär' ich hier nur nicht gegangen im Mai!
Leben und Liebe, – wie flog es vorbei!

Und dann ist da ein Zweistropher, den ich immer besonders bewundert habe, weil er mir für das Raffinement der Stormschen Empfindsamkeit unvergleichlich kennzeichnend schien: das Gedicht von der bleichen Frauenhand, die gestehen muß, was der Mund verschweigt.

Die Hand, an der mein Auge hängt,
Zeigt jenen feinen Zug der Schmerzen,
Und daß in schlummerloser Nacht
Sie lag auf einem kranken Herzen.

Welche Distinktion der Beobachtung und Empfindung! Diese »Und daß«-Konstruktion, die zusammen mit dem vorangegangenen Akkusativ von »zeigt« abhängt, hat etwas beinahe Französisches, das mit dem Verfeinerungs-, ja Überfeinerungscharakter des Ganzen aufs eigentümlichste übereinstimmt.

... Wir wollen der Wahrheit die Ehre geben und nichts beschönigen. Der Storm'sche Laut hat recht kümmerlich fortgeklungen in deutscher Dichtung oder dem,was dafür gelten wollte, er hat, man muß das eingestehen, auf eine teilweise erbarmungswürdige Weise Schule gemacht. Von ihm, von seinem »Nun sei mir heimlich zart und lieb« und so weiter, ist viel Läppisches und Nichtiges hergekommen, viel Bürgerwonne und Goldschnittgemüt, das doch bei ihm, an seiner hochgelegenen Quelle, etwas ganz, ganz anderes war. Könnte man ähnlich trübseliger Folgen nicht aber auch das ›Buch der Lieder‹ anklagen? Das Wort »An ihren Früchten sollt ihr sie erkennen« ist ein grausames Wort und ein nichts weniger als unanfechtbares. Man mache, wenn man unerbittlich ist, das Verführerische verantwortlich für nachtreterisches Unheil, zu dem es gegen sein innerstes Wesen Anlaß gab – nur gerade erkennen kann man es nicht daran, und zwar desto weniger, je mehr man es fehlerhafterweise damit zusammensieht. Was von Storm kam, ist nicht Storm; er setzt sich durch Anspruch, Kraft, Feinheit, Präzision, Persönlichkeit, Kunstgetragenheit gegen alles schlaff Bürgerliche ab, das an ihn ›anzuknüpfen‹ meinte, wie er sich eben dadurch, durch sein Künstlertum einfach, schon gegen den spätromantischen Dilettantismus absetzte, von dem seine eigene Zeit wimmelte – und nicht nur gegen diesen, auch gegen das hochbegabte Epigonentum dieser Zeit, auch gegen Geibel, sogar gegen Heyse. Es hat stürmische Lufterneuerungen, Revolutionen gegeben in unserer Literatur, die seine »Früchte« in die Vergessenheit gefegt haben. Er ist ein Meister, er bleibt.

Ich sprach von seiner Heimatliebe, Heimatbefangenheit, Heimatsmanie – dem, was der vergleichsweise weltmännische und großstädtisch-aufgeweecktere Fontane seine »Husumerei«

nannte. Es liegt, um lieblos zu charakterisieren, etwas larmoyant Eigensinniges darin, jene zarte Duckmäuserei, gegen die Goethe's Spruch sich richtet:

In die Welt hinaus!
Außer dem Haus
Ist immer das beste Leben;
Wem's zu Hause gefällt,
Ist nicht für die Welt –
Mag er leben!

Aber der gaskognische Märker, dessen Werk wenigstens mit ›Effi Briest‹ in die Weltliteratur reicht, hat sich trotz eines gelegentlichen Mundverziehens wohl gehütet, über den schwerfälligeren Freund im Sinne dieses »Mag er leben!« zu denken und zu urteilen, und wohl gewußt, was die Dichtung an ihm besaß: Mehr, Höheres, Gültigeres, seiner kritischen Einsicht nach, als an dem eleganteren Heyse, der es übrigens für seine Person an Bewunderung für den Mann von Hademarschen nicht fehlen ließ. Das hohe und innerlich vielerfahrene Künstlertum Storms hat nichts zu schaffen mit Simpelei und Winkeldumpfigkeit, nichts mit dem, was man wohl eine Zeitlang ›Heimatkunst‹ nannte. Die Sprache, zu der das dünne Platt seiner Mundart sich im Werke erhebt und reinigt, scheidet ihn streng von der behaglichen Mesquinität jener Sphäre, sie besitzt die absolute Weltwürde der Dichtung, und das ›Gemüt‹ hat bei ihm noch volle romantische Geistigkeit und Intensität – es ist fern von aller Entartung und Erniedrigung zum Gemütlichen. Um seine Heimatlichkeit ist es etwas dichterisch Sonderbares, der Philister könnte sie hysterisch finden, sie ist wesentlich Sehnsucht, Nostalgie, ein Heim*weh*, das durch keine Realität zu stillen ist, denn sie richtet sich durchaus aufs Vergangene, Versunkene, Verlorene. Er selbst beobachtet:

Liegt eine Zeit zurück in meinem Leben,
Wie die verlorene Heimat schaut sie aus,
Nach der im Heimweh die Gedanken streben.

Das ist es. Es ist gemüthaft oder, wenn man will, sentimental in einem etwas krankhaften Sinn, wenn man die Gleichsetzung von Vergangenheit und Heimat ein wenig krankhaft nennen darf – eine Erscheinung, die übrigens in aller Dichtung sehr häufig ist. Es ist selten, daß Gegenwart und Jugendglück das Gedicht zeitigen. Die Erinnerung daran, das Heimweh danach zeitigen es, und vergebens sieht man sich in Storms Lyrik nach der unmittelbaren Verherrlichung des jugendlichen Maitages um, dem das novemberliche ›Vorbei‹ verherrlichend nachtrauert.

Heitere Jahre,
Glückliche Tage –
Wie Frühlingsfluten
Seid ihr verrauscht!

Das ist der alte Romanzenklang, von dem auch Turgenjews Dichtung lebt. Aber bei Storm gewinnt er zuweilen eine Konzentration entnervenden Charakters und scheint zum Ausdruck eines klagenden Seeleneigensinns zu werden, dem das Gegenwärtige kalte Fremde bedeutet.

Er sagt von ›Immensee‹:

Aus diesen Blättern steigt der Duft des Veilchens,
Das dort zu Haus auf unsern Heiden stand,
Jahraus und -ein, von welchem keiner wußte,
Und das ich später nirgends wieder fand.

Der Tonfall hat in seiner noblen Einfachheit etwas wahrhaft Sinnbenehmendes, Berauschendes, Entkräftendes, und zwar vermöge eben jenes Ineinanderrinnens der beiden Gefühlsideen ›Zu Haus‹ und ›Vergangenheit‹ zum Heidenveilchen-Duft unendlicher Heimweh-Sensitivität. Es ist nichts weiter als schlicht-menschlich, wenn er seine Herzensanhänglichkeit an die »graue Stadt am Meer«, dies armselige Husum in seiner hart eintönigen und melancholischen Nebellandschaft, damit begründet, daß eben doch »der Jugend Zauber für und für« lächelnd auf ihr ruhe. Aber das schlicht Menschliche hört auf und das Geheimnis beginnt in einem Gedicht wie ›Verloren‹, einem Meisterstück übrigens auch technisch, in einem Atem wunderbar zu Ende gesprochen, das anhebt:

Was Holdes liegt mir in dem Sinn,
Das ich vor Zeit einmal besessen;
Ich weiß nicht, wo es kommen hin,
Auch, was es war, ist mir vergessen …

und endet:

In grünem Schatten lag der Ort –
Wenn nur der weite Raum nicht trennte,
Wenn ich nur dort hinüberkönnte,
Wer weiß! – vielleicht noch fänd' ich's dort.

»Wenn ich nur dort hinüberkönnte!« Das ist der Gipfel der ›Husumerei‹, es hat mit der Scholle kaum noch etwas zu tun, es ist Gemüt in Reinkultur und im Zustande äußerster Sublimierung, Heimweh als Transzendenz, das Heimatsmysterium. Ich betone die sensitive Vergeistigung, den Extremismus seiner Gemüthaftigkeit so sehr und spreche sogar von leichter Krankhaftigkeit, um nichts auf ihn kommen zu lassen, was auf Bürgernormalität oder -sentimentalität, auf seelisches Philistertum hinausliefe, weil nämlich Fontane von »Provinzialsimpelei« gesprochen hat. Es ist nichts Rechtes damit, es stimmt nicht. Das Element des Abenteuerlichen, Exzentrischen, Unregelmäßigen, Norm- und Glückswidrigen, das zur künstlerischen Konstitution gehört, ist bei ihm vielleicht fühlbarer als bei dem liebenswürdig korrekten Fontane. Korrekt gerade ist eigentlich nichts bei Storm – als so begehrenswert ihm selbst das Bild des gemütvoll Korrekten möge vorgeschwebt haben und so versucht und bemüht er gewesen sein mag, sein Leben und Wesen nach diesem Wunschgebilde zu stilisieren. Da ist zum Beispiel die Familie, das Heim – Kern und Herz der Heimat. Storm liebte es, er hielt die größten Stücke darauf, das Familienleben, das sind nach seinem Ausdruck »die heiligsten Tiefen seiner Seele«, und im Briefwechsel mit literarischen Freunden, zum Beispiel mit Gottfried Keller, wird er nicht müde, den Partner mit Lobpreisungen seiner Häuslichkeit, mit frommen Schilderungen von Teestunden, Geburtstagen, Weihnachts- und Silvesterfeiern zu regalieren – auf die Gefahr hin, die er nicht sieht, daß den weinseligen alten Hagestolzen in Zürich das alles fürchterlich langweilt. Und wie steht es im Grunde um das Idyll? Sehr gut zweifellos. Seine Cousine Constanze Esmarch, die er mit neunundzwanzig Jahren als junger Rechtsanwalt geehelicht hatte, war ihm eine vorzügliche Frau, eine geduldige vor allen Dingen – denn er war als Gatte, wie schon als Bräutigam, ein großer Erzieher und Schulmeister, der durchaus ihrer Segeberger Mädchenschulbildung aufhelfen wollte, um wahre Geistesgemeinschaft zu erzielen – und eine nachsichtige und verstehende, denn es gab allerlei nachzusehen und zu verstehen, und gewiß war es undankbar und ungerecht, wenn er ihr eines Tages schrieb: »Du lehrst es mich langsam, aber gründlich, daß man sein Herz an keinen Menschen hängen soll.« Dabei war es eingestandenermaßen nie leidenschaftliche Liebe gewesen, was ihn mit ihr verbunden hatte. »Meine und Constanzes Hände«, schreibt er nach ihrem Tode, der ihm einige seiner ergreifendsten Gedichte eingegeben, »waren mehr im stillen Gefühl der Sympathie ineinander liegengeblieben... Das wäre alles noch schön und gut, aber die Leidenschaft für die Lebende brach über mich herein, als die Verstorbene noch mein Weib war.« Wer ist diese Lebende, die ein einziges Jahr nach Constanze's Hingang seine zweite Frau wird? Sie heißt Dorothea Jensen und kommt eines Tages während seiner Brautzeit, als dreizehnjähriges Mädchen, eine feine zarte Blondine, zusammen mit seiner Schwester Cäcilie auf sein Zimmer, wobei er mit Betroffenheit gewahr wird, daß dies Kind ihn liebt und daß sie auch ihrerseits ›einen eigentümlichen Reiz‹ auf ihn ausübt.

Dieser eigentümliche Reiz, einem Bräutigam als Sensation nicht ganz zukömmlich, erinnert an eine erotische Episode seiner Studentenzeit, da er sich in einem Hamburger Hause auch schon in ein Kind, ein noch jüngeres, in die zehnjährige Berta von Buchau, verliebt und der Kleinen, die übrigens nicht viel von ihm wissen will und als Fünfzehnjährige seine »todesbange« Werbung abweist, einen jahrelangen poetischen Kultus widmet. Diese Kinderliebe erscheint jedenfalls nicht ganz korrekt. Junge Leute pflegen sich eher in reife Frauen als in Zehnjährige zu verlieben. Aber wir haben es mit einem Dichter zu tun, und – »bei jenem Kinde«, bei der allmählich erblühenden Do also, die nach seiner Heirat oft ins Haus kommt, »da war jene berauschende Atmosphäre, der ich nicht widerstehen konnte«. Constanze weiß es. Sie weiß auch von der Liebe der kleinen Jensen zu ihrem Mann und benimmt sich bewundernswürdig – viel besser eigentlich als er, der nicht einmal in der Treulosigkeit treu ist und aus Egoismus, gemütvoll eingewöhnt in sein leidenschaftsloses Ehe-Idyll, die eigentlich Geliebte, die fern von ihm, entsagend, allein »und oft in drückender Abhängigkeit« verblüht und verblutet, völlig vergißt und keinen Gedanken, auch keinen gewöhnlicher menschlicher Teilnahme, mehr für sie hat. Constanze hat solche Gedanken statt seiner. Sie ist es, die sich um die arme Do kümmert; sie macht Versuche, sie in ihr Haus zu ziehen, sie läßt sie sich bei ihr ausweinen, und sie selbst bestimmt noch in gesunden Tagen Dorothea zur zweiten Frau ihres rauschempfänglichen, aber vergeßlichen Mannes.

Er hat unendlich an Constanze gehangen und Dorothea unendlich an ihm; sie hat wirklich »von allen Menschen nur einzig ihn gewollt«, dessen Gefühl für sie eingeschlafen ist, aber wieder erwacht, oder zu erwachen glaubt, als er frei ist. Ist nicht auch Dorothea gewissermaßen das Vermächtnis der Seligen an ihn? Er »kann es nicht ertragen«, daß das Leben weitergeht, unachtsam, vergeßlich, während die Mondesstreifen in ihre Gruft, zu ihrem Sarge hinunterweben; aber sehr lange Witwer zu sein, das kann er auch nicht ertragen; es ist nur die knappe Anstandsfrist, nach deren Ablauf er sich mit Dorothea Jensen vermählt und sich von ihr zu den sieben Kindern, die er von der Segebergerin hat, mit einem achten beschenken läßt.

Ist diese Ehe ebenso sonnig-heimwohlig wie die erste? Sie weist die Unvollkommenheiten des Irdischen auf. Norddeutschsinnige Teestunden, Geburtstagsfeiern und Weihnachtsabende bringt auch sie wieder mit sich; aber wenn über jener die Schatten eingeschlafener Leidenschaften lagen, so war diese von schlechtem Gewissen beschattet, es gab »quälende Dissonanzen« darin, wie die Biographie sich ausdrückt, als Folge des Vorangegangenen, und Dorothea wäre fast trübsinnig geworden, weil Theodor nicht erlauben will, daß die Kinder sie »Mutter« nennen: sie heißt »Tante Do«. Dann ist da der älteste Sohn…

Storm liebte diesen seinen Hans von ganzer Seele. »Fein und brunnentief« nennt er den Kleinen, »ein echtes Poetenkind«. Dann aber treten »Sonderbarkeiten« hervor, zuweilen »recht schroff«, und es kommt der Abend, wo der Vater seinen hübschen schlafenden Knaben betrachtet, die unheimliche Frage im Herzen, ob nicht ein keimender Wahnsinn in ihm sei. Das Poetenkind wird ein Säufer. Der Fall ist hoffnungslos, lebensunmöglich; »blutvergiftendes Entsetzen« erfaßt den Vater, der bald begreift daß »nur der Tod hier das Ende sein kann«. Es ist die Tragik, über die er oft nachgedacht und über die er oft gesprochen hat. Sein Begriff des Tragischen war modern, nicht philologisch-antikisch. Er wollte von Schuld und Buße, besonders von eigener Schuld des ›Helden‹, nichts wissen. »Wir büßen«, sagte er, »im Leben viel öfter für die Schuld der Allgemeinheit, wovon wir ein Teil sind, für die der Menschheit, des Zeitalters, des Standes … für die Schuld der Vererbung, des Angeborenen und für die entsetzlichen Dinge, die daraus hervorgehen, gegen die wir nichts vermögen, für die unüberwindlichen Schranken usw. Wer im Kampfe dagegen unterliegt, das ist der echte tragische Held.« – Nun, von Vererbung kann bei dem armen Hans nicht wohl die Rede sein. Sein Vater war kein Trinker, sondern ein Poet mit unwiderstehlicher Neigung zu gewissen berauschenden Reizen, ein Dichter, der in einer Erzählung von wunderbar ernster und unerbittlicher Schönheit, ›Carsten Curator‹, dem Elend des Sohnes und dem beklommenen Vatergewissen ein ergreifendes Denkmal gesetzt hat. Dichtertum ist die *lebensmögliche* Form der Inkorrektheit.

Die Einzelheiten von Storms Biographie sind in jedem Konversationslexikon zu finden. Ich begnüge mich damit, das Bild seines Wesens, das ich hier angelegt, durch einige weitere Züge zu vervollständigen.

Von seinem Gemüt sprach ich schon viel. Revers und Zubehör dieser Gemüthaftigkeit ist seine Sinnlichkeit. Gemüt und Sinnlichkeit gehören zusammen, sie sind im Wesen dasselbe: Gemüt, das ist sozusagen Sinnlichkeit mit blauen Augen, die zum Feuchtwerden neigen. »Ich bin eine stark sinnliche, leidenschaftliche Natur«, erklärt er mit einem gewissen Stolz, wobei die beiden Umstände ins Gewicht fallen, daß er den Brief, worin es steht, seiner Nichte, einem Fräulein Helene, in die Feder diktiert und daß er obendrein schon sechsundfünfzig Jahre alt dabei ist. Seine Sinnlichkeit äußert sich nicht nur als innige Naturverbundenheit, vegetative Sympathie, sie tritt auch in seinen Liebesgedichten, teils hell und freudig, teils als beklommene Süße und Schwüle, das Sündige poetisierend, auf recht bürgerliche Weise hervor.

Sie war doch sonst ein wildes Blut;
Nun geht sie tief in Sinnen,
Trägt in der Hand den Sommerhut
Und duldet still der Sonne Glut
Und weiß nicht, was beginnen.

Das ist eine Probe seiner besonderen Kunst, sinnliches Erblühen zu malen, ein Bild, hervorgegangen aus tieferer Erregung, als seine volkstümliche Schlichtheit verraten möchte. Es ist die Erregung, die ihn für die Holdheit erliegender Scham so vibrierend dringliche Worte finden läßt:

Du fühlst, wir können nicht verzichten;
Warum zu geben, scheust du noch?
Du mußt die ganze Schuld entrichten,
Du mußt, gewiß, du mußt es doch.

Die Dankbarkeit des Alternden für eine letzte späte Heimsuchung durch Glück und Rausch ist niemals mit einfacherer Kraft verkündigt worden als in jenem ›Noch einmal‹, worin das verherrlichende Symbol der »roten Rose Leidenschaft« erscheint. Das tödlich Ausweglose und Verhängnishafte, das ratlos Bedrängende der Liebe –

Warum duften die Levkoien so viel schöner bei der Nacht?
Warum brennen deine Lippen so viel röter bei der Nacht?

– das hoffnungslos Bußfertige des verwehrten Gefühls:

Du stehst am Herd in Flammen und Rauch,
Daß die feinen Hände dir sprangen;
Du hast es gewollt, ich weiß es wohl,
Weil mein Auge daran gehangen...

– dies alles ist in reinen und unvergeßlichen Prägungen ausgedrückt in Storms Lyrik; und wenn die Empfindung das Gepräge des Sündhaften, Verfemten trägt, wie in ›Geschwisterblut‹ mit seinem

... daß wir beisammen sind,
Mein Bruder, will nicht taugen...

so dient auch das im Grunde einer romantisch tieferen Verherrlichung der Leidenschaft, derselben Bejahung eigentlich, die mit keineswegs noch romantischem, vollendet unchristlichem Jubel aus den Zeilen bricht:

Wer je gelebt in Liebesarmen,
Der kann im Leben nie verarmen;
Und müßt' er sterben fern, allein,
Er fühlte noch die sel'ge Stunde,
Wo er gelebt an ihrem Munde,
Und noch im Tode ist sie sein.

Wirklich ist in Storm ein Zug – und ein sehr starker – nordgermanischen Heidentums, der sein unbürgerlich freies und positives Verhältnis zum Sinnlichen über das künstlerisch Konstitutionelle hinaus erklärt und ebenso stark mit jenem Verhältnis zusammenhängt wie mit seiner Stammesheimatliebe. Man muß bedenken, daß er einer spät und oberflächlich christianisierten Sphäre entstammt, die das Religiöse eigentlich nur als Sippenpietät und Totenkult (»Denn die Toten gehörten mit dazu«) kennt, diesem friesischen Thule, das der mittelmeerischen Heimat des Jesus-Glaubens am nebelhaftfernsten liegt und, möge es sich auch mit dem Munde und selbst seinem Bewußtsein nach zu ihm bekennen, seine Wurzeln zäh und brauchtreu im Ur-Heidnischen hat. Das Kind bekam, so sonderbar es klingt, zu Hause vom Christenglauben kaum etwas zu hören. Der Mann hat nie christlich geglaubt; in dem Gedicht ›Cruzifixus‹ hat er dem Kreuzeszeichen eine Antipathie bewiesen, die an Mephisto's Worte erinnert:

Ich weiß es wohl, es ist ein Vorurteil,
Allein genug, mir ist's einmal zuwider…

und schon als Sechsundvierzigjähriger trug er, in Versen von sehr entschiedenem Ausdruck, Sorge dafür, daß der Priester seinem Sarge fernbleibe, denn es schicke sich nicht, daß dem, was er gewesen, Protest gepredigt werde, während er im Bann des Schweigens ruhe. Den Auferstehungsglauben, so vertraut er durch seine vegetationsmythische Herkunft dem Naturliebenden hätte sein dürfen, hat er beharrlich abgelehnt, auch in Stunden, wo die Versuchung, sich ihm hinzugeben, am größten sein mußte, wie nach dem Tode seiner Frau:

Da diese Augen nun in Staub vergehen,
So weiß ich nicht, wo wir uns wiedersehen.

Aus dieser Verschmähung eines unglaubwürdigen Trostes spricht gewiß auch Zeitliches, die pessimistische Tapferkeit seiner Epoche, der naturwissenschaftliche Materialismus des neunzehnten Jahrhunderts. Doch liegt das mehr an der Oberfläche. Tiefer darin steckt das nordstämmige Heidentum, das ihn natürlich auch ein bißchen zum Antisemiten macht – nicht bewußt und grundsätzlich; dem standen seine Bildung und Menschlichkeit, die Liberalität seines Jahrhunderts und persönliche Erfahrungen entgegen –, aber regungsweise und instinktiv. Es ist bezeichnend, daß der Holsteiner damit bei dem Alemannen Gottfried Keller nicht das geringste Verständnis findet. Storm hat sich über eine respektlose Äußerung des hervorragenden Ägyptologen und schlechten Poeten Georg Ebers über die Kunstform der Novelle geärgert und schilt in seinem Brief an Keller über den »von der Menge und seinen Stammgenossen, den Juden, auf den Thron Gehobenen«, worauf Keller kühl erwidert, von Ebers' Judentum wisse er nichts, im übrigen aber brauche es keine Juden, daß Dummheiten gesagt würden, auf jeden vorlauten und schreienden Juden kämen zwei dergleichen Christen. Ich erzähle das, um den Unterschied in der natürlichen Psychologie zweier Sphären zu kennzeichnen. Es ist gut, sich die seelischen Zusammenhänge sachlich klarzumachen: derjenige von nordblonder Heimatlichkeit und Antisemitismus ist unverbrüchlich, ganz zuletzt versagt er selbst nicht in einem persönlichen Falle höchster musischer Verfeinerung – wie sehr auch der Züricher sich darüber gewundert haben mag.

Er fand noch mehr Verwunderliches in der Natur seines nördlichen Freundes, zum Beispiel eine Neigung zum Aberglauben und Gespensterwesen, die auch ein Zubehör seiner Vorchristlichkeit war und dem helleren, härteren, südlicheren Sinn Meister Gottfrieds unbegreiflich schien, ihm Anlaß zu künstlerischem Tadel gab. Eine Novelle wie ›Renate‹ gefiel ihm im Grunde nicht; man lese sie, um das zu verstehen, – weder die Hexengeschichte noch der Auszug der Ratten war nach seinem Geschmack, und noch weniger war es, im bewunderungswürdigen Fall des ›Schimmelreiters‹, die zweideutige und unter dem Gesichtspunkt vernünftiger Selbstbeherrschung unzuverlässige Stellung des Dichters zu den spukhaften Elementen der Geschichte, – dies stimmungsvolle Versteckspiel im Nebel, das Keller als geistig und künstlerisch unerlaubt empfand. Was wollte er? Das ist der Norden, ist gemüthafte Nachgiebigkeit gegen heidnischen Volksglauben, die dem aufgeklärt-ungläubigen Sohn des neunzehnten Jahrhunderts freilich widerspruchsvoll genug zu Gesicht steht. Aber die nachchristliche Aufklärung schützt wenig vor Aberglauben, wenn man die christliche übersprungen hat.

Die volksheidnische Dichtersympathie Storms mit dem Spukhaften und Gespenstischen, dem er immer eine gewisse Realität zugesteht, äußert sich sehr stark und bestimmend in seiner Novellistik: ›Renate‹ nannten wir schon, aber auch ›Im Nachbarhause links‹ mit dem eigentümlich lichtlosen und grausigen Charakter der alten Jansen gehört dahin, und oft waren es sonderbare, alte ›Tröster‹ von Chroniken und unchristlichen Schmökern, aus denen er Stoff und Stimmung zu seinen Geschichten zog. In seiner Jugend ließ er eine Sammlung Spuk-Anekdoten drucken, die er dann freilich von den Gesammelten Werken ausschloß. Aber das Vergnügen daran, zur sinnigen Teestunde dergleichen zu erzählen, blieb ihm bis ins Alter. In seinen Gedichten ist ein Zug des Geisterhaften, das eine Verfeinerungsform des Abergläubischen darstellt und sich dem Spiritistischen nähert. ›O bleibe treu den Toten‹ ist solch ein Gedicht, bewundernswert durch die suggestive Zartheit, mit der es das tonlose Lallen der Abgeschiedenen erhorcht und für ihr banges Mühen, über die »zerfallene Brücke« ein Liebeswort herüberdringen zu lassen, ein zärtlich-schauriges Mitleid weckt. ›Es ist ein Flüstern in der Nacht‹ gehört ebenfalls dieser sensitiven Sphäre an.

Ich fühl's, es will sich was verkünden
Und kann den Weg nicht zu mir finden.

Dies rührend-unheimlich simplifizierende »Was« ist sehr echt.

Sind's Liebesworte, vertrauet dem Wind,
Die unterwegs verwehet sind?
Oder ist's Unheil aus künftigen Tagen,
Das emsig drängt sich anzusagen?

Wie gut und getroffen ist dieses »emsig!« Nicht weniger als die Mischung aus religiösem und organischem Geheimnis in den Schlußzeilen des Gedichtes, das die Sterbestunde seiner Frau schildert:

Der Atem Gottes wehte durchs Gemach,
Dein Kind schrie auf, und dann warst du hinüber.

Keller schrieb ihm, die Zugeständnisse ans Mystische im ›Schimmelreiter‹ drohten das klare Bild der bewußt und verantwortlich handelnden Personen zu trüben. Das ist Humanismus, und Keller konnte sicher sein, daß ein Appell dieses Sinnes den Freund nicht unzugänglich finden werde. Das Abergläubische ist nur eine Erscheinungsform des Unglaubens, und nicht die ernsteste. Im Grunde ist Storms Unchristlichkeit humanistischen Charakters, man findet in seinem Werk und Leben alle Ingredienzien humanistischer Überzeugung und Haltung: den ästhetischen Stolz, der das Gute nicht um jenseitiger Hoffnungen, um des Lohnes und der Vergeltung willen, sondern aus Menschenanstand ehrt und liebt; die vertrauende Sinnlichkeit, von der ein so reizendes, freies und heitres kleines Werk wie ›Psyche‹ antikisch beseelt ist; und endlich jene Skepsis, die Bildung und Männlichkeit auf eine nur dem Humanismus eigene

Weise vereinigt. »Der Zweifel in ehrlicher Männerfaust«, hat er gesagt, »der sprengt die Pforten der Hölle.« Nichts kann humanistischer sein. Und die Männlichkeit des entschiedenen Unglaubens, der aus den Zeilen spricht:

Schlug erst die Stunde, wo auf Erden
Dein holdes Bildnis sich verlor,
Dann wirst du niemals wieder werden,
So wie du niemals warst zuvor...

Sie finden sich wieder in seinem ganzen Wandel als ein Zug von aufrechter Wackerkeit, der vielleicht der schönste, erziehlichste seines Wesens ist.

Der Eine fragt: Was kommt danach?
Der Andre: Ist es recht?
Und also unterscheidet sich
Der Freie von dem Knecht.

Diese sublimierende Übertragung eines altgermanisch sozialen Verhältnisses ins Moralische ist echter Storm. Er war ein Freier – trotz aller Weichheit und Sensibilität seiner Natur ein Mann der trotzigen Stirn, wie sich zu Anfang der fünfziger Jahre erwies, als Husum dänisch geworden war und rings um ihn her alles den Fremden diente, er aber, unfähig, sich anzupassen, den Staub der Heimat von den Füßen schüttelte und nach Preußen ging. Wir verdanken dieser Selbstexilierung aus Heimatliebe jenes bewunderungswürdige Abschiedsgedicht, dessen Schlußstrophen, bebend von Herzensüberzeugung, der reinste und bezwingendste Ausdruck sind, den deutsches Vaterlandsgefühl je gefunden hat. Seinen Söhnen schrieb er, aus ebendieser Gesinnung freier und aufrechter Menschlichkeit, Merkreime, deren pädagogische Schlagkraft außerordentlich ist. Ich will bezeugen, wie mir, als ich ein Knabe war, der Spruch ins Blut gegangen ist:

Was du immer kannst, zu werden,
Arbeit scheue nicht und Wachen;
Aber hüte deine Seele
Vor dem Karriere-Machen.

Es wird immer Jugend geben, die diese Lehre als erlösendes Wort empfinden und als das ihr Gemäße mit Sohnesdankbarkeit ans Herz nehmen wird.

Daß seine Männlichkeit nicht stumpfer Art war, braucht nicht gesagt zu werden. Der Tod, dessen glaubenströstliche Beschönigung er ablehnte und der ihm das Ende sans phrase bedeutete, dies Unentrinnbare, das schwebende Schwert, der Zoll, den wir für das nicht Gewollte, unsere Geburt, unweigerlich zu entrichten haben, beschäftigte und verdüsterte seine Gedanken von früh an und alle Zeit – man kann von Hypochondrie, von Gemütskrankheit reden. Er sagte wohl im Vers, daß er ruhig erwarte, was jene dunkelste Stunde bescheren werde, denn die Vernichtung sei »auch was wert«. Aber mit dieser Ruhe war es nicht viel, und von dem Abgrund des Nichts wehte ein Schauder zu ihm hin, für den er wahrscheinlich nicht eine Stunde seines Lebens unempfindlich gewesen ist. Wenige Dichter haben dem frühesten Todesgefühl, der ersten Einsicht ins Sterbenmüssen, diesem leisen und doch nicht mehr zu verleugnenden Angerührt- und Getroffensein, einen so unheimlich zarten und genauen Ausdruck gegeben wie dieser in den drei Strophen vom ›Beginn des Endes‹. Ein anderes Gedicht, reimlos, gelöst, erschütterungsvoll, geschrieben offenbar in einem wahren Anfall von Vernichtungsgrauen, beschreibt den Tod als die Erschöpfung an Leben und Hoffnung, als ein Hinstürzen am Wege – und die alte ewige Nacht begräbt uns nach allem Ringen, Kämpfen, Fürchten, Hoffen, »samt allen Träumen der Sehnsucht«, mit jener stummen Barmherzigkeit, die das Allerschauerlichste, dabei aber die Wahrheit ist, denn alles andre sind Träume des Lebens. »Daß man am Ende einsam verweht und verlorengeht«; »Die Angst vor der Nacht des Vergessenwerdens, dem nicht zu entrinnen ist«, er durchfühlt, durchkostet, durchdringt das immer wieder, kleidet es in Hausvaterworte, wenn er, wie oft, mit den Seinen darüber spricht und sagt: »Daß ich nichts mehr werde von euch wissen, nicht mehr für euch sorgen dürfen, das ist schrecklich!«

Es sind Dichterängste. Wenn der Tod immer dasselbe ist, so bedeutet er doch nicht immer dasselbe, er hat ungleiches metaphysisches Gewicht. Schon die Frau stirbt ideell leichter als der Mann, denn sie ist mehr Natur als er und weniger Individuum. Die Kunst nun gar ist das stärkste Mittel zur Bewußtmachung und Verwirklichung des Ich; geht sie mit pessimistischen Überzeugungen, mit humanistisch-naturwissenschaftlichem Heidentum Hand in Hand und ist das Ich nicht hochgemut genug, wenigstens eine Unsterblichkeit mit aristokratischer Auswahl zu statuieren, wie Goethe, so steht es schlimm um die Erträglichkeit des Todesgedankens. Aber es handelt sich eben wohl nur um den Gedanken; die Wirklichkeit des Todes tritt am Ende wohl einen wie den andern an, das dumpfe wie das zeitweise hochverwirklichte Ich; Grauen und Ängste gehen vorüber, und schließlich heißt es meistens in friedlicher Zweideutigkeit und Halbverblendung: »Nun will ich schlafen.«

Storm wurde fast einundsiebzig. Seine Todeskrankheit war das Marschenübel, das in eine seiner stärksten Erzählungen ›Ein Bekenntnis‹, verhängnisvoll hineinspielt, der Krebs, und zwar der Magenkrebs. Er gab den Großartigen und verlangte »Klarheit« von seinem Arzt, unter Männern. Als aber der ihm reinen Wein eingeschenkt hatte, fiel er zusammen und überließ sich tiefster Schwermut, so daß alle sahen, er würde den ›Schimmelreiter‹, das Höchste und Kühnste, woran er sich je gewagt, nicht vollenden. Sie sagten: »Kinder, das geht nicht«, und beschlossen, den alten Dichter, der künstlerisch in einer taciteisch-germanischen sera juventus stand, aber seine Männlichkeit überschätzt hatte, wohltätig zu belügen. Sein Bruder Emil, der Arzt war, tat sich mit zwei Kollegen zusammen, und es gab ein Humbug-Konsilium, worauf die Wissenschaft erklärte, das sei alles Unsinn und keine Rede von Krebs, die Magenbeschwerden seien ganz harmloser Art. Storm glaubte es sofort, schnellte empor und hatte einen vorzüglichen Sommer, in dessen Verlauf er mit den guten Husumern seinen siebzigsten Geburtstag sinnig-fröhlich beging und außerdem den ›Schimmelreiter‹ fortführte und siegreich beendete, diese mächtige Erzählung, mit der er die Novelle, wie er sie verstand, als epische Schwester des Dramas, auf einen seither nicht wieder erreichten Gipfel führte.

Ich wollte das zum Schlusse erzählen. Das Meisterwerk, mit dem er sein Künstlerleben krönte, ist ein Produkt barmherziger Illusionierung. Die Fähigkeit, sich illusionieren zu lassen, kam ihm aus dem Vollendungs- und Lebenswillen des außerordentlichen Kunstwerks.

IMMENSEE

DER ALTE

An einem Spätherbstnachmittage ging ein alter wohlgekleideter Mann langsam die Straße hinab. Er schien von einem Spaziergang nach Hause zurückzukehren; denn seine Schnallenschuhe, die einer vorübergegangenen Mode angehörten, waren bestäubt. Den langen Rohrstock mit goldenem Knopf trug er unter dem Arm; mit seinen dunklen Augen, in welche sich die ganze verlorene Jugend gerettet zu haben schien, und welche eigentümlich von den schneeweißen Haaren abstachen, sah er ruhig umher oder in die Stadt hinab, welche im Abendsonnendufte vor ihm lag. – Er schien fast ein Fremder; denn von den Vorübergehenden grüßten ihn nur wenige, obgleich mancher unwillkürlich in diese ernsten Augen zu sehen gezwungen wurde. Endlich stand er vor einem hohen Giebelhause still, sah noch einmal in die Stadt hinaus und trat dann in die Hausdiele. Bei dem Schall der Türglocke wurde drinnen in der Stube von einem Guckfenster, welches nach der Diele hinausging, der grüne Vorhang weggeschoben und das Gesicht einer alten Frau dahinter sichtbar. Der Mann winkte ihr mit seinem Rohrstock. »Noch kein Licht!« sagte er in einem etwas südlichen Akzent; und die Haushälterin ließ den Vorhang wieder fallen. Der Alte ging nun über die weite Hausdiele, dann durch einen Pesel, wo große Eichschränke mit Porzellanvasen an den Wänden standen; durch die gegenüberstehende Tür trat er in einen kleinen Flur, von wo aus eine enge Treppe zu den oberen Zimmern des Hinterhauses führte. Er stieg sie langsam hinauf, schloß oben eine Tür auf und trat dann in ein mäßig großes Zimmer. Hier war es heimlich und still; die eine Wand war fast mit Repositorien und Bücherschränken bedeckt; an der anderen hingen Bilder von Menschen und Gegenden; vor einem Tische mit grüner Decke, auf dem einzelne aufgeschlagene Bücher umherlagen, stand ein schwerfälliger Lehnstuhl mit rotem Sammetkissen. – Nachdem der Alte Hut und Stock in die Ecke gestellt hatte, setzte er sich in den Lehnstuhl und schien mit gefalteten Händen von seinem Spaziergange auszuruhen. – Wie er so saß, wurde es allmählich dunkler; endlich fiel ein Mondstrahl durch die Fensterscheiben auf die Gemälde an der Wand, und wie der helle Streif langsam weiter rückte, folgten die Augen des Mannes unwillkürlich. Nun trat er über ein kleines Bild in schlichtem schwarzem Rahmen. »Elisabeth!« sagte der Alte leise; und wie er das Wort gesprochen, war die Zeit verwandelt – *er war in seiner Jugend.*

DIE KINDER

Bald trat die anmutige Gestalt eines kleinen Mädchens zu ihm. Sie hieß Elisabeth und mochte fünf Jahre zählen; er selbst war doppelt so alt. Um den Hals trug sie ein rotseidenes Tüchelchen; das stand ihr hübsch zu den braunen Augen.

»Reinhard!« rief sie, »wir haben frei, frei! Den ganzen Tag keine Schule und morgen auch nicht.«

Reinhard stellte die Rechentafel, die er schon unterm Arm hatte, flink hinter die Haustür, und dann liefen beide Kinder durchs Haus in den Garten und durch die Gartenpforte hinaus auf die Wiese. Die unverhofften Ferien kamen ihnen herrlich zustatten. Reinhard hatte hier mit Elisabeths Hilfe ein Haus aus Rasenstücken aufgeführt; darin wollten sie die Sommerabende wohnen; aber es fehlte noch die Bank. Nun ging er gleich an die Arbeit; Nägel, Hammer und die nötigen Bretter lagen schon bereit. Währenddessen ging Elisabeth an dem Wall entlang und sammelte den ringförmigen Samen der wilden Malve in ihre Schürze; davon wollte sie sich Ketten und Halsbänder machen; und als Reinhard endlich trotz manches krumm geschlagenen Nagels seine Bank dennoch zustande gebracht hatte und nun wieder in die Sonne hinaustrat, ging sie schon weit davon am anderen Ende der Wiese.

»Elisabeth!« rief er, »Elisabeth!« Und da kam sie, und ihre Locken flogen. »Komm«, sagte er, »nun ist unser Haus fertig. Du bist ja ganz heiß geworden; komm herein, wir wollen uns auf die neue Bank setzen. Ich erzähl' dir etwas.«

Dann gingen sie beide hinein und setzten sich auf die neue Bank. Elisabeth nahm ihre Ringelchen aus der Schürze und zog sie auf lange Bindfäden; Reinhard fing an zu erzählen: »Es waren einmal drei Spinnfrauen ...«

»Ach«, sagte Elisabeth, »das weiß ich ja auswendig; du mußt auch nicht immer dasselbe erzählen.«

Da mußte Reinhard die Geschichte von den drei Spinnfrauen steckenlassen, und statt dessen erzählte er die Geschichte von dem armen Mann, der in die Löwengrube geworfen war. »Nun war es Nacht«, sagte er, »weißt du. Ganz finstere, und die Löwen schliefen. Mitunter aber gähnten sie im Schlaf und reckten die roten Zungen aus; dann schauderte der Mann und meinte, daß der Morgen komme. Da warf es um ihn her auf einmal einen hellen Schein, und als er aufsah, stand ein Engel vor ihm. Der winkte ihm mit der Hand und ging dann gerade in die Felsen hinein.«

Elisabeth hatte aufmerksam zugehört. »Ein Engel?« sagte sie. »Hatte er denn Flügel?«

»Es ist nur so eine Geschichte«, antwortete Reinhard, »es gibt ja gar keine Engel.«

»O pfui, Reinhard!« sagte sie und sah ihm starr ins Gesicht. Als er sie aber finster anblickte, fragte sie ihn zweifelnd: »Warum sagen sie es denn immer? Mutter und Tante und auch in der Schule?«

»Das weiß ich nicht«, antwortete er.

»Aber du«, sagte Elisabeth, »gibt es denn auch keine Löwen?«

»Löwen? Ob es Löwen gibt! In Indien; da spannen die Götzenpriester sie vor den Wagen und fahren mit ihnen durch die Wüste. Wenn ich groß bin, will ich einmal selber hin. Da ist es vieltausendmal schöner als hier bei uns; da gibt es gar keinen Winter. Du mußt auch mit mir. Willst du?«

»Ja«, sagte Elisabeth, »aber Mutter muß dann auch mit, und deine Mutter auch.«

»Nein, sagte Reinhard, »die sind dann zu alt, die können nicht mit.«

»Ich darf aber nicht allein.«

»Du sollst schon dürfen; du wirst dann wirklich meine Frau, und dann haben die andern dir nichts zu befehlen.«

»Aber meine Mutter wird weinen.«

»Wir kommen ja wieder!« sagte Reinhard heftig, »sag es nur gerade heraus, willst du mit mir reisen? Sonst geh' ich allein; und dann komme ich nimmer wieder.«

Der Kleinen kam das Weinen nahe.

»Mach nur nicht so böse Augen«, sagte sie, »ich will ja mit nach Indien.«

Reinhard faßte sie mit ausgelassener Freude bei beiden Händen und zog sie hinaus auf die Wiese. »Nach Indien, nach Indien!« sang er und schwenkte sich mit ihr im Kreise, daß ihr das rote Tüchelchen vom Halse flog. Dann aber ließ er sie plötzlich los und sagte ernst: »Es wird doch nichts daraus werden; du hast keine Courage.«

– – »Elisabeth! Reinhard!« rief es jetzt von der Gartenpforte. »Hier! Hier!« antworteten die Kinder und sprangen Hand in Hand nach Hause.

IM WALDE

So lebten die Kinder zusammen; sie war ihm oft zu still, er war ihr oft zu heftig, aber sie ließen deshalb nicht voneinander; fast alle Freistunden teilten sie, winters in den beschränkten Zimmern ihrer Mütter, sommers in Busch und Feld. – Als Elisabeth einmal in Reinhards Gegenwart von dem Schullehrer gescholten wurde, stieß er seine Tafel zornig auf den Tisch, um den Eifer des Mannes auf sich zu lenken. Es wurde nicht bemerkt. Aber Reinhard verlor alle Aufmerksamkeit an den geographischen Vorträgen; statt dessen verfaßte er ein langes Gedicht; darin verglich er sich selbst mit einem jungen Adler, den Schulmeister mit einer grauen Krähe, Elisabeth war die weiße Taube; der Adler gelobte, an der grauen Krähe Rache zu nehmen, sobald ihm die Flügel gewachsen sein würden. Dem jungen Dichter standen die Tränen in den Augen; er kam sich sehr erhaben vor. Als er nach Hause gekommen war, wußte er sich einen Pergamentband mit vielen weißen Blättern zu verschaffen; auf die ersten Seiten schrieb er mit sorgsamer Hand sein erstes Gedicht. – Bald darauf kam er in eine andere Schule; hier schloß er manche neue Kameradschaft mit Knaben seines Alters; aber sein Verkehr mit Elisabeth wurde dadurch nicht gestört. Von den Märchen, welche er ihr sonst erzählt und wieder erzählt hatte, fing er jetzt an, die, welche ihr am besten gefallen hatten, aufzuschreiben; dabei wandelte ihn oft die Lust an, etwas von seinen eigenen Gedanken hineinzudichten; aber, er wußte nicht weshalb, er konnte immer nicht dazu gelangen. So schrieb er sie genau auf, wie er sie selber gehört hatte. Dann gab er die Blätter an Elisabeth, die sie in einem Schubfach ihrer Schatulle sorgfältig aufbewahrte; und es gewährte ihm eine anmutige Befriedigung, wenn er sie mitunter abends diese Geschichten in seiner Gegenwart aus den von ihm geschriebenen Heften ihrer Mutter vorlesen hörte.

Sieben Jahre waren vorüber. Reinhard sollte zu seiner weiteren Ausbildung die Stadt verlassen. Elisabeth konnte sich nicht in den Gedanken finden, daß es nun eine Zeit ganz ohne Reinhard geben werde. Es freute sie, als er eines Tages sagte, er werde, wie sonst, Märchen für sie aufschreiben; er wolle sie ihr mit den Briefen an seine Mutter schicken; sie müsse ihm dann wieder schreiben, wie sie ihr gefallen hätten. Die Abreise rückt heran; vorher aber kam noch mancher Reim in den Pergamentband. Das allein war für Elisabeth ein Geheimnis, obgleich sie die Veranlassung zu dem ganzen Buche und zu den meisten Liedern war, welche nach und nach fast die Hälfte der weißen Blätter gefüllt hatten.

Es war im Juni; Reinhard sollte am andern Tage reisen. Nun wollte man noch einmal einen festlichen Tag zusammen begehen. Dazu wurde eine Landpartie nach einer der nahe gelegenen Holzungen in größerer Gesellschaft veranstaltet. Der stundenlange Weg bis an den Saum des Waldes wurde zu Wagen zurückgelegt; dann nahm man die Proviantkörbe herunter und marschierte weiter. Ein Tannengehölz mußte zuerst durchwandert werden; es war kühl und dämmerig und der Boden überall mit feinen Nadeln bestreut. Nach halbstündigem Wandern kam man aus dem Tannendunkel in eine frische Buchenwaldung; hier war alles licht und grün, mitunter brach ein Sonnenstrahl durch die blätterreichen Zweige; ein Eichkätzchen sprang aber ihren Köpfen von Ast zu Ast. – Auf einem Platze, über welchem uralte Buchen mit ihren Kronen zu einem durchsichtigen Laubgewölbe zusammenwuchsen, machte die Gesellschaft Halt. Elisabeths Mutter öffnete einen der Körbe; ein alter Herr warf sich zum Proviantmeister auf. »Alle um mich herum, ihr jungen Vögel!« rief er. »Und merket genau, was ich euch zu sagen habe. Zum Frühstück erhält jetzt ein jeder von euch zwei trockene Wecken; die Butter ist zu Hause geblieben, die Zukost müßt ihr euch selber suchen. Es stehen genug Erdbeeren im Walde, das heißt, für den, der sie zu finden weiß. Wer ungeschickt ist, muß sein Brot trocken essen; so geht es überall im Leben. Habt ihr meine Rede begriffen?«

»Jawohl!« riefen die Jungen.

»Ja seht«, sagte der Alte, »sie ist aber noch nicht zu Ende. Wir Alten haben uns im Leben schon genug umhergetrieben; darum bleiben wir jetzt zu Haus, das heißt, hier unter diesen breiten Bäumen, und schälen die Kartoffeln und machen Feuer und rüsten die Tafel, und wenn die Uhr zwölf ist, sollen auch die Eier gekocht werden. Dafür seid ihr uns von euren Erdbeeren die Hälfte schuldig, damit wir auch einen Nachtisch servieren können. Und nun geht nach Ost und West und seid ehrlich!«

Die Jungen machten allerlei schelmische Gesichter. »Halt!« rief der Alte noch einmal. »Das brauche ich euch wohl nicht zu sagen, wer keine findet, braucht auch keine abzuliefern; aber das schreibt euch wohl hinter eure feinen Ohren, von uns Alten bekommt er auch nichts. Und nun habt ihr für diesen Tag gute Lehren genug; wenn ihr nun noch Erdbeeren dazu habt, so werdet ihr für heute schon durchs Leben kommen.«

Die Jungen waren derselben Meinung und begannen sich paarweise auf die Fahrt zu machen.

»Komm, Elisabeth«, sagte Reinhard, »ich weiß einen Erdbeerenschlag; du sollst kein trockenes Brot essen.«

Elisabeth knüpfte die grünen Bänder ihres Strohhutes zusammen und hing ihn über den Arm. »So komm«, sagte sie, »der Korb ist fertig.«

Dann gingen sie in den Wald hinein, tiefer und tiefer; durch feuchte undurchdringliche Baumschatten, wo alles still war, nur unsichtbar über ihnen in den Lüften das Geschrei der Falken; dann wieder durch dichtes Gestrüpp, so dicht, daß Reinhard vorangehen mußte, um einen Pfad zu machen, hier einen Zweig zu knicken, dort eine Ranke beiseite zu biegen. Bald aber hörte er hinter sich Elisabeth seinen Namen rufen. Er wandte sich um. »Reinhard!« rief sie, »warte doch, Reinhard!« Er konnte sie nicht gewahr werden; endlich sah er sie in einiger Entfernung mit den Sträuchern kämpfen; ihr feines Köpfchen schwamm nur kaum über den Spitzen der Farnkräuter. Nun ging er noch einmal zurück und führte sie durch das Wirrnis der Kräuter und Stauden auf einen freien Platz hinaus, wo blaue Falter zwischen den einsamen Waldblumen flatterten. Reinhard strich ihr die feuchten Haare aus dem erhitzten Gesichtchen; dann wollte er ihr den Strohhut aufsetzen, und sie wollte es nicht leiden; dann aber bat er sie, und dann ließ sie es doch geschehen.

»Wo bleiben denn aber deine Erdbeeren?« fragte sie endlich, indem sie stehenblieb und einen tiefen Atemzug tat.

»Hier haben sie gestanden«, sagte er, »aber die Kröten sind uns zuvorgekommen, oder die Marder, oder vielleicht die Elfen.«

»Ja«, sagte Elisabeth, »die Blätter stehen noch da; aber sprich hier nicht von Elfen. Komm nur, ich bin noch gar nicht müde; wir wollen weiter suchen.«

Vor ihnen war ein kleiner Bach, jenseits wieder der Wald. Reinhard hob Elisabeth auf seine Arme und trug sie hinüber. Nach einer Weile traten sie aus dem schattigen Laube wieder in eine weite Lichtung hinaus. »Hier müssen Erdbeeren sein«, sagte das Mädchen, »es duftet so süß.«

Sie gingen suchend durch den sonnigen Raum; aber sie fanden keine. »Nein«, sagte Reinhard, »es ist nur der Duft des Heidekrautes.«

Himbeerbüsche und Hülsendorn standen überall durcheinander; ein starker Geruch von Heidekräutern, welche abwechselnd mit kurzem Grase die freien Stellen des Bodens bedeckten, erfüllte die Luft. »Hier ist es einsam«, sagte Elisabeth, »wo mögen die andern sein?«

An den Rückweg hatte Reinhard nicht gedacht. »Warte nur; woher kommt der Wind?« sagte er und hob seine Hand in die Höhe. Aber es kam kein Wind.

»Still!« sagte Elisabeth, »mich dünkt, ich hörte sie sprechen. Rufe einmal dahinunter.«

Reinhard rief durch die hohle Hand: »Kommt hierher!« – »Hierher!« rief es zurück.

»Sie antworten!« sagte Elisabeth und klatschte in die Hände.

»Nein, es war nichts, es war nur der Widerhall.«

Elisabeth faßte Reinhards Hand. »Mir graut!« sagte sie.

»Nein«, sagte Reinhard, »das muß es nicht. Hier ist es prächtig. Setz dich dort in den Schatten zwischen die Kräuter. Laß uns eine Weile ausruhen; wir finden die andern schon.« Elisabeth setzte sich unter eine überhängende Buche und lauschte aufmerksam nach allen Seiten; Reinhard saß einige Schritte davon auf einem Baumstumpf und sah schweigend nach ihr hinüber. Die Sonne stand gerade über ihnen; es war glühende Mittagshitze; kleine goldglänzende, stahlblaue Fliegen standen flügelschwingend in der Luft; rings um sie her ein feines Schwirren und Summen, und manchmal hörte man tief im Walde das Hämmern der Spechte und das Kreischen der andern Waldvögel.

»Horch«, sagte Elisabeth, »es läutet.«

»Wo?« fragte Reinhard.

»Hinter uns. Hörst du? Es ist Mittag.«

»Dann liegt hinter uns die Stadt; und wenn wir in dieser Richtung gerade durchgehen, so müssen wir die andern treffen.«

So traten sie ihren Rückzug an; das Erdbeerensuchen hatten sie aufgegeben, denn Elisabeth war müde geworden. Endlich klang zwischen den Bäumen hindurch das Lachen der Gesellschaft; dann sahen sie auch ein weißes Tuch am Boden schimmern, das war die Tafel, und darauf standen Erdbeeren in Hülle und Fülle. Der alte Herr hatte eine Serviette im Knopfloch und hielt den Jungen die Fortsetzung seiner moralischen Reden, während er eifrig an einem Braten herumtranchierte.

»Da sind die Nachzügler!« riefen die Jungen, als sie Reinhard und Elisabeth durch die Bäume kommen sahen.

»Hierher!« rief der alte Herr. »Tücher ausgeleert. Hüte umgekehrt! Nun zeigt her, was ihr gefunden habt.«

»Hunger und Durst!« sagte Reinhard. »Wenn das alles ist«, erwiderte der Alte und hob ihnen die volle Schüssel entgegen, »so müßt ihr es auch behalten. Ihr kennt die Abrede; hier werden keine Müßiggänger gefüttert.« Endlich ließ er sich aber doch erbitten, und nun wurde Tafel gehalten; dazu schlug die Drossel aus den Wacholderbüschen.

So ging der Tag hin. – Reinhard hatte aber doch etwas gefunden; waren es keine Erdbeeren, so war es doch auch im Walde gewachsen. Als er nach Hause gekommen war, schrieb er in seinen alten Pergamentband:

Hier an der Bergeshalde
Verstummet ganz der Wind;
Die Zweige hängen nieder,
Darunter sitzt das Kind.

Sie sitzt im Thymiane,
Sie sitzt in lauter Duft;
Die blauen Fliegen summen
Und blitzen durch die Luft.

Es steht der Wald so schweigend,
Sie schaut so klug darein;
Um ihre braunen Locken
Hinfließt der Sonnenschein.

Der Kuckuck lacht von ferne,
Es geht mir durch den Sinn:
Sie hat die goldnen Augen
Der Waldeskönigin.

So war sie nicht allein sein Schützling; sie war ihm auch der Ausdruck für alles Liebliche und Wunderbare seines aufgehenden Lebens.

DA STAND DAS KIND AM WEGE

Weihnachtsabend kam heran. – Es war noch nachmittags, als Reinhard mit andern Studenten im Ratskeller am alten Eichentisch zusammensaß. Die Lampen an den Wänden waren angezündet, denn hier unten dämmerte es schon; aber die Gäste waren sparsam versammelt, die Kellner lehnten müßig an den Mauerpfeilern. In einem Winkel des Gewölbes saßen ein Geigenspieler und ein Zithermädchen mit feinen zigeunerhaften Zügen; sie hatten ihre Instrumente auf dem Schoße liegen und schienen teilnahmslos vor sich hin zu sehen. Am Studententische knallte ein Champagnerpfropfen. »Trinke, mein böhmisch Liebchen!« rief ein junger Mann von junkerhaftem Äußeren, indem er ein volles Glas zu dem Mädchen hinüberreichte.

»Ich mag nicht«, sagte sie, ohne ihre Stellung zu verändern.

»So singe!« rief der Junker und warf ihr eine Silbermünze in den Schoß. Das Mädchen strich sich langsam mit den Fingern durch ihr schwarzes Haar, während der Geigenspieler ihr ins Ohr flüsterte; aber sie warf den Kopf zurück und stützte das Kinn auf ihre Zither. »Für den spiel' ich nicht«, sagte sie.

Reinhard sprang mit dem Glase in der Hand auf und stellte sich vor sie.

»Was willst du?« fragte sie trotzig.

»Deine Augen sehen.«

»Was gehen dich meine Augen an?«

Reinhard sah funkelnd auf sie nieder. »Ich weiß wohl, sie sind falsch!« – Sie legte ihre Wange in die flache Hand und sah ihn lauernd an. Reinhard hob sein Glas an den Mund. »Auf deine schönen, sündhaften Augen!« sagte er und trank.

Sie lachte und warf den Kopf herum. »Gib!« sagte sie, und indem sie ihre schwarzen Augen in die seinen heftete, trank sie langsam den Rest. Dann griff sie einen Dreiklang und sang mit tiefer, leidenschaftlicher Stimme:

»Heute, nur heute
Bin ich so schön;
Morgen, ach morgen
muß alles vergehn!
Nur diese Stunde
Bist du noch mein;
Sterben, ach sterben
Soll ich allein.«

Während der Geigenspieler in raschem Tempo das Nachspiel einsetzte, gesellte sich ein neuer Ankömmling zu der Gruppe.

»Ich wollte dich abholen, Reinhard«, sagte er. »Du warst schon fort; aber das Christkind war bei dir eingekehrt.«

»Das Christkind?« sagte Reinhard, »das kommt nicht mehr zu mir.«

»Ei was! Dein ganzes Zimmer roch nach Tannenbaum und braunen Kuchen.«

Reinhard setzte das Glas aus der Hand und griff nach seiner Mütze.

»Was willst du?« fragte das Mädchen.

»Ich komme schon wieder.«

Sie runzelte die Stirn. »Bleib!« rief sie leise und sah ihn vertraulich an.

Reinhard zögerte. »Ich kann nicht«, sagte er.

Sie stieß ihn lachend mit der Fußspitze. »Geh!« sagte sie. »Du taugst nichts; ihr taugt alle miteinander nichts«. Und während sie sich abwandte, stieg Reinhard langsam die Kellertreppe hinauf.

Draußen auf der Straße war es tiefe Dämmerung; er fühlte die frische Winterluft an seiner heißen Stirn. Hie und da fiel der helle Schein eines brennenden Tannenbaums aus den Fenstern, dann und wann hörte man von drinnen das Geräusch von kleinen Pfeifen und Blechtrompeten und dazwischen jubelnde Kinderstimmen. Scharen von Bettelkindern gingen von Haus zu Haus oder stiegen auf die Treppengeländer und suchten durch die Fenster einen Blick in die versagte Herrlichkeit zu gewinnen. Mitunter wurde auch eine Tür plötzlich aufgerissen, und scheltende Stimmen trieben einen ganzen Schwarm solcher kleinen Gäste aus dem hellen Hause auf die dunkle Gasse hinaus; anderswo wurde auf dem Hausflur ein altes Weihnachtslied gesungen; es waren klare Mädchenstimmen darunter. Reinhard hörte sie nicht, er ging rasch an allem vorüber, aus einer Straße in die andere. Als er an seine Wohnung gekommen, war es fast völlig dunkel geworden; er stolperte die Treppe hinauf und trat in seine Stube. Ein süßer Duft schlug ihm entgegen; das heimelte ihn an, das roch wie zu Haus der Mutter Weihnachtsstube. Mit zitternder Hand zündete er sein Licht an; da lag ein mächtiges Paket auf dem Tisch, und als er es öffnete, fielen die wohlbekannten braunen Festkuchen heraus; auf einigen waren die Anfangsbuchstaben seines Namens in Zukker ausgestreut; das konnte niemand anders als Elisabeth getan haben. Dann kam ein Päckchen mit feiner gestickter Wäsche zum Vorschein, Tücher und Manschetten, zuletzt Briefe von der Mutter und von Elisabeth. Reinhard öffnete zuerst den letzteren; Elisabeth schrieb:

»Die schönen Zuckerbuchstaben können Dir wohl erzählen, wer bei den Kuchen mitgeholfen hat; dieselbe Person hat die Manschetten für Dich gestickt. Bei uns wird es nun Weihnachtsabend sehr still werden; meine Mutter stellt immer schon um halb zehn ihr Spinnrad in die Ecke; es ist gar so einsam diesen Winter, wo Du nicht hier bist. Nun ist auch vorigen Sonntag der Hänfling gestorben, den Du mir geschenkt hattest; ich habe sehr geweint, aber ich hab' ihn doch immer gut gewartet. Der sang sonst immer nachmittags, wenn die Sonne auf sein Bauer schien; Du weißt, die Mutter hing oft ein Tuch über, um ihn zu geschweigen, wenn er so recht aus Kräften sang. Da ist es nun noch stiller in der Kammer, nur daß Dein alter Freund Erich uns jetzt mitunter besucht. Du sagtest einmal, er sähe seinem braunen Überrock ähnlich. Daran muß ich nun immer denken, wenn er zur Tür hereinkommt, und er ist gar zu komisch; sag es aber nicht zur Mutter, sie wird dann leicht verdrießlich. – Rat, was ich Deiner Mutter zu Weihnachten schenke! Du rätst es nicht? Mich selber! Der Erich zeichnet mich in schwarzer Kreide; ich habe ihm schon dreimal sitzen müssen, jedesmal eine ganze Stunde. Es war mir recht zuwider, daß der fremde Mensch mein Gesicht so auswendig lernte. Ich wollte auch nicht, aber die Mutter redete mir zu; sie sagte: es würde der guten Frau Werner eine gar große Freude machen.

Aber Du hältst nicht Wort, Reinhard. Du hast keine Märchen geschickt. Ich habe Dich oft bei Deiner Mutter verklagt; sie sagt dann immer, Du habest jetzt mehr zu tun als solche Kindereien. Ich glaub' es aber nicht; es ist wohl anders.«

Nun las Reinhard auch den Brief seiner Mutter, und als er beide Briefe gelesen und langsam wieder zusammengefaltet und weggelegt hatte, überfiel ihn unerbittliches Heimweh. Er ging eine Zeitlang in seinem Zimmer auf und nieder; er sprach leise und dann halbverständlich zu sich selbst:

Er wäre fast verirret
Und wußte nicht hinaus;
Da stand das Kind am Wege
Und winkte ihm nach Haus!

Dann trat er an sein Pult, nahm einiges Geld heraus und ging wieder auf die Straße hinab. – Hier war es mittlerweile stiller geworden; die Weihnachtsbäume waren ausgebrannt, die Umzüge der Kinder hatten aufgehört. Der Wind fegte durch die einsamen Straßen; Alte und Junge saßen in ihren Häusern familienweise zusammen; der zweite Abschnitt des Weihnachtsabends hatte begonnen. –

Als Reinhard in die Nähe des Ratskellers kam, hörte er aus der Tiefe herauf Geigenstriche und den Gesang des Zithermädchens; nun klingelte unten die Kellertüre, und eine dunkle Gestalt schwankte die breite, matt erleuchtete Treppe herauf. Reinhard trat in den Häuserschatten und ging dann rasch vorüber. Nach einer Weile erreichte er den erleuchteten Laden eines Juweliers; und, nachdem er hier ein kleines Kreuz von roten Korallen eingehandelt hatte, ging er auf demselben Wege, den er gekommen war, wieder zurück.

Nicht weit von seiner Wohnung bemerkte er ein kleines, in klägliche Lumpen gehülltes Mädchen an einer hohen Haustür stehen, in vergeblicher Bemühung, sie zu öffnen. »Soll ich dir helfen?« sagte er. Das Kind erwiderte nichts, ließ aber die schwere Türklinke fahren. Reinhard hatte schon die Tür geöffnet. »Nein«, sagte er, »sie könnten dich hinausjagen; komm mit mir! Ich will dir Weihnachtskuchen geben.« Dann machte er die Tür wieder zu und faßte das kleine Mädchen an der Hand, das stillschweigend mit ihm in seine Wohnung ging.

Er hatte das Licht beim Weggehen brennen lassen. »Hier hast du Kuchen«, sagte er und gab ihr die Hälfte seines ganzen Schatzes in ihre Schürze, nur keine mit Zuckerbuchstaben.

»Nun geh nach Hause und gib deiner Mutter auch davon.« Das Kind sah mit einem scheuen Blick zu ihm hinauf; es schien solche Freundlichkeit ungewohnt und nichts darauf erwidern zu können. Reinhard machte die Tür auf und leuchtete ihr, und nun flog die Kleine wie ein Vogel mit ihren Kuchen die Treppe hinab und zum Hause hinaus.

Reinhard schürte das Feuer in seinem Ofen an und stellte das bestaubte Tintenfaß auf seinen Tisch; dann setzte er sich hin und schrieb, und schrieb die ganze Nacht Briefe an seine Mutter, an Elisabeth. Der Rest der Weihnachtskuchen lag unberührt neben ihm; aber die Manschetten von Elisabeth hatte er angeknüpft, was sich gar wunderlich zu seinem weißen Flauschrock ausnahm. So saß er noch, als die Wintersonne auf die gefrorenen Fensterscheiben fiel und ihm gegenüber im Spiegel ein blasses, ernstes Antlitz zeigte.

DAHEIM

Als es Ostern geworden war, reiste Reinhard in die Heimat. Am Morgen nach seiner Ankunft ging er zu Elisabeth. »Wie groß du geworden bist«, sagte er, als das schöne schmächtige Mädchen ihm lächelnd entgegenkam. Sie errötete, aber sie erwiderte nichts; ihre Hand, die er beim Willkommen in die seine genommen, suchte sie ihm sanft zu entziehen. Er sah sie zweifelnd an; das hatte sie früher nicht getan; nun war es, als trete etwas Fremdes zwischen sie. – Das blieb auch, als er schon länger dagewesen und als er Tag für Tag immer wiedergekommen war. Wenn sie allein zusammen saßen, entstanden Pausen, die ihm peinlich waren und denen er dann ängstlich zuvorzukommen suchte. Um während der Ferienzeit eine bestimmte Unterhaltung zu haben, fing er an, Elisabeth in der Botanik zu unterrichten, womit er sich in den ersten Monaten seines Universitätslebens angelegentlich beschäftigt hatte. Elisabeth, die ihm in allem zu folgen gewohnt und überdies lehrhaft war, ging bereitwillig darauf ein. Nun wurden mehrere Male in der Woche Exkursionen ins Feld oder in die Heiden gemacht; und hatten sie dann mittags die grüne Botanisierkapsel voll Kraut und Blumen nach Hause gebracht, so kam Reinhard einige Stunden später wieder, um mit Elisabeth den gemeinschaftlichen Fund zu ordnen und zu teilen.

In solcher Absicht trat er eines Nachmittags ins Zimmer, als Elisabeth am Fenster stand und ein vergoldetes Vogelbauer, das er sonst nicht dort gesehen, mit frischem Hühnerschwarm besteckte. Im Bauer saß ein Kanarienvogel, der mit den Flügeln schlug und kreischend nach Elisabeths Finger pickte. Sonst hatte Reinhards Vogel an dieser Stelle gehangen. »Hat mein armer Hänfling sich nach seinem Tode in einen Goldfinken verwandelt?« fragte er heiter.

»Das pflegen die Hänflinge nicht«, sagte die Mutter, welche spinnend im Lehnstuhle saß. »Ihr Freund Erich hat ihn heut mittag für Elisabeth von seinem Hofe hereingeschickt.«

»Von welchem Hofe?«

»Das wissen Sie nicht?«

»Was denn?«

»Daß Erich seit einem Monat den zweiten Hof seines Vaters am Immensee angetreten hat?«

»Aber Sie haben mir kein Wort davon gesagt.«

»Ei«, sagte die Mutter, »Sie haben sich auch noch mit keinem Worte nach Ihrem Freunde erkundigt. Er ist ein gar lieber, verständiger junger Mann.« Die Mutter ging hinaus, um den Kaffee zu besorgen; Elisabeth hatte Reinhard den Rücken zugewandt und war noch mit dem Bau ihrer kleinen Laube beschäftigt. »Bitte, nur ein kleines Weilchen«, sagte sie; »gleich bin ich fertig.« – Da Reinhard wider seine Gewohnheit nicht antwortete, so wandte sie sich um. In seinen Augen lag ein plötzlicher Ausdruck von Kummer, den sie nie darin gewahrt hatte.

»Was fehlt dir, Reinhard?« fragte sie, indem sie nahe zu ihm trat.

»Mir?« fragte er gedankenlos und ließ seine Augen träumerisch in den ihren ruhen.

»Du siehst so traurig aus.«

»Elisabeth«, sagte er, »ich kann den gelben Vogel nicht leiden.«

Sie sah ihn staunend an; sie verstand ihn nicht. »Du bist so sonderbar«, sagte sie.

Er nahm ihre beiden Hände, die sie ruhig in den seinen ließ. Bald trat die Mutter wieder herein.

Nach dem Kaffee setzte diese sich an ihr Spinnrad; Reinhard und Elisabeth gingen ins Nebenzimmer, um ihre Pflanzen zu ordnen. Nun wurden Staubfäden gezählt, Blätter und Blüten sorgfältig ausgebreitet und von jeder Art zwei Exemplare zum Trocknen zwischen die Blätter eines großen Folianten gelegt. Es war sonnige Nachmittagsstille; nur nebenan schnurrte der Mutter Spinnrad, und von Zeit zu Zeit wurde Reinhards gedämpfte Stimme gehört, wenn er die Ordnungen und Klassen der Pflanzen nannte oder Elisabeths ungeschickte Aussprache der lateinischen Namen korrigierte.

»Mir fehlt noch von neulich die Maiblume«, sagte sie jetzt, als der ganze Fund bestimmt und geordnet war.

Reinhard zog einen kleinen weißen Pergamentband aus der Tasche. »Hier ist ein Maiblumenstengel für dich«, sagte er, indem er die halbgetrocknete Pflanze herausnahm.

Als Elisabeth die beschriebenen Blätter sah, fragte sie: »Hast du wieder Märchen gedichtet?«

»Es sind keine Märchen«, antwortete er und reichte ihr das Buch.

Es waren lauter Verse, die meisten füllten höchstens eine Seite. Elisabeth wandte ein Blatt nach dem andern um; sie schien nur die Überschriften zu lesen. »Als sie vom Schulmeister gescholten war.« »Als sie sich im Walde verirrt hatten.« »Mit dem Ostermärchen.« »Als sie mir zum ersten Mal geschrieben hatte«, in der Weise lauteten fast alle. Reinhard blickte forschend zu ihr hin, und indem sie immer weiter blätterte, sah er, wie zuletzt auf ihrem klaren Antlitz ein zartes Rot hervorbrach und es allmählich ganz überzog. Er wollte ihre Augen sehen; aber Elisabeth sah nicht auf und legte das Buch am Ende schweigend vor ihm hin.

»Gib es mir nicht so zurück!« sagte er. Sie nahm ein braunes Reis aus der Blechkapsel. »Ich will dein Lieblingskraut hineinlegen«, sagte sie und gab ihm das Buch in seine Hände. – –

Endlich kam der letzte Tag der Ferienzeit und der Morgen der Abreise. Auf ihre Bitte erhielt Elisabeth von der Mutter die Erlaubnis, ihren Freund an den Postwagen zu begleiten, der einige Straßen von ihrer Wohnung seine Station hatte. Als sie vor die Haustür traten, gab Reinhard ihr den Arm; so ging er schweigend neben dem schlanken Mädchen her. Je näher sie ihrem Ziele kamen, desto mehr war es ihm, er habe ihr, ehe er auf so lange Abschied nehme, etwas Notwendiges mitzuteilen, – etwas, wovon aller Wert und alle Lieblichkeit seines künftigen Lebens abhänge, und doch konnte er sich des erlösenden Wortes nicht bewußt werden. Das ängstigte ihn; er ging immer langsamer.

»Du kommst zu spät«, sagte sie, »es hat schon zehn geschlagen auf St. Marien.«

Er ging aber darum nicht schneller. Endlich sagte er stammelnd: »Elisabeth, du wirst mich nun in zwei Jahren gar nicht sehen – – wirst du mich wohl noch ebenso lieb haben wie jetzt, wenn ich wieder da bin?«

Sie nickte und sah ihm freundlich ins Gesicht. – »Ich habe dich auch verteidigt«, sagte sie nach einer Pause.

»Mich? Gegen wen hattest du das nötig?«

»Gegen meine Mutter. Wir sprachen gestern abend, als du weggegangen warst, noch lange über dich. Sie meinte, du seist nicht mehr so gut, wie du gewesen.«

Reinhard schwieg einen Augenblick; dann aber nahm er ihre Hand in die seine, und indem er ihr ernst in ihre Kinderaugen blickte, sagte er: »Ich bin noch ebenso gut, wie ich gewesen bin; glaube du das nur fest! Glaubst du es, Elisabeth?«

»Ja«, sagte sie. Er ließ ihre Hand los und ging rasch mit ihr durch die letzte Straße. Je näher ihm der Abschied kam, desto freudiger ward sein Gesicht; er ging ihr fast zu schnell.

»Was hast du, Reinhard?« fragte sie.

»Ich habe ein Geheimnis, ein schönes!« sagte er und sah sie mit leuchtenden Augen an. »Wenn ich nach zwei Jahren wieder da bin, dann sollst du es erfahren.«

Mittlerweile hatten sie den Postwagen erreicht; es war noch eben Zeit genug. Noch einmal nahm Reinhard ihre Hand. »Leb wohl«, sagte er, »leb wohl, Elisabeth. Vergiß es nicht!«

Sie schüttelte mit dem Kopf. »Leb wohl!« sagte sie. Reinhard stieg hinein, und die Pferde zogen an.

Als der Wagen um die Straßenecke rollte, sah er noch einmal ihre liebe Gestalt, wie sie langsam den Weg zurückging.

EIN BRIEF

Fast zwei Jahre nachher saß Reinhard vor seiner Lampe zwischen Büchern und Papieren in Erwartung eines Freundes, mit welchem er gemeinschaftliche Studien übte. Man kam die Treppe herauf. »Herein!« – Es war die Wirtin. »Ein Brief für Sie, Herr Werner!« Dann entfernte sie sich wieder.

Reinhard hatte seit seinem Besuch in der Heimat nicht an Elisabeth geschrieben und von ihr keinen Brief mehr erhalten. Auch dieser war nicht von ihr, es war die Hand seiner Mutter. Reinhard brach und las, und bald las er folgendes:

»In Deinem Alter, mein liebes Kind, hat noch fast jedes Jahr sein eigenes Gesicht; denn die Jugend läßt sich nicht ärmer machen. Hier ist auch manches anders geworden, was Dir wohl erstan weh tun wird, wenn ich Dich sonst recht verstanden habe. Erich hat sich gestern endlich das Jawort von Elisabeth geholt, nachdem er in dem letzten Vierteljahr zweimal vergebens angefragt hatte. Sie hat sich immer nicht dazu entschließen können; nun hat sie es endlich doch getan; sie ist auch noch gar so jung. Die Hochzeit soll bald sein, und die Mutter wird dann mit ihnen fortgehen.«

IMMENSEE

Wiederum waren Jahre vorüber. – Auf einem abwärts führenden schattigen Waldwege wanderte an einem warmen Frühlingsnachmittage ein junger Mann mit kräftigem, gebräuntem Antlitz. Mit seinen ernsten grauen Augen sah er gespannt in die Ferne, als erwarte er endlich eine Veränderung des einförmigen Weges, die jedoch immer nicht eintreten wollte. Endlich kam ein Karrenfuhrwerk langsam von unten herauf. »Holla! guter Freund«, rief der Wanderer dem nebengehenden Bauer zu, »geht's hier recht nach Immensee?«

»Immer gerad' aus«, antwortete der Mann und rückte an seinem Rundhute.

»Hat's denn noch weit bis dahin?«

»Der Herr ist dicht davor. Keine halbe Pfeif' Tobak, so haben's den See; das Herrenhaus liegt hart daran.«

Der Bauer fuhr vorüber; der andere ging eiliger unter den Bäumen entlang. Nach einer Viertelstunde hörte ihm zur Linken plötzlich der Schatten auf; der Weg führte an einem Abhang, aus dem die Wipfel hundertjähriger Eichen nur kaum hervorragten. Über sie hinweg öffnete sich eine weite, sonnige Landschaft. Tief unten lag der See, ruhig, dunkelblau, fast ringsum von grünen, sonnbeschienenen Wäldern umgeben; nur an einer Stelle traten sie auseinander und gewährten eine tiefe Fernsicht, bis auch diese durch blaue Berge geschlossen wurde. Quer gegenüber, mitten in dem grünen Laub der Wälder, lag es wie Schnee darüber her; das waren blühende Obstbäume, und daraus hervor auf dem hohen Ufer erhob sich das Herrenhaus, weiß mit roten Ziegeln. Ein Storch flog vom Schornstein auf und kreiste langsam über dem Wasser. – »Immensee!« rief der Wanderer. Es war fast, als hätte er jetzt das Ziel seiner Reise erreicht; denn er stand unbeweglich und sah über die Wipfel der Bäume zu seinen Füßen hinüber ans andere Ufer, wo das Spiegelbild des Herrenhauses leise schaukelnd auf dem Wasser schwamm. Dann setzte er plötzlich seinen Weg fort.

Es ging jetzt fast steil den Berg hinab, so daß die untenstehenden Bäume wieder Schatten gewährten, zugleich aber die Aussicht auf den See verdeckten, der nur zuweilen zwischen den Lücken der Zweige hindurchblitzte. Bald ging es wieder sanft empor, und nun verschwand rechts und links die Holzung; statt dessen streckten sich dichtbelaubte Weinhügel am Wege entlang; zu beiden Seiten desselben standen blühende Obstbäume voll summender, wühlender Bienen. Ein stattlicher Mann in braunem Überrock kam dem Wanderer entgegen. Als er ihn fast erreicht hatte, schwenkte er seine Mütze und rief mit heller Stimme:

»Willkommen, willkommen, Bruder Reinhard! Willkommen auf Gut Immensee!«

»Gott grüß dich, Erich, und Dank für dein Willkommen!« rief ihm der andere entgegen.

Dann waren sie zu einander gekommen und reichten sich die Hände. »Bist du es denn aber auch?« sagte Erich, als er so nahe in das ernste Gesicht seines alten Schulkameraden sah.

»Freilich bin ich's, Erich, und du bist es auch; nur siehst du noch fast heiterer aus, als du schon sonst immer getan hast.«

Ein frohes Lächeln machte Erichs einfache Züge bei diesen Worten noch um vieles heiterer. »Ja, Bruder Reinhard«, sagte er, diesem noch einmal seine Hand reichend, »Ich habe aber auch seitdem das große Los gezogen, du weißt es ja.« Dann rieb er sich die Hände und rief vergnügt: »Das wird eine Überraschung! Den erwartet sie nicht, in alle Ewigkeit nicht!«

»Eine Überraschung?« fragte Reinhard. »Für wen denn?«

»Für Elisabeth.«

»Elisabeth! Du hast ihr nicht von meinem Besuch gesagt?«

»Kein Wort, Bruder Reinhard; sie denkt nicht an dich, die Mutter auch nicht. Ich hab' dich ganz im geheim verschrieben, damit die Freude desto größer sei. Du weißt, ich hatte immer so meine stillen Plänchen.«

Reinhard wurde nachdenklich; der Atem schien ihm schwer zu werden, je näher sie dem Hofe kamen. An der linken Seite des Weges hörten nun auch die Weingärten auf und machten einem weitläufigen Küchengarten Platz, der sich bis fast an das Ufer des Sees hinabzog. Der Storch hatte sich mittlerweile niedergelassen und spazierte gravitätisch zwischen den Gemüsebeeten umher. »Holla!« rief Erich, in die Hände klatschend, »stiehlt mir der hochbeinige Ägypter schon wieder meine kurzen Erbsenstangen!« Der Vogel erhob sich langsam und flog auf das Dach eines neuen Gebäudes, das am Ende des Küchengartens lag und dessen Mauern mit aufgebundenen Pfirsich- und Aprikosenbäumen überzweigt waren. »Das ist die Spritfabrik«, sagte Erich, »ich habe sie erst vor zwei Jahren angelegt. Die Wirtschaftsgebäude hat mein Vater selig neu aufsetzen lassen; das Wohnhaus ist schon von meinem Großvater gebaut worden. So kommt man immer ein bißchen weiter.«

Sie waren bei diesen Worten auf einen geräumigen Platz gekommen, der an den Seiten durch die ländlichen Wirtschaftsgebäude, im Hintergrunde durch das Herrenhaus begrenzt wurde, an dessen beide Flügel sich eine hohe Gartenmauer anschloß; hinter dieser sah man die Züge dunkler Taxuswände, und hin und wieder ließen Syringenbäume ihre blühenden

Zweige in den Hofraum hinunterhängen. Männer mit sonnen- und arbeitsheißen Gesichtern gingen über den Platz und grüßten die Freunde, während Erich dem einen und dem anderen einen Auftrag oder eine Frage über ihr Tagewerk entgegenrief. – Dann hatten sie das Haus erreicht. Ein hoher, kühler Hausflur nahm sie auf, an dessen Ende sie links in einen etwas dunkleren Seitengang einbogen. Hier öffnete Erich eine Tür, und sie traten in einen geräumigen Gartensaal, der durch das Laubgedränge, welches die gegenüberliegenden Fenster bedeckte, zu beiden Seiten mit grüner Dämmerung erfüllt war; zwischen diesen aber ließen zwei hohe, weit geöffnete Flügeltüren den vollen Glanz der Frühlingssonne hereinfallen und gewährten die Aussicht in einen Garten mit gezirkelten Blumenbeeten und hohen steilen Laubwänden, geteilt durch einen graden breiten Gang, durch welchen man auf den See und weiter auf die gegenüberliegenden Wälder hinaussah. Als die Freunde hineintraten, trug die Zugluft ihnen einen Strom von Duft entgegen.

Auf einer Terrasse vor der Gartentür saß eine weiße, mädchenhafte Frauengestalt. Sie stand auf und ging den Eintretenden entgegen; aber auf halbem Wege blieb sie wie angewurzelt stehen und starrte den Fremden unbeweglich an. Er streckte ihr lächelnd die Hand entgegen. »Reinhard!« rief sie. »Reinhard! Mein Gott, du bist es! – Wir haben uns lange nicht gesehen.«

»Lange nicht«, sagte er und konnte nichts weiter sagen; denn als er ihre Stimme hörte, fühlte er einen feinen körperlichen Schmerz am Herzen, und wie er zu ihr aufblickte, stand sie vor ihm, dieselbe leichte zärtliche Gestalt, der er vor Jahren in seiner Vaterstadt Lebewohl gesagt hatte.

Erich war mit freudestrahlendem Antlitz an der Tür zurückgeblieben. »Nun, Elisabeth«, sagte er, »gelt, den hättest du nicht erwartet, den in alle Ewigkeit nicht!«

Elisabeth sah ihn mit schwesterlichen Augen an. »Du bist so gut, Erich!« sagte sie.

Er nahm ihre schmale Hand liebkosend in die seinen. »Und nun wir ihn haben«, sagte er, »nun lassen wir ihn so bald nicht wieder los. Er ist so lange draußen gewesen; wir wollen ihn wieder heimisch machen. Schau nur, wie fremd und vornehm er aussehen worden ist.«

Ein scheuer Blick Elisabeths streifte Reinhards Antlitz.« Es ist nur die Zeit, die wir nicht beisammen waren«, sagte er.

In diesem Augenblick kam die Mutter, mit einem Schlüsselkörbchen am Arm, zur Tür herein. »Herr Werner!« sagte sie, als sie Reinhard erblickte; »ei, ein ebenso lieber als unerwarteter Gast.« – Und nun ging die Unterhaltung in Fragen und Antworten ihren ebenen Tritt. Die Frauen setzten sich zu ihrer Arbeit, und während Reinhard die für ihn bereiteten Erfrischungen genoß, hatte Erich seinen soliden Meerschaumkopf angebrannt und saß dampfend und discourierend an seiner Seite.

Am andern Tage mußte Reinhard mit ihm hinaus; auf die Äcker, in die Weinberge, in den Hopfengarten, in die Spritfabrik. Es war alles wohl bestellt; die Leute, welche auf dem Felde und bei den Kesseln arbeiteten, hatten alle ein gesundes und zufriedenes Aussehen. Zu Mittag kam die Familie im Gartensaal zusammen, und der Tag wurde dann, je nach der Muße der Wirte, mehr oder minder gemeinschaftlich verlebt. Nur die Stunden vor dem Abendessen, wie die ersten des Vormittags, blieb Reinhard arbeitend auf seinem Zimmer. Er hatte seit Jahren, wo er deren habhaft werden konnte, die im Volke lebenden Reime und Lieder gesammelt und ging nun daran, seinen Schatz zu ordnen und womöglich mit neuen Aufzeichnungen aus der Umgegend zu vermehren. – Elisabeth war zu allen Zeiten sanft und freundlich; Erichs immer gleichbleibende Aufmerksamkeit nahm sie mit einer fast demütigen Dankbarkeit auf, und Reinhard dachte mitunter, das heitere Kind von ehedem habe wohl eine weniger stille Frau versprochen.

Seit dem zweiten Tage seines Hierseins pflegte er abends einen Spaziergang an dem Ufer des Sees zu machen. Der Weg führte hart unter dem Garten vorbei. Am Ende desselben, auf einer vorspringenden Bastei, stand eine Bank unter hohen Birken; die Mutter hatte sie die Abendbank getauft, weil der Platz gegen Abend lag und des Sonnenuntergangs halber um diese Zeit am meisten benutzt wurde. – Von einem Spaziergange auf diesem Wege kehrte Reinhard eines Abends zurück, als er vom Regen überrascht wurde. Er suchte Schutz unter einer am Wasser stehenden Linde; aber die schweren Tropfen schlugen bald durch die Blätter. Durchnäßt, wie er war, ergab er sich darein und setzte langsam seinen Rückweg fort. Es war fast dunkel; der Regen fiel immer dichter. Als er sich der Abendbank näherte, glaubte er zwischen den schimmernden Birkenstämmen eine weiße Frauengestalt zu unterscheiden. Sie stand unbeweglich und, wie er beim Näherkommen zu erkennen meinte, zu ihm hingewandt, als wenn sie jemanden erwarte. Er glaubte, es sei Elisabeth. Als er aber rascher zuschritt, um sie zu erreichen und dann mit ihr zusammen durch den Garten ins Haus zurückzukehren, wandte sie sich langsam ab und verschwand in die dunklen Seitengänge. Er konnte das nicht reimen; er war aber fast zornig auf Elisabeth, und dennoch zweifelte er, ob sie es gewesen sei; aber er scheute sich, sie danach zu fragen; ja, er ging bei seiner Rückkehr nicht in den Gartensaal, nur um Elisabeth nicht etwa durch die Gartentür hereintreten zu sehen.

MEINE MUTTER HAT'S GEWOLLT

Einige Tage nachher, es ging schon gegen Abend, saß die Familie, wie gewöhnlich um diese Zeit, im Gartensaal zusammen. Die Türen standen offen; die Sonne war schon hinter den Wäldern jenseits des Sees.

Reinhard wurde um die Mitteilung einiger Volkslieder gebeten, welche er am Nachmittag von einem auf dem Lande wohnenden Freunde geschickt bekommen hatte. Er ging auf sein Zimmer und kam gleich darauf mit einer Papierrolle zurück, welche aus einzelnen sauber geschriebenen Blättern zu bestehen schien.

Man setzte sich an den Tisch, Elisabeth an Reinhards Seite. »Wir lesen auf gut Glück«, sagte er, »ich habe sie selber noch nicht durchgesehen.«

Elisabeth rollte das Manuskript auf. »Hier sind Noten«, sagte sie, »das mußt du singen, Reinhard.«

Und dieser las nun zuerst einige Tiroler Schnaderhüpferl, indem er beim Lesen je zuweilen die lustige Melodie mit halber Stimme anklingen ließ. Eine allgemeine Heiterkeit bemächtigte sich der kleinen Gesellschaft. »Wer hat doch aber die schönen Lieder gemacht?« fragte Elisabeth.

»Ei«, sagte Erich, »das hört man den Dingern schon an; Schneidergesellen und Friseure und derlei luftiges Gesindel.«

Reinhard sagte: »Sie werden gar nicht gemacht; sie wachsen, sie fallen aus der Luft, sie fliegen über Land wie Mariengarn, hierhin und dorthin, und werden an tausend Stellen zugleich gesungen. Unser eigenstes Tun und Leiden finden wir in diesen Liedern; es ist, als ob wir alle an ihnen mitgeholfen hätten.«

Er nahm ein anderes Blatt: »Ich stand auf hohen Bergen ...«

»Das kenne ich!« rief Elisabeth. »Stimme nur an, Reinhard, ich will dir helfen.« Und nun sangen sie jene Melodie, die so rätselhaft ist, daß man nicht glauben kann, sie sei von Menschen erdacht worden; Elisabeth mit ihrer etwas verdeckten Altstimme dem Tenor sekundierend.

Die Mutter saß inzwischen emsig an ihrer Näherei, Erich hatte die Hände ineinandergelegt und hörte andächtig zu. Als das Lied zu Ende war, legte Reinhard das Blatt schweigend beiseite. – Vom Ufer des Sees herauf kam durch die Abendstille das Geläute der Herdenglocken; sie horchten unwillkürlich; da hörten sie eine klare Knabenstimme singen:

Ich stand auf hohen Bergen
Und sah ins tiefe Tal …

Reinhard lächelte: »Hört ihr es wohl? So geht's von Mund zu Mund.«

»Es wird oft in dieser Gegend gesungen«, sagte Elisabeth.

»Ja«, sagte Erich, »es ist der Hirtenkaspar; er treibt die Starken heim.«

Sie horchten noch eine Weile, bis das Geläute oben hinter den Wirtschaftsgebäuden verschwunden war. »Das sind Urtöne«, sagte Reinhard; »sie schlafen in Waldesgründen; Gott weiß, wer sie gefunden hat.«

Er zog ein neues Blatt heraus.

Es war schon dunkler geworden; ein roter Abendschein lag wie Schaum auf den Wäldern jenseits des Sees. Reinhard rollte das Blatt auf, Elisabeth legte an der einen Seite ihre Hand darauf und sah mit hinein. Dann las Reinhard:

Meine Mutter hat's gewollt,
Den andern ich nehmen sollt';
Was ich zuvor besessen,
Mein Herz sollt' es vergessen;
Das hat es nicht gewollt.

Meine Mutter klag' ich an,
Sie hat nicht wohl getan;
Was sonst in Ehren stünde,
Nun ist es worden Sünde;
Was fang' ich an!

Für all mein Stolz und Freud'
Gewonnen hab' ich Leid.
Ach, wär das nicht geschehen,
Ach, könnt' ich betteln gehen
Über die braune Heid!

Während des Lesens hatte Reinhard ein unmerkliches Zittern des Papiers empfunden; als er zu Ende war, schob Elisabeth leise ihren Stuhl zurück und ging schweigend in den Garten hinab. Ein Blick der Mutter folgte ihr. Erich wollte nachgehen; doch die Mutter sagte: »Elisabeth hat draußen zu tun.« So unterblieb es.

Draußen aber legte sich der Abend mehr und mehr über Garten und See, die Nachtschmetterlinge schossen surrend an den offenen Türen vorüber, durch welche der Duft der Blumen und Gesträuche immer stärker hereindrang; vom Wasser herauf kam das Geschrei der Frösche, unter den Fenstern schlug eine Nachtigall, tiefer im Garten eine andere; der Mond sah über die Bäume. Reinhard blickte noch eine Weile auf die Stelle, wo Elisabeths feine Gestalt zwischen den Laubgängen verschwunden war; dann rollte er sein Manuskript zusammen, grüßte die Anwesenden und ging durchs Haus an das Wasser hinab.

Die Wälder standen schweigend und warfen ihr Dunkel weit auf den See hinaus, während die Mitte desselben in schwüler Mondesdämmerung lag. Mitunter schauerte ein leises Säuseln durch die Bäume; aber es war kein Wind, es war nur das Atmen der Sommernacht. Reinhard ging immer am Ufer entlang. Einen Steinwurf vom Lande konnte er eine weiße Wasserlilie erkennen. Auf einmal wandelte ihn die Lust an, sie in der Nähe zu sehen; er warf seine Kleider ab und stieg ins Wasser. Es war flach, scharfe Pflanzen und Steine schnitten ihn an den Füßen, und er kam immer nicht in die zum Schwimmen nötige Tiefe. Dann war es plötzlich unter ihm weg, die Wasser quirlten über ihm zusammen, und es dauerte eine Zeitlang, ehe er wieder auf die Oberfläche kam. Nun regte er Hand und Fuß und schwamm im Kreise umher, bis er sich bewußt geworden, von wo er hineingegangen war. Bald sah er auch die Lilie wieder; sie lag einsam zwischen den großen blanken Blättern. – Er schwamm langsam hinaus und hob mitunter die Arme aus dem Wasser, daß die herabrieselnden Tropfen im Mondlicht blitzten; aber es war, als ob die Entfernung zwischen ihm und der Blume dieselbe bliebe; nur das Ufer lag, wenn er sich umblickte, in immer ungewisserem Dufte hinter ihm. Er gab indes sein Unternehmen nicht auf, sondern schwamm rüstig in derselben Richtung fort. Endlich war er der Blume so nahe gekommen, daß er die silbernen Blätter deutlich im Mondlicht unterscheiden konnte; zugleich aber fühlte er sich wie in einem Netze verstrickt; die glatten Stengel langten vom Grunde herauf und rankten sich an seine nackten Glieder. Das unbekannte Wasser lag so schwarz um ihn her, hinter sich hörte er das Springen eines Fisches; es wurde ihm plötzlich so unheimlich in dem fremden Elemente, daß er mit Gewalt das Gestrick der Pflanzen zerriß und in atemloser Hast dem Lande zuschwamm. Als er von hier auf den See zurückblickte, lag die Lilie wie zuvor fern und einsam über der dunkeln Tiefe. – Er kleidete sich an und ging langsam nach Hause zurück. Als er aus dem Garten in den Saal trat, fand er Erich und die Mutter in den Vorbereitungen einer kleinen Geschäftsreise, welche am andern Tage vor sich gehen sollte.

»Wo sind denn Sie so spät in der Nacht gewesen?« rief ihm die Mutter entgegen.

»Ich?« erwiderte er, »ich wollte die Wasserlilie besuchen; es ist aber nichts daraus geworden.«

»Das versteht wieder einmal kein Mensch!« sagte Erich. »Was Tausend hattest du denn mit der Wasserlilie zu tun?«

»Ich habe sie früher einmal gekannt«, sagte Reinhard; »es ist aber schon lange her.«

ELISABETH

Am folgenden Nachmittag wanderten Reinhard und Elisabeth jenseits des Sees, bald durch die Holzung, bald auf dem hohen vorspringenden Uferrande. Elisabeth hatte von Erich den Auftrag erhalten, während seiner und der Mutter Abwesenheit Reinhard mit den schönsten Aussichten der nächsten Umgegend, namentlich von der andern Uferseite auf den Hof selber, bekannt zu machen. Nun gingen sie von einem Punkt zum andern. Endlich wurde Elisabeth müde und setzte sich in den Schatten überhängender Zweige, Reinhard stand ihr gegenüber an einen Baumstamm gelehnt; da hörte er tiefer im Walde den Kuckuck rufen, und es kam ihm plötzlich, dies alles sei schon einmal ebenso gewesen. Er sah sie seltsam lächelnd an. »Wollen wir Erdbeeren suchen?« fragte er.

»Es ist keine Erdbeerenzeit«, sagte sie.

»Sie wird aber bald kommen.«

Elisabeth schüttelte schweigend den Kopf; dann stand sie auf, und beide setzten ihre Wanderung fort; und wie sie so an seiner Seite ging, wandte sein Blick sich immer wieder nach ihr hin; denn sie ging schön, als wenn sie von ihren Kleidern getragen würde. Er blieb oft unwillkürlich einen Schritt zurück, um sie ganz und voll ins Auge fassen zu können. So kamen sie an einen freien, heidebewachsenen Platz mit einer weit ins Land reichenden Aussicht. Reinhard bückte sich und pflückte etwas von den am Boden wachsenden Kräutern. Als er wieder aufsah, trug sein Gesicht den Ausdruck leidenschaftlichen Schmerzes.

»Kennst du diese Blume?« sagte er.

Sie sah ihn fragend an. »Es ist eine Erika. Ich habe sie oft im Walde gepflückt.«

»Ich habe zu Hause ein altes Buch«, sagte er; »ich pflegte sonst allerlei Lieder und Reime hineinzuschreiben; es ist aber lange nicht mehr geschehen. Zwischen den Blättern liegt auch eine Erika; aber es ist nur eine verwelkte. Weißt du, wer sie mir gegeben hat?«

Sie nickte stumm; aber sie schlug die Augen nieder und sah nur auf das Kraut, das er in der Hand hielt. So standen sie lange. Als sie die Augen gegen ihn aufschlug, sah er, daß sie voll Tränen waren.

»Elisabeth«, sagte er, »hinter jenen blauen Bergen liegt unsere Jugend. Wo ist sie geblieben?«

Sie sprachen nichts mehr; sie gingen stumm nebeneinander zum See hinab. Die Luft war schwül, im Westen stieg schwarzes Gewölk auf. »Es wird Gewitter«, sagte Elisabeth, indem sie ihren Schritt beeilte. Reinhard nickte schweigend, und beide gingen rasch am Ufer entlang, bis sie ihren Kahn erreicht hatten.

Während der Überfahrt ließ Elisabeth ihre Hand auf dem Rande des Kahnes ruhen. Er blickte beim Rudern zu ihr hinüber; sie aber sah an ihm vorbei in die Ferne. So glitt sein Blick herunter und blieb auf ihrer Hand; und diese blasse Hand verriet ihm, was ihr Antlitz ihm verschwiegen hatte. Er sah auf ihr jenen feinen Zug geheimen Schmerzes, der sich so gern schöner Frauenhände bemächtigt, die nachts auf krankem Herzen liegen. – Als Elisabeth sein Auge auf ihrer Hand ruhen fühlte, ließ sie sie langsam über Bord ins Wasser gleiten.

Auf dem Hofe angekommen, trafen sie einen Scherenschleiferkarren vor dem Herrenhause; ein Mann mit schwarzen niederhängenden Locken trat emsig das Rad und summte eine Zigeunermelodie zwischen den Zähnen, während ein eingeschirrter Hund schnaufend daneben lag. Auf dem Hausflur stand in Lumpen gehüllt ein Mädchen mit verstörten schönen Zügen und streckte bettelnd die Hand gegen Elisabeth aus.

Reinhard griff in seine Tasche; aber Elisabeth kam ihm zuvor und schüttete hastig den ganzen Inhalt ihrer Börse in die offene Hand der Bettlerin. Dann wandte sie sich eilig ab, und Reinhard hörte, wie sie schluchzend die Treppe hinaufging.

Er wollte sie aufhalten, aber er besann sich und blieb an der Treppe zurück Das Mädchen stand noch immer auf dem Flur, unbeweglich, das empfangene Almosen in der Hand. »Was willst du noch?« fragte Reinhard.

Sie fuhr zusammen. »Ich will nichts mehr«, sagte sie; dann den Kopf nach ihm zurückwendend, ihn anstarrend mit den verirrten Augen, ging sie langsam gegen die Tür. Er rief einen Namen aus, aber sie hörte es nicht mehr; mit gesenktem Haupte, mit über der Brust gekreuzten Armen schritt sie aber den Hof hinab.

Sterben, ach sterben
Soll ich allein!

Ein altes Lied brauste ihm ins Ohr, der Atem stand ihm still; eine kurze Weile, dann wandte er sich ab und ging auf sein Zimmer.

Er setzte sich hin, um zu arbeiten, aber er hatte keine Gedanken. Nachdem er es eine Stunde lang vergebens versucht hatte, ging er ins Familienzimmer hinab. Es war niemand da, nur kühle grüne Dämmerung; auf Elisabeths Nähtisch lag ein rotes Band, das sie am Nachmittag um den Hals getragen hatte. Er nahm es in die Hand, aber es tat ihm weh, und er legte es wieder hin. Er hatte keine Ruhe, er ging an den See hinab und band den Kahn los; er ruderte hinüber und ging noch einmal alle Wege, die er kurz vorher mit Elisabeth zusammen gegangen war. Als er wieder nach Hause kam, war es dunkel; auf dem Hofe begegnete ihm der Kutscher, der die Wagenpferde ins Gras bringen wollte; die Reisenden waren eben zurückgekehrt. Bei seinem Eintritt in den Hausflur hörte er Erich im Gartensaal auf und ab schreiten. Er ging nicht zu ihm hinein; er stand einen Augenblick still und stieg dann leise die Treppe hinauf nach seinem Zimmer. Hier setzte er sich in den Lehnstuhl ans Fenster; er tat vor sich selbst, als wolle er die Nachtigall hören, die unten in den Taxuswänden schlug; aber er hörte nur den Schlag seines eigenen Herzens. Unter ihm im Hause ging alles zur Ruh, die Nacht verrann, er fühlte es nicht. – So saß er stundenlang. Endlich stand er auf und legte sich ins offene Fenster. Der Nachttau rieselte zwischen den Blättern, die Nachtigall hatte aufgehört zu schlagen. Allmählich wurde auch das tiefe Blau des Nachthimmels von Osten her durch einen blaßgelben Schimmer verdrängt; ein frischer Wind erhob sich und streifte Reinhards heiße Stirn; die erste Lerche stieg jauchzend in die Luft. – Reinhard kehrte sich plötzlich um und trat an den Tisch; er tappte nach einem Bleistift, und als er diesen gefunden, setzte er sich und schrieb damit einige Zeilen auf einen weißen Bogen Papier. Nachdem er hiermit fertig war, nahm er Hut und Stock, und das Papier zurücklassend, öffnete er behutsam die Tür und stieg in den Flur hinab. – Die Morgendämmerung ruhte noch in allen Winkeln; die große Hauskatze dehnte sich auf der Strohmatte und sträubte den Rücken gegen seine Hand, die er ihr gedankenlos entgegenhielt. Draußen im Garten aber priesterten schon die Sperlinge von den Zweigen und sagten es allen, daß die Nacht vorbei sei. Da hörte er oben im Hause eine Tür gehen; es kam die Treppe herunter, und als er aufsah, stand Elisabeth vor ihm. Sie legte die Hand auf seinen Arm, sie bewegte die Lippen, aber er hörte keine Worte. »Du kommst nicht wieder«, sagte sie endlich. »Ich weiß es, lüge nicht; du kommst nie wieder.«

»Nie«, sagte er. Sie ließ die Hand sinken und sagte nichts mehr. Er ging über den Flur der Tür zu; dann wandte er sich noch einmal. Sie stand bewegungslos an derselben Stelle und sah ihn mit toten Augen an. Er tat einen Schritt vorwärts und streckte die Arme nach ihr aus. Dann kehrte er sich gewaltsam ab und ging zur Tür hinaus. – Draußen lag die Welt im frischen Morgenlichte, die Tauperlen, die in den Spinngeweben hingen, blitzten in den ersten Sonnenstrahlen. Er sah nicht rückwärts; er wanderte rasch hinaus; und mehr und mehr versank hinter ihm das stille Gehöft, und vor ihm auf stieg die große weite Welt. – –

DER ALTE

Der Mond schien nicht mehr in die Fensterscheiben, es war dunkel geworden; der Alte aber saß noch immer mit gefalteten Händen in seinem Lehnstuhl und blickte vor sich hin in den Raum des Zimmers. Allmählich verzog sich vor seinen Augen die schwarze Dämmerung um ihn her zu einem breiten, dunkeln See; ein schwarzes Gewässer legte sich hinter das andere, immer tiefer und ferner, und auf dem letzten, so fern, daß die Augen des Alten sie kaum erreichten, schwamm einsam zwischen breiten Blättern eine weiße Wasserlilie.

Die Stubentür ging auf, und ein heller Lichtstrahl fiel ins Zimmer. »Es ist gut, daß Sie kommen, Brigitte«, sagte der Alte. »Stellen Sie das Licht nur auf den Tisch.«

Dann rückte er auch den Stuhl zum Tische, nahm eins der aufgeschlagenen Bücher und vertiefte sich in Studien, an denen er einst die Kraft seiner Jugend geübt hatte.

GEDICHTE

EINER TOTEN

1

Du glaubtest nicht an frohe Tage mehr,
Verjährtes Leid ließ nimmer dich genesen;
Die Mutterfreude war für dich zu schwer,
Das Leben war dir gar zu hart gewesen.

Er saß bei dir in letzter Liebespflicht;
Noch eine Nacht, noch eine war gegeben!
Auch die verrann; dann kam das Morgenlicht.
»Mein guter Mann, wie gerne wollt' ich leben!«

Er hörte still die sanften Worte an,
Wie sie sein Ohr in bangen Pausen trafen:
»Sorg' für das Kind – ich sterbe, süßer Mann.«
Dann halb verständlich noch: »Nun will ich schlafen.«

Und dann nichts mehr; – du wurdest nimmer wach,
Dein Auge brach, die Welt ward immer trüber;
Der Atem Gottes wehte durchs Gemach,
Dein Kind schrie auf, und dann warst du hinüber.

2

Das aber kann ich nicht ertragen,
Daß so wie sonst die Sonne lacht;
Daß wie in deinen Lebenstagen
Die Uhren gehn, die Glocken schlagen,
Einförmig wechseln Tag und Nacht;

Daß, wenn des Tages Lichter schwanden,
Wie sonst der Abend uns vereint;
Und daß, wo sonst dein Stuhl gestanden,
Schon andre ihre Plätze fanden,
Und nichts dich zu vermissen scheint;

Indessen von den Gitterstäben
Die Mondesstreifen schmal und karg
In deine Gruft hinunterweben
Und mit gespenstig trübem Leben
Hinwandeln über deinen Sarg.

SPRUCH DES ALTERS

1

Vergessen und Vergessenwerden –
Wer lange lebt auf Erden,
Der hat wohl diese beiden
Zu lernen und zu leiden.

2

Dein jung Genoß in Pflichten
Nach dir den Schritt tät' richten.

Da kam ein andrer junger Schritt,
Nahm deinen jung Genossen mit.

Sie wandern nach dem Glücke,
Sie schau'n nicht mehr zurücke.

MEIN JÜNGSTES KIND

Ich wanderte schon lange,
Da kamest du daher;
Nun gingen wir zusammen,
Ich sah dich nie vorher.

Noch eine kurze Strecke,
– Das Herz wird mir so schwer –
Du hast noch weit zu gehen,
Ich kann nicht weiter mehr.

LOSE

Dereinst er seine junge
Sonnige Liebe gebracht,
Die hat ihn gehen heißen,
Nicht weiter sein gedacht.

Drauf hat er heimgeführet
Ein Mädchen still und hold;
Die hat aus allen Menschen
Nur einzig ihn gewollt.

Und ob sein Herz in Liebe
Niemals für sie gebebt,
Sie hat um ihn gelitten
Und nur für ihn gelebt.

EINE FREMDE

Sie saß in unserm Mädchenkreise,
Ein Stern am Frauen-Firmament;
Sie sprach in unsres Volkes Weise,
Nur leis mit klagendem Akzent.
Du hörtest niemals heim verlangen
Den stolzen Mund der schönen Frau;
Nur auf den südlich blassen Wangen
Und über der gewölbten Brau
Lag noch Granadas Mondenschimmer,
Den sie vertauscht um unsern Strand;
Und ihre Augen dachten immer
An ihr beglänztes Heimatland.

VERIRRT

Ein Vöglein singt so süße
Vor mir von Ort zu Ort;
Weh, meine wunden Füße!
Das Vöglein singt so süße,
Ich wandre immerfort.

Wo ist nun hin das Singen?
Schon sank das Abendrot;
Die Nacht hat es verstecket,
Hat alles zugedecket –
Wem klag' ich meine Not?

Kein Sternlein blinkt im Walde,
Weiß weder Weg noch Ort;
Die Blumen an der Halde,
Die Blumen in dem Walde,
Die blühn im Dunkeln fort.

ABSEITS

Es ist so still; die Heide liegt
Im warmen Mittagssonnenstrahle,
Ein rosenroter Schimmer fliegt
Um ihre alten Gräbermale;
Die Kräuter blühn; der Heideduft
Steigt in die blaue Sommerluft.

Laufkäfer hasten durch's Gesträuch
In ihren goldnen Panzerröckchen,
Die Bienen hängen Zweig um Zweig
Sich an der Edelheide Glöckchen;
Die Vögel schwirren aus dem Kraut –
Die Luft ist voller Lerchenlaut.

Ein halbverfallen' niedrig' Haus
Steht einsam hier und sonnbeschienen;
Der Kätner lehnt zur Tür hinaus,
Behaglich blinzelnd nach den Bienen;
Sein Junge auf dem Stein davor
Schnitzt Pfeifen sich aus Kälberrohr.

Kaum zittert durch die Mittagsruh
Ein Schlag der Dorfuhr, der entfernten;
Dem Alten fällt die Wimper zu,
Er träumt von seinen Honigernten.
– Kein Klang der aufgeregten Zeit
Drang noch in diese Einsamkeit.

MEERESSTRAND

An's Haff nun fliegt die Möwe,
Und Dämm'rung bricht herein;
Über die feuchten Watten
Spiegelt der Abendschein.

Graues Geflügel huschet
Neben dem Wasser her;
Wie Träume liegen die Inseln
Im Nebel auf dem Meer.

Ich höre des gärenden Schlammes
Geheimnisvollen Ton,
Einsames Vogelrufen –
So war es immer schon.

Noch einmal schauert leise
Und schweiget dann der Wind;
Vernehmlich werden die Stimmen,
Die über der Tiefe sind.

HYAZINTHEN

Fern hallt Musik; doch hier ist stille Nacht,
Mit Schlummerduft anhauchen mich die Pflanzen;
Ich habe immer, immer dein gedacht;
Ich möchte schlafen; aber du mußt tanzen.

Es hört nicht auf, es rast ohn' Unterlaß;
Die Kerzen brennen und die Geigen schreien,
Es teilen und es schließen sich die Reihen,
Und alle glühen; aber du bist blaß.

Und du mußt tanzen; fremde Arme schmiegen
Sich an dein Herz; o leide nicht Gewalt!
Ich seh' dein weißes Kleid vorüberfliegen
Und deine leichte, zärtliche Gestalt. – –

Und süßer strömend quillt der Duft der Nacht
Und träumerischer aus dem Kelch der Pflanzen.
Ich habe immer, immer dein gedacht;
Ich möchte schlafen; aber du mußt tanzen.

ÜBER DIE HEIDE

Über die Heide hallet mein Schritt;
Dumpf aus der Erde wandert es mit.

Herbst ist gekommen, Frühling ist weit –
Gab es denn einmal selige Zeit?

Brauende Nebel geisten umher,
Schwarz ist das Kraut und der Himmel so leer.

Wär' ich hier nur nicht gegangen im Mai!
Leben und Liebe – wie flog es vorbei!

FRAUENHAND

Ich weiß es wohl, kein klagend Wort
Wird über deine Lippen gehen;
Doch, was so sanft dein Mund verschweigt,
Muß deine blasse Hand gestehen.

Die Hand, an der mein Auge hängt,
Zeigt jenen feinen Zug der Schmerzen,
Und daß in schlummerloser Nacht
Sie lag auf einem kranken Herzen.

MIT LIEDERN

Liegt eine Zeit zurück in meinem Leben –
Wie die verlaßne Heimat schaut sie aus,
Wohin im Heimweh die Gedanken streben –
Du kennst sie wohl – auch du warst dort zu Haus.

O folge mir, und laß dich heimatwärts
Durch mein Gedicht zu lieben Stunden bringen,
Die alte Zeit mit neu erregten Schwingen
Noch einmal schlagen an dein friedlich Herz!

IMMENSEE

Aus diesen Blättern steigt der Duft des Veilchens,
Das dort zu Haus auf unsren Heiden stand,
Jahr aus und ein, von welchem keiner wußte,
Und das ich später nirgends wieder fand.

VERLOREN

Was Holdes liegt mir in dem Sinn,
Das ich vor Zeit einmal besessen;
Ich weiß nicht, wo es kommen hin,
Auch, was es war, ist mir vergessen.
Vielleicht – am fernen Waldesrand,
Wo ich am lichten Junimorgen
– Die Kinder klein und klein die Sorgen –
Mit dir gesessen Hand in Hand,
Indes vom Fels die Quelle tropfte,
Die Amsel schallend schlug im Grund,
Mein Herz in gleichen Schlägen klopfte,
Und glücklich lächelnd schwieg dein Mund;
In grünen Schatten lag der Ort –
Wenn nur der weite Raum nicht trennte,
Wenn ich nur dort hinüber könnte,
Wer weiß! – vielleicht noch fänd ich's dort.

DIE NACHTIGALL

Das macht, es hat die Nachtigall
Die ganze Nacht gesungen;
Da sind von ihrem süßen Schall,
Da sind in Hall und Widerhall
Die Rosen aufgesprungen.

Sie war doch sonst ein wildes Kind;
Nun geht sie tief in Sinnen,
Trägt in der Hand den Sommerhut
Und duldet still der Sonne Glut,
Und weiß nicht, was beginnen.

Das macht, es hat die Nachtigall
Die ganze Nacht gesungen;
Da sind von ihrem süßen Schall,
Da sind in Hall und Widerhall
Die Rosen aufgesprungen.

DU WILLST ES NICHT IN WORTEN SAGEN

Du willst es nicht in Worten sagen;
Doch legst du's brennend Mund auf Mund,
Und deiner Pulse tiefes Schlagen
Tut liebliches Geheimnis kund.

Du fliehst vor mir, du scheue Taube,
Und drückst dich fest an meine Brust;
Du bist der Liebe schon zum Raube,
Und bist dir kaum des Worts bewußt.

Du biegst den schlanken Leib mir ferne,
Indes dein roter Mund mich küßt;
Behalten möchtest du dich gerne,
Da du doch ganz verloren bist.

Du fühlst, wir können nicht verzichten;
Warum zu geben scheust du noch?
Du mußt die ganze Schuld entrichten,
Du mußt, gewiß, du mußt es doch.

In Sehnen halb und halb in Bangen,
Am Ende rinnt die Schale voll;
Die holde Scham ist nur empfangen,
Daß sie in Liebe sterben soll.

ABENDS

Warum duften die Levkojen so viel schöner bei der Nacht?
Warum brennen deine Lippen so viel röter bei der Nacht?
Warum ist in meinem Herzen so die Sehnsucht auferwacht,
Diese brennend roten Lippen zu küssen bei der Nacht?

WEISSE ROSEN

1

Du bissest dir die zarten Lippen wund,
Das Blut ist danach geflossen;
Du hast es gewollt, ich weiß es wohl,
Weil einst mein Mund sie verschlossen.

Entfärben ließt du dein blondes Haar
In Sonnenbrand und Regen;
Du hast es gewollt, weil meine Hand
Liebkosend darauf gelegen.

Du stehst am Herd in Flammen und Rauch,
Daß die zarten Hände dir sprangen;
Du hast es gewollt, ich weiß es wohl,
Weil mein Auge daran gehangen.

2

Du gehst an meiner Seite hin
Und achtest meiner nicht;
Nun schmerzt mich deine weiße Hand,
Dein süßes Angesicht.

O sprich wie sonst ein liebes Wort,
Ein einzig Wort mir zu!
Die Wunden bluten heimlich fort,
Auch du hast keine Ruh.

Der Mund, der jetzt zu meiner Qual
Sich stumm vor mir verschließt,
Ich hab' ihn ja so tausend mal,
Viel tausend mal geküßt.

Was einst so überselig war,
Bricht nun das Herz entzwei;
Das Aug', das meine Seele trank,
Sieht fremd an mir vorbei.

3

So dunkel sind die Straßen,
So herbstlich geht der Wind;
Leb wohl, meine weiße Rose,
Mein Herz, mein Weib, mein Kind!

So schweigend steht der Garten,
Ich wandre weit hinaus;
Er wird dir nicht verraten,
Daß ich nimmer kehr' nach Haus.

Der Weg ist gar so einsam,
Es reist ja niemand mit;
Die Wolken nur am Himmel
Halten gleichen Schritt.

Ich bin so müd' zum Sterben;
Drum blieb' ich gern zu Haus
Und schliefe gern das Leben
Und Lust und Leiden aus.

GESCHWISTERBLUT

I

Sie saßen sich genüber bang
Und sahen sich an in Schmerzen;
O lägen sie in tiefster Gruft,
Und lägen Herz an Herzen!

Sie sprach: »Daß wir beisammen sind,
Mein Bruder, will nicht taugen!«
Er sah ihr in die Augen tief:
»O süße Schwesteraugen!«

Sie faßte flehend seine Hand
Und rief: »O denk' der Sünde!«
Er sprach: »O süßes Schwesterblut,
Was läufst du so geschwinde!«

Er zog die schmalen Fingerlein
An seinen Mund zur Stelle;
Sie rief: «O hilf mir, Herre Christ,
Er zieht mich nach der Hölle!«

Der Bruder hielt ihr zu den Mund;
Er rief nach seinen Knappen.
Nun rüsteten sie Reisezeug,
Nun zäumten sie die Rappen.

Er sprach: »Daß ich dein Bruder sei,
Nicht länger will ich's tragen;
Nicht länger will ich drum im Grab
Vater und Mutter verklagen.

Zu lösen vermag der Papst Urban,
Er mag uns lösen und binden;
Und säß' er an Sankt Peters Faust,
Den Brautring muß ich finden.«

Er ritt dahin; die Träne rann
Von ihrem Angesichte;
Der Stuhl, wo er gesessen, stand
Im Abendsonnenlichte.

Sie stieg hinab durch Hof und Hall'
Zu der Kapelle Stufen:
»Weh' mir, ich hör' im Grabe tief
Vater und Mutter rufen!«

Sie stieg hinauf in's Kämmerlein;
Das stand in Dämmernissen.
Ach, nächtens schlug die Nachtigall;
Da saß sie wach im Kissen.

Da fuhr ihr Herz dem Liebsten nach
Allüberall auf Erden;
Sie streckte weit die Arme aus:
»Unselig muß ich werden!«

2

Schon war mit seinem Rosenkranz
Der Sommer fortgezogen;
Es hatte sich die Nachtigall
In weiter Welt verflogen.

Im Erker saß ein blasses Weib
Und schaute auf die Fliesen;
So stille war's: kein Tritt erscholl,
Kein Hornruf über die Wiesen.

Der Abendschein alleine ging
Vergoldend durch die Halle;
Da öffneten die Tore sich
Geräuschlos, ohne Schalle.

Da stand an seiner Schwelle Rand
Ein Mann in Harm gebrochen;
Der sah sie toten Auges an,
Kein Wort hat er gesprochen.

Es lag auf ihren Lidern schwer,
Sie schlug sie auf mit Mühen;
Sie sprang empor, sie schrie so laut,
Wie noch kein Herz geschrieen.

Doch als er sprach: »Es reicht kein Ring
Um Schwester- und Bruderhände!«
Um stürzte sie den Marmortisch
Und schritt an Saales Ende.

Sie warf in seine Arme sich;
Doch war sie bleich zum Sterben.
Er sprach: »So ist die Stunde da,
Daß beide wir verderben.«

Die Schwester von dem Nacken sein
Löste die zarten Hände:
»Wir wollen zu Vater und Mutter gehn;
Da hat das Leid ein Ende.«

WER JE GELEBT IN LIEBESARMEN

Wer je gelebt in Liebesarmen,
Der kann im Leben nie verarmen;
Und müßt' er sterben fern, allein,
Er fühlte noch die sel'ge Stunde,
Wo er gelebt an ihrem Munde,
Und noch im Tode ist sie sein.

CRUCIFIXUS

Am Kreuz hing sein gequält' Gebeine,
Mit Blut besudelt und geschmäht;
Dann hat die stets jungfräulich reine
Natur das Schreckensbild verweht.

Doch die sich seine Jünger nannten,
Die formten es in Erz und Stein,
Und stellten's in des Tempels Düster
Und in die lichte Flur hinein.

So, jedem reinen Aug' ein Schauder,
Ragt es herein in unsre Zeit;
Verewigend den alten Frevel,
Ein Bild der Unversöhnlichkeit.

VOR TAG

I

Wir harren nicht mehr ahnungsvoll
Wie sonst auf blaue Märchenwunder;
Wie sich das Buch entwickeln soll,
Wir wissen's ganz genau jetzunder.

Wir blätterten schon hin und her
– Denn ruchlos wurden unsre Hände –
Und auf der letzten Seite sahn
Wir schon das schlimme Wörtlein Ende.

2

Und geht es noch so rüstig
Hin über Stein und Steg,
Es ist eine Stelle im Wege,
Du kommst darüber nicht weg.

3

Schlug erst die Stunde, wo auf Erden
Dein holdes Bildnis sich verlor,
Dann wirst du niemals wieder werden,
So wie du niemals warst zuvor.

4
Da diese Augen nun in Staub vergehen,
So weiß ich nicht, wie wir uns wiedersehen.

O BLEIBE TREU DEN TOTEN

O bleibe treu den Toten,
Die lebend du betrübt;
O bleibe treu den Toten,
Die lebend dich geliebt!

Sie starben; doch sie blieben
Auf Erden wesenlos,
Bis allen ihren Lieben
Der Tod die Augen schloß.

Indessen du dich herzlich
In Lebenslust versenkst,
Wie sehnen sie sich schmerzlich,
Daß ihrer du gedenkst!

Sie nahen dir in Liebe,
Allein du fühlst es nicht;
Sie schau'n dich an so trübe,
Du aber siehst es nicht.

Die Brücke ist zerfallen;
Nun mühen sie sich bang,
Ein Liebeswort zu lallen,
Das nie hinüber drang.

In ihrem Schattenleben
Quält eins sie gar zu sehr:
Ihr Herz will dir vergeben,
Ihr Mund vermag's nicht mehr.

O bleibe treu den Toten,
Die lebend du betrübt;
O bleibe treu den Toten,
Die lebend dich geliebt!

GEFLÜSTER DER NACHT

Es ist ein Flüstern in der Nacht,
Es hat mich ganz um den Schlaf gebracht;
Ich fühl's, es will sich was verkünden
Und kann den Weg nicht zu mir finden.

Sind's Liebesworte, vertrauet dem Wind,
Die unterwegs verwehet sind?
Oder ist's Unheil aus künftigen Tagen,
Das emsig drängt sich anzusagen?

SPRUCH

Der Eine fragt: was kommt danach?
Der Andre fragt nur: ist es recht?
Und also unterscheidet sich
Der Freie von dem Knecht

FÜR MEINE SÖHNE

Hehle nimmer mit der Wahrheit!
Bringt sie Leid, nicht bringt sie Reue;
Doch, weil Wahrheit eine Perle,
Wirf sie auch nicht vor die Säue.

Blüte edelsten Gemütes
Ist die Rücksicht; doch zu Zeiten
Sind erfrischend wie Gewitter
Goldne Rücksichtslosigkeiten.

Wackrer heimatlicher Grobheit
Setze deine Stirn entgegen;
Artigen Leutseligkeiten
Gehe schweigend aus den Wegen.

Wo zum Weib du nicht die Tochter
Wagen würdest zu begehren,
Halte dich zu wert, um gastlich
In dem Hause zu verkehren.

Was du immer kannst, zu werden,
Arbeit scheue nicht und Wachen;
Aber hüte deine Seele
Vor dem Karriere-Machen.

Wenn der Pöbel aller Sorte
Tanzet um die goldnen Kälber,
Halte fest: du hast vom Leben
Doch am Ende nur dich selber.

BEGINN DES ENDES

Ein Punkt nur ist es, kaum ein Schmerz,
Nur ein Gefühl, empfunden eben;
Und dennoch spricht es stets darein,
Und dennoch stört es dich zu leben.

Wenn du es andern klagen willst,
So kannst du's nicht in Worte fassen.
Du sagst dir selber: »Es ist nichts!«
Und dennoch will es dich nicht lassen.

So seltsam fremd wird dir die Welt,
Und leis verläßt dich alles Hoffen,
Bis du es endlich, endlich weißt,
Daß dich des Todes Pfeil getroffen.

DER SCHIMMELREITER

Was ich zu berichten beabsichtige, ist mir vor reichlich einem halben Jahrhundert im Hause meiner Urgroßmutter, der alten Frau Senator Feddersen, kund geworden, während ich, an ihrem Lehnstuhl sitzend, mich mit dem Lesen eines in blaue Pappe eingebundenen Zeitschriftenheftes beschäftigte; ich vermag mich nicht mehr zu entsinnen, ob von den »Leipziger« oder von »Pappes Hamburger Lesefrüchten«. Noch fühl ich es gleich einem Schauer, wie dabei die linde Hand der über Achtzigjährigen mitunter liebkosend über das Haupthaar ihres Urenkels hinglitt. Sie selbst und jene Zeit sind längst begraben; vergebens auch habe ich seitdem jenen Blättern nachgeforscht, und ich kann daher um so weniger weder die Wahrheit der Tatsachen verbürgen, als, wenn jemand sie bestreiten wollte, dafür aufstehen; nur so viel kann ich versichern, daß ich sie seit jener Zeit, obgleich sie durch keinen äußeren Anlaß in mir aufs neue belebt wurden, niemals aus dem Gedächtnis verloren habe.

*

Es war im dritten Jahrzehnt unseres Jahrhunderts, an einem Oktobernachmittag – so begann der damalige Erzähler –, als ich bei starkem Unwetter auf einem nordfriesischen Deich entlang ritt. Zur Linken hatte ich jetzt schon seit über einer Stunde die öde, bereits von allem Vieh geleerte Marsch, zur Rechten, und zwar in unbehaglichster Nähe, das Wattenmeer der Nordsee; zwar sollte man vom Deiche aus auf Halligen und Inseln sehen können; aber ich sah nichts als die gelbgrauen Wellen, die unaufhörlich wie mit Wutgebrüll an den Deich hinaufschlugen und mitunter mich und das Pferd mit schmutzigem Schaum bespritzten; dahinter wüste Dämmerung, die Himmel und Erde nicht unterscheiden ließ; denn auch der halbe Mond, der jetzt in der Höhe stand, war meist von treibendem Wolkendunkel überzogen. Es war eiskalt; meine verklommenen Hände konnten kaum den Zügel halten, und ich verdachte es nicht den Krähen und Möwen, die sich fortwährend krächzend und gakkernd vom Sturm ins Land hineintreiben ließen. Die Nachtdämmerung hatte begonnen, und schon konnte ich nicht mehr mit Sicherheit die Hufen meines Pferdes erkennen; keine Menschenseele war mir begegnet, ich hörte nichts als das Geschrei der Vögel, wenn sie mich oder meine treue Stute fast mit den langen Flügeln streiften, und das Toben von Wind und Wasser. Ich leugne nicht, ich wünschte mich mitunter in sicheres Quartier.

Das Wetter dauerte jetzt in den dritten Tag, und ich hatte mich schon über Gebühr von einem mir besonders lieben Verwandten auf seinem Hofe halten lassen, den er in einer der nördlicheren Harden besaß. Heute aber ging es nicht länger; ich hatte Geschäfte in der Stadt, die auch jetzt wohl noch ein paar Stunden weit nach Süden vor mir lag, und trotz aller Überredungskünste des Vetters und seiner lieben Frau, trotz der schönen selbstgezogenen Perinette- und Grand-Richard-Äpfel, die noch zu probieren waren, am Nachmittag war ich davongeritten. »Wart nur, bis du ans Meer kommst«, hatte er noch an seiner Haustür mir nachgerufen; »du kehrst noch wieder um; dein Zimmer wird dir vorbehalten!«

Und wirklich, einen Augenblick, als eine schwarze Wolkenschicht es pechfinster um mich machte und gleichzeitig die heulenden Böen mich samt meiner Stute vom Deich herabzudrängen suchten, fuhr es mir wohl durch den Kopf. ›Sei kein Narr! Kehr um und setz dich zu deinen Freunden ins warme Nest.‹ Dann aber fiel's mir ein, der Weg zurück war wohl noch länger als der nach meinem Reiseziel; und so trabte ich weiter, den Kragen meines Mantels um die Ohren ziehend.

Jetzt aber kam auf dem Deiche etwas gegen mich heran; ich hörte nichts; aber immer deutlicher, wenn der halbe Mond ein karges Licht herabließ, glaubte ich eine dunkle Gestalt zu erkennen, und bald, da sie näher kam, sah ich es, sie saß auf einem Pferde, einem hochbeinigen hageren Schimmel; ein dunkler Mantel flatterte um ihre Schultern, und im Vorbeifliegen sahen mich zwei brennende Augen aus einem bleichen Antlitz an.

Wer war das? Was wollte der? – Und jetzt fiel mir bei, ich hatte keinen Hufschlag, kein Keuchen des Pferdes vernommen; und Roß und Reiter waren doch hart an mir vorbeigefahren!

In Gedanken darüber ritt ich weiter, aber ich hatte nicht lange Zeit zum Denken, schon fuhr es von rückwärts wieder an mir vorbei; mir war, als streifte mich der fliegende Mantel, und die Erscheinung war, wie das erste Mal, lautlos an mir vorüber gestoben. Dann sah ich sie fern und ferner vor mir; dann war's, als säh ich plötzlich ihren Schatten an der Binnenseite des Deiches hinuntergehen.

Etwas zögernd ritt ich hintendrein. Als ich jene Stelle erreicht hatte, sah ich hart am Deich im Kooge unten das Wasser einer großen Wehle blinken – so nennen sie dort die Brüche, welche von den Sturmfluten in das Land gerissen werden und die dann meist als kleine, aber tiefgründige Teiche stehen bleiben.

Das Wasser war, trotz des schützenden Deiches, auffallend bewegt; der Reiter konnte es nicht getrübt haben; ich sah nichts weiter von ihm. Aber ein anderes sah ich, das ich mit Freuden jetzt begrüßte: vor mir, von unten aus dem Kooge, schimmerten eine Menge zerstreuter Lichtscheine zu mir herauf, sie schienen aus jenen langgestreckten friesischen Häusern zu kommen, die vereinzelt auf mehr oder minder hohen Werften lagen; dicht vor mir aber auf halber Höhe des Binnendeiches lag ein großes Haus derselben Art; an der Südseite, rechts von der Haustür, sah ich alle Fenster erleuchtet; dahinter gewahrte ich Menschen und glaubte trotz des Sturmes sie zu hören. Mein Pferd war schon von selbst auf den Weg am Deich hinabgeschritten, der mich vor die Tür des Hauses führte. Ich sah wohl, daß es ein Wirtshaus war; denn vor den Fenstern gewahrte ich die sogenannten »Ricks«, das heißt auf zwei Ständern ruhende Balken mit großen eisernen Ringen, zum Anbinden des Viehes und der Pferde, die hier Halt machten.

Ich band das meine an einen derselben und überwies es dann dem Knechte, der mir beim Eintritt in den Flur entgegenkam: »Ist hier Versammlung?« frug ich ihn, da mir jetzt deutlich ein Geräusch von Menschenstimmen und Gläserklirren aus der Stubentür entgegendrang.

»Is wull so wat«, entgegnete der Knecht auf plattdeutsch – und ich erfuhr nachher, daß dieses neben dem Friesischen hier schon seit über hundert Jahren im Schwange gewesen sei – »Diekgraf un Gevollmächtigten un wecke von de annern Interessenten! Dat is um't hoge Water!«

Als ich eintrat, sah ich etwa ein Dutzend Männer an einem Tische sitzen, der unter den Fenstern entlang lief; eine Punschbowle stand darauf, und ein besonders stattlicher Mann schien die Herrschaft über sie zu führen.

Ich grüßte und bat, mich zu ihnen setzen zu dürfen, was bereitwillig gestattet wurde. »Sie halten hier die Wacht!« sagte ich, mich zu jenem Mann wendend; »es ist bös Wetter draußen; die Deiche werden ihre Not haben!«

»Gewiß«, erwiderte er; »wir, hier an der Ostseite, aber glauben, jetzt außer Gefahr zu sein; nur drüben an der andern Seite ist's nicht sicher, die Deiche sind dort meist noch mehr nach altem Muster; unser Hauptdeich ist schon im vorigen Jahrhundert umgelegt. – Uns ist vorhin da draußen kalt geworden, und Ihnen«, setzte er hinzu, »wird es ebenso gegangen sein; aber wir müssen hier noch ein paar Stunden aushalten; wir haben sichere Leute draußen, die uns Bericht erstatten.« Und ehe ich meine Bestellung bei dem Wirte machen konnte, war schon ein dampfendes Glas mir hingeschoben.

Ich erfuhr bald, daß mein freundlicher Nachbar der Deichgraf sei; wir waren ins Gespräch gekommen, und ich hatte begonnen, ihm meine seltsame Begegnung auf dem Deiche zu erzählen. Er wurde aufmerksam, und ich bemerkte plötzlich, daß alles Gespräch umher verstummt war. »Der Schimmelreiter!« rief einer aus der Gesellschaft, und eine Bewegung des Erschreckens ging durch die übrigen.

Der Deichgraf war aufgestanden. »Ihr braucht nicht zu erschrecken«, sprach er über den Tisch hin; »das ist nicht bloß für uns; anno 17 hat es auch denen drüben gegolten; mögen sie auf alles vorgefaßt sein!«

Mich wollte nachträglich ein Grauen überlaufen. »Verzeiht!« sprach ich, »was ist das mit dem Schimmelreiter?«

Abseits hinter dem Ofen, ein wenig gebückt, saß ein kleiner hagerer Mann in einem abgeschabten schwarzen Röcklein; die eine Schulter schien ein wenig ausgewachsen. Er hatte mit keinem Worte an der Unterhaltung der andern teilgenommen, aber seine bei dem spärlichen grauen Haupthaar noch immer mit dunklen Wimpern besäumten Augen zeigten deutlich, daß er nicht zum Schlaf hier sitze.

Gegen diesen streckte der Deichgraf seine Hand. »Unser Schulmeister«, sagte er mit erhobener Stimme, »wird von uns hier Ihnen das am besten erzählen können; freilich nur in seiner Weise und nicht so richtig, wie zu Haus meine alte Wirtschafterin Antje Vollmers es beschaffen würde.«

»Ihr scherzet, Deichgraf!« kam die etwas kränkliche Stimme des Schulmeisters hinter dem Ofen hervor, »daß Ihr mir Euern dummen Drachen wollt zur Seite stellen!«

»Ja, ja, Schulmeister!« erwiderte der andere, »aber bei den Drachen sollen derlei Geschichten am besten in Verwahrung sein!«

»Freilich!« sagte der kleine Herr; »wir sind hierin nicht ganz derselben Meinung«; und ein überlegenes Lächeln glitt über das feine Gesicht.

»Sie sehen wohl«, raunte der Deichgraf mir ins Ohr; »er ist immer noch ein wenig hochmütig; er hat in seiner Jugend einmal Theologie studiert und ist nur einer verfehlten Brautschaft wegen hier in seiner Heimat als Schulmeister behangen geblieben.«

Dieser war inzwischen aus seiner Ofenecke hervorgekommen und hatte sich neben mir an den langen Tisch gesetzt. »Erzählt, erzählt nur, Schulmeister«, riefen ein paar der Jüngeren aus der Gesellschaft.

»Nun freilich«, sagte der Alte, sich zu mir wendend, »will ich gern zu Willen sein; aber es ist viel Aberglaube dazwischen und eine Kunst, es ohne diesen zu erzählen.«

»Ich muß Euch bitten, den nicht auszulassen«, erwiderte ich; »traut mir nur zu, daß ich schon selbst die Spreu vom Weizen sondern werde!«

Der Alte sah mich mit verständnisvollem Lächeln an. »Nun also!« sagte er. »In der Mitte des vorigen Jahrhunderts, oder vielmehr, um genauer zu bestimmen, vor und nach derselben, gab es hier einen Deichgrafen, der von Deich- und Sielsachen mehr verstand, als Bauern und Hofbesitzer sonst zu verstehen pflegen; aber es reichte doch wohl kaum; denn was die studierten Fachleute darüber niedergeschrieben, davon hatte er wenig gelesen; sein Wissen hatte er sich, wenn auch von Kindesbeinen an, nur selber ausgesonnen. Ihr hörtet wohl schon, Herr, die Friesen rechnen gut, und habet auch wohl schon über unsern Hans Mommsen von Fahretoft reden hören, der ein Bauer war und doch Boussolen und Seeuhren, Teleskopen und Orgeln machen konnte. Nun, ein Stück von solch einem Manne war auch der Vater des nachherigen Deichgrafen gewesen; freilich wohl nur ein kleines. Er hatte ein paar Fennen, wo er Raps und Bohnen baute, auch eine Kuh graste, ging unterweilen im Herbst und Frühjahr auch aufs Landmessen und saß im Winter, wenn der Nordwest von draußen kam und an seinen Läden rüttelte, zu ritzen und zu prickeln, in seiner Stube. Der Junge saß meist dabei und sah über seine Fibel oder Bibel weg dem Vater zu, wie er maß und berechnete, und grub sich mit der Hand in seinen blonden Haaren. Und eines Abends frug er den Alten, warum denn das, was er eben hingeschrieben hatte, gerade so sein müsse und nicht anders sein könne, und stellte dann eine eigene Meinung darüber auf. Aber der Vater, der darauf nicht zu antworten wußte, schüttelte den Kopf und sprach: ›Das kann ich dir nicht sagen; genug, es ist so, und du selber irrst dich. Willst du mehr wissen, so suche morgen aus der Kiste, die auf unserm Boden steht, ein Buch; einer, der Euklid hieß, hat's geschrieben; das wird's dir sagen!‹

– – Der Junge war tags darauf zum Boden gelaufen und hatte auch bald das Buch gefunden; denn viele Bücher gab es überhaupt nicht in dem Hause; aber der Vater lachte, als er es vor ihm auf den Tisch legte. Es war ein holländischer Euklid, und Holländisch, wenngleich es doch halb Deutsch war, verstanden alle beide nicht. ›Ja, ja‹, sagte er, ›das Buch ist noch von meinem Vater, der verstand es; ist denn kein deutscher da?‹

Der Junge, der von wenig Worten war, sah den Vater ruhig an und sagte nur: ›Darf ich's behalten? Ein deutscher ist nicht da.‹

Und als der Alte nickte, wies er noch ein zweites, halbzerrissenes Büchlein vor. ›Auch das?‹ frug er wieder.

›Nimm sie alle beide!‹ sagte Tede Haien; ›sie werden dir nicht viel nützen.‹

Aber das zweite Buch war eine kleine holländische Grammatik, und da der Winter noch lange nicht vorüber war, so hatte es, als endlich die Stachelbeeren in ihrem Garten wieder blühten, dem Jungen schon so weit geholfen, daß er den Euklid, welcher damals stark im Schwange war, fast überall verstand.

Es ist mir nicht unbekannt, Herr«, unterbrach sich der Erzähler, »daß dieser Umstand auch von Hans Mommsen erzählt wird; aber vor dessen Geburt ist hier bei uns schon die Sache von Hauke Haien – so hieß der Knabe – berichtet worden. Ihr wisset auch wohl, es braucht nur einmal ein Größerer zu kommen, so wird ihm alles aufgeladen, was in Ernst oder Schimpf seine Vorgänger einst mögen verübt haben.

Als der Alte sah, daß der Junge weder für Kühe noch Schafe Sinn hatte und kaum gewahrte, wenn die Bohnen blühten, was doch die Freude von jedem Marschmann ist, und weiterhin bedachte, daß die kleine Stelle wohl mit einem Bauer und einem Jungen, aber nicht mit einem Halbgelehrten und einem Knecht bestehen könne, ingleichen, daß er auch selber nicht auf einen grünen Zweig gekommen sei, so schickte er seinen großen Jungen an den Deich, wo er mit andern Arbeitern von Ostern bis Martini Erde karren mußte. ›Das wird ihn vom Euklid kurieren‹, sprach er bei sich selber.

Und der Junge karrte; aber den Euklid hatte er allzeit in der Tasche, und wenn die Arbeiter ihr Frühstück oder Vesper aßen, saß er auf seinem umgestülpten Schubkarren mit dem Buche in der Hand. Und wenn im Herbst die Fluten höher stiegen und manch ein Mal die Arbeit eingestellt werden mußte, dann ging er nicht mit den andern nach Haus, sondern blieb, die Hände über die Knie gefaltet, an der abfallenden Seeseite des Deiches sitzen und sah stundenlang zu, wie die trüben Nordseewellen immer höher an die Grasnarbe des Deiches hinaufschlugen; erst wenn ihm die Füße überspült waren und der Schaum ihm ins Gesicht spritzte, rückte er ein paar Fuß höher und blieb dann wieder sitzen. Er hörte weder das Klatschen des Wassers noch das Geschrei der Möwen und Strandvögel, die um oder über ihm flogen und ihn fast mit ihren Flügeln streiften, mit den schwarzen Augen in die seinen blitzend; er sah auch nicht, wie vor ihm über die weite, wilde Wasserwüste sich die Nacht ausbreitete; was er allein hier sah, war der brandende Saum des Wassers, der, als die Flut stand, mit hartem Schlage immer wieder dieselbe Stelle traf und vor seinen Augen die Grasnarbe des steilen Deiches auswusch.

Nach langem Hinstarren nickte er wohl langsam mit dem Kopfe oder zeichnete, ohne aufzusehen, mit der Hand eine weiche Linie in die Luft, als ob er dem Deiche damit einen sanfteren Abfall geben wollte. Wurde es so dunkel, daß alle Erdendinge vor seinen Augen verschwanden und nur die Flut ihm in die Ohren donnerte, dann stand er auf und trabte halb durchnäßt nach Hause.

Als er so eines Abends zu seinem Vater in die Stube trat, der an seinen Meßgeräten putzte, fuhr dieser auf: ›Was treibst du draußen? Du hättest ja versaufen können, die Wasser beißen heute in den Deich.‹

Hauke sah ihn trotzig an.

– ›Hörst du mich nicht? Ich sag, du hättst versaufen können.‹

›Ja‹, sagte Hauke; ›ich bin doch nicht versoffen!‹

›Nein‹, erwiderte nach einer Weile der Alte und sah ihm wie abwesend ins Gesicht – ›diesmal noch nicht.‹

›Aber‹, sagte Hauke wieder, ›unsere Deiche sind nichts wert!‹

– ›Was für was, Junge?‹

›Die Deiche, sag ich!‹

– ›Was sind die Deiche?‹

›Sie taugen nichts, Vater!‹ erwiderte Hauke.

Der Alte lachte ihm ins Gesicht. ›Was denn, Junge? Du bist wohl das Wunderkind aus Lübeck!‹

Aber der Junge ließ sich nicht irren. ›Die Wasserseite ist zu steil‹, sagte er; ›wenn es einmal kommt, wie es mehr als einmal schon gekommen ist, so können wir hier auch hinterm Deich ersaufen!‹

Der Alte holte seinen Kautabak aus der Tasche, drehte einen Schrot ab und schob ihn hinter die Zähne. ›Und wieviel Karren hast du heut geschoben?‹ frug er ärgerlich; denn er sah wohl, daß auch die Deicharbeit bei dem Jungen die Denkarbeit nicht hatte vertreiben können.

›Weiß nicht, Vater‹, sagte dieser, ›so, was die andern machten; vielleicht ein halbes Dutzend mehr; aber – die Deiche müssen anders werden!‹

›Nun‹, meinte der Alte und stieß ein Lachen aus; ›du kannst es ja vielleicht zum Deichgraf bringen; dann mach sie anders!‹

›Ja, Vater!‹ erwiderte der Junge.

Der Alte sah ihn an und schluckte ein paarmal; dann ging er aus der Tür; er wußte nicht, was er dem Jungen antworten sollte.

Auch als zu Ende Oktobers die Deicharbeit vorbei war, blieb der Gang nordwärts nach dem Haff hinaus für Hauke Haien die beste Unterhaltung; den Allerheiligentag, um den herum die Äquinoktialstürme zu tosen pflegen, von dem wir sagen, daß Friesland ihn wohl beklagen mag, erwartete er wie heut die Kinder das Christfest. Stand eine Springflut bevor, so konnte man sicher sein, er lag trotz Sturm und Wetter weit draußen am Deiche mutterseelenallein; und wenn die Möwen gackerten, wenn die Wasser gegen den Deich tobten und beim Zurückrollen ganze Fetzen von der Grasdecke mit ins Meer hinabrissen, dann hätte man Haukes zorniges Lachen hören können. ›Ihr könnt nichts Rechtes‹, schrie er in den Lärm hinaus, ›so wie die Menschen auch nichts können!‹ Und endlich, oft im Finstern, trabte er aus der weiten Öde den Deich entlang nach Hause, bis seine aufgeschossene Gestalt die niedrige Tür unter seines Vaters Rohrdach erreicht hatte und darunter durch in das kleine Zimmer schlüpfte.

Manchmal hatte er eine Faust voll Kleierde mitgebracht; dann setzte er sich neben den Alten, der ihn jetzt gewähren ließ, und knetete bei dem Schein der dünnen Unschlittkerze allerlei Deichmodelle, legte sie in ein flaches Gefäß mit Wasser und suchte darin die Ausspülung der Wellen nachzumachen, oder er nahm seine Schiefertafel und zeichnete darauf das Profil der Deiche nach der Seeseite, wie es nach seiner Meinung sein mußte.

Mit denen zu verkehren, die mit ihm auf der Schulbank gesessen hatten, fiel ihm nicht ein; auch schien es, als ob ihnen an dem Träumer nichts gelegen sei. Als es wieder Winter geworden und der Frost hereingebrochen war, wanderte er noch weiter, wohin er früher nie gekommen, auf den Deich hinaus, bis die unabsehbare eisbedeckte Fläche der Watten vor ihm lag.

Im Februar bei dauerndem Frostwetter wurden angetriebene Leichen aufgefunden; draußen am offenen Haff auf den gefrorenen Watten hatten sie gelegen. Ein junges Weib, die dabeigewesen war, als man sie in das Dorf geholt hatte, stand redselig vor dem alten Haien: ›Glaubt nicht, daß sie wie Menschen aussahen‹, rief sie; ›nein, wie die Seeteufel! So große Köpfe‹, und hielt die ausgespreizten Hände von weitem gegen einander, ›gnidderschwarz und blank, wie frisch gebacken Brot! Und die Krabben hatten sie angeknabbert; und die Kinder schrien laut, als sie sie sahen!‹

Dem alten Haien war so was just nichts Neues: ›Sie haben wohl seit November schon in See getrieben!‹ sagte er gleichmütig.

Hauke stand schweigend daneben; aber sobald er konnte, schlich er sich auf den Deich hinaus; es war nicht zu sagen, wollte er noch nach weiteren Toten suchen, oder zog ihn nur das Grauen, das noch auf den jetzt verlassenen Stellen brüten mußte. Er lief weiter und weiter, bis er einsam in der Öde stand, wo nur die Winde über den Deich wehten, wo nichts war als die klagenden Stimmen der großen Vögel, die rasch vorüberschossen; zu seiner Linken die leere weite Marsch, zur andern Seite der unabsehbare Strand mit seiner jetzt vom Eise schimmernden Fläche der Watten; es war, als liege die ganze Welt in weißem Tod.

Hauke blieb oben auf dem Deiche stehen, und seine scharfen Augen schweiften weit umher; aber von Toten war nichts mehr zu sehen; nur wo die unsichtbaren Wattströme sich darunter drängten, hob und senkte die Eisfläche sich in stromartigen Linien.

Er lief nach Hause; aber an einem der nächsten Abende war er wiederum da draußen. Auf jenen Stellen war jetzt das Eis gespalten; wie Rauchwolken stieg es aus den Rissen, und über das ganze Watt spann sich ein Netz von Dampf und Nebel, das sich seltsam mit der Dämmerung des Abends mischte. Hauke sah mit starren Augen darauf hin; denn in dem Nebel schritten dunkle Gestalten auf und ab, sie schienen ihm so groß wie Menschen. Würdevoll, aber mit seltsamen, erschreckenden Gebärden; mit langen Nasen und Hälsen sah er sie fern an den rauchenden Spalten auf und ab spazieren; plötzlich begannen sie wie Narren unheimlich auf und ab zu springen, die großen über die kleinen und die kleinen gegen die großen; dann breiteten sie sich aus und verloren alle Form.

›Was wollen die? Sind es die Geister der Ertrunkenen?‹ dachte Hauke. ›Hoiho!‹ schrie er laut in die Nacht hinaus; aber die draußen kehrten sich nicht an seinen Schrei, sondern trieben ihr wunderliches Wesen fort.

Da kamen ihm die furchtbaren norwegischen Seegespenster in den Sinn, von denen ein alter Kapitän ihm einst erzählt hatte, die statt des Angesichts einen stumpfen Pull von Seegras auf dem Nacken tragen; aber er lief nicht fort, sondern bohrte die Hacken seiner Stiefel fest in den Klei des Deiches und sah starr dem possenhaften Unwesen zu, das in der einfallenden Dämmerung vor seinen Augen fortspielte. ›Seid ihr auch hier bei uns?‹ sprach er mit harter Stimme; ›ihr sollt mich nicht vertreiben!‹

Erst als die Finsternis alles bedeckte, schritt er steifen, langsamen Schrittes heimwärts. Aber hinter ihm drein kam es wie Flügelrauschen und hallendes Geschrei. Er sah sich nicht um; aber er ging auch nicht schneller und kam erst spät nach Hause; doch niemals soll er seinem Vater oder einem andern davon erzählt haben. Erst viele Jahre später hat er sein blödes Mädchen, womit später der Herrgott ihn belastete, um dieselbe Tages- und Jahreszeit mit sich auf den Deich hinausgenommen, und dasselbe Wesen soll sich derzeit draußen auf den Watten gezeigt haben; aber er hat ihr gesagt, sie solle sich nicht fürchten, das seien nur die Fischreiher und die Krähen, die im Nebel so groß und fürchterlich erschienen; die holten sich die Fische aus den offenen Spalten.

Weiß Gott, Herr!« unterbrach sich der Schulmeister, »es gibt auf Erden allerlei Dinge, die ein ehrlich Christenherz verwirren können; aber der Hauke war weder ein Narr noch ein Dummkopf.«

Da ich nichts erwiderte, wollte er fortfahren; aber unter den übrigen Gästen, die bisher lautlos zugehört hatten, nur mit dichterem Tabaksqualm das niedrige Zimmer füllend, entstand eine plötzliche Bewegung; erst einzelne, dann fast alle wandten sich dem Fenster zu. Draußen – man sah es durch die unverhangenen Fenster – trieb der Sturm die Wolken, und Licht und Dunkel jagten durcheinander; aber auch mir war es, als hätte ich den hageren Reiter auf seinem Schimmel vorbeisausen gesehen.

»Wart Er ein wenig, Schulmeister!« sagte der Deichgraf leise.

»Ihr braucht Euch nicht zu fürchten, Deichgraf!« erwiderte der kleine Erzähler, »ich habe ihn nicht geschmäht und hab auch dessen keine Ursach«; und er sah mit seinen kleinen, klugen Augen zu ihm auf.

»Ja, ja«, meinte der andere, »laß Er Sein Glas nur wieder füllen.« Und nachdem das geschehen war und die Zuhörer, meist mit etwas verdutzten Gesichtern, sich wieder zu ihm gewandt hatten, fuhr er in seiner Geschichte fort:

»So für sich, und am liebsten nur mit Wind und Wasser und mit den Bildern der Einsamkeit verkehrend, wuchs Hauke zu einem langen, hageren Burschen auf. Er war schon über ein Jahr lang eingesegnet, da wurde es auf einmal anders mit ihm, und das kam von dem alten weißen Angorakater, welchen der alten Trien' Jans einst ihr später verunglückter Sohn von seiner spanischen Seereise mitgebracht hatte. Trien' wohnte ein gut Stück hinaus auf dem Deiche in einer kleinen Kate, und wenn die Alte in ihrem Hause herumarbeitete, so pflegte diese Unform von einem Kater vor der Haustür zu sitzen und in den Sommertag und nach den vorüberfliegenden Kiebitzen hinauszublinzeln. Ging Hauke vorbei, so mauzte der Kater ihn an, und Hauke nickte ihm zu; die beiden wußten, was sie miteinander hatten.

Nun aber war's einmal im Frühjahr, und Hauke lag nach seiner Gewohnheit oft draußen am Deich, schon weiter unten dem Wasser zu, zwischen Strandnelken und dem duftenden Seewermut, und ließ sich von der schon kräftigen Sonne bescheinen. Er hatte sich tags zuvor droben auf der Geest die Taschen voll von Kieseln gesammelt, und als in der Ebbezeit die Watten bloßgelegt waren und die kleinen grauen Strandläufer schreiend darüber hinhuschten, holte er jählings einen Stein hervor und warf ihn nach den Vögeln. Er hatte das von Kindesbeinen an geübt, und meistens blieb einer auf dem Schlicke liegen; aber ebenso oft war er dort auch nicht zu holen; Hauke hatte schon daran gedacht, den Kater mitzunehmen und als apportierenden Jagdhund zu dressieren. Aber es gab auch hier und dort feste Stellen oder Sandlager; solchenfalls lief er hinaus und holte sich seine Beute selbst. Saß der Kater bei seiner Rückkehr noch vor der Haustür, dann schrie das Tier vor nicht zu bergender Raubgier so lange, bis Hauke ihm einen der erbeuteten Vögel zuwarf.

Als er heute, seine Jacke auf der Schulter, heimging, trug er nur einen ihm noch unbekannten, aber wie mit bunter Seide und Metall gefiederten Vogel mit nach Hause, und der Kater mauzte wie gewöhnlich, als er ihn kommen sah. Aber Hauke wollte seine Beute – es mag ein Eisvogel gewesen sein – diesmal nicht hergeben und kehrte sich nicht an die Gier des Tieres. ›Umschicht!‹ rief er ihm zu, ›heute mir, morgen dir; das hier ist kein Katerfressen!‹ Aber der Kater kam vorsichtigen Schrittes herangeschlichen; Hauke stand und sah ihn an, der Vogel hing an seiner Hand, und der Kater blieb mit erhobener Tatze stehen. Doch der Bursche schien seinen Katzenfreund noch nicht so ganz zu kennen; denn während er ihm seinen Rücken zugewandt hatte und eben fürbaß wollte, fühlte er mit einem Ruck die Jagdbeute sich entrissen, und zugleich schlug eine scharfe Kralle ihm ins Fleisch. Ein Grimm, wie gleichfalls eines Raubtiers, flog dem jungen Menschen ins Blut; er griff wie rasend um sich und hatte den Räuber schon am Genicke gepackt. Mit der Faust hielt er das mächtige Tier empor und würgte es, daß die Augen ihm aus den rauhen Haaren vorquollen, nicht achtend, daß die starken Hintertatzen ihm den Arm zerfleischten. ›Hoiho!‹ schrie er und packte ihn noch fester; ›wollen sehen, wer's von uns beiden am längsten aushält!‹

Plötzlich fielen die Hinterbeine der großen Katze schlaff herunter, und Hauke ging ein paar Schritte zurück und warf sie gegen die Kate der Alten. Da sie sich nicht rührte, wandte er sich und setzte seinen Weg nach Hause fort.

Aber der Angorakater war das Kleinod seiner Herrin; er war ihr Geselle und das einzige, was ihr Sohn, der Matrose, ihr nachgelassen hatte, nachdem er hier an der Küste seinen jähen Tod gefunden hatte, da er im Sturm seiner Mutter beim Porrenfangen hatte helfen wollen. Hauke mochte kaum hundert Schritte weiter getan haben, während er mit einem Tuch das Blut aus seinen Wunden auffing, als schon von der Kate her ihm ein Geheul und Zetern in die Ohren gellte. Da wandte er sich und sah davor das alte Weib am Boden liegen; das greise Haar flog ihr im Winde um das rote Kopftuch. ›Tot!‹ rief sie, ›tot!‹ und erhob dräuend ihren mageren Arm gegen ihn: ›Du sollst verflucht sein! Du hast ihn totgeschlagen, du nichtsnutziger Strandläufer; du warst nicht wert, ihm seinen Schwanz zu bürsten!‹ Sie warf sich über das Tier und wischte zärtlich mit ihrer Schürze ihm das Blut fort, das noch aus Nase und Schnauze rann; dann hob sie aufs neue an zu zetern.

›Bist du bald fertig?‹ rief Hauke ihr zu, ›dann laß dir sagen: ich will dir einen Kater schaffen, der mit Maus- und Rattenblut zufrieden ist!‹

Darauf ging er, scheinbar auf nichts mehr achtend, fürbaß. Aber die tote Katze mußte ihm doch im Kopfe Wirrsal machen, denn er ging, als er zu den Häusern gekommen war, dem seines Vaters und auch den übrigen vorbei und eine weite Strecke noch nach Süden auf dem Deich der Stadt zu.

Inmittelst wanderte auch Trien' Jans auf demselben in der gleichen Richtung; sie trug in einem alten blaukarierten Kissenüberzug eine Last in ihren Armen, die sie sorgsam, als wär's ein Kind, umklammerte; ihr greises Haar flatterte in dem leichten Frühlingswind. ›Was schleppt Sie da, Trina?‹ frug ein Bauer, der ihr entgegenkam. ›Mehr als dein Haus und Hof‹, erwiderte die Alte; dann ging sie eifrig weiter. Als sie dem unten liegenden Hause des alten Haien nahe kam, ging sie den Akt, wie man bei uns die Trift- und Fußwege nennt, die schräg an der Seite des Deiches hinab- oder hinaufführen, zu den Häusern hinunter.

Der alte Tede Haien stand eben vor der Tür und sah ins Wetter. ›Na, Trien'!‹ sagte er, als sie pustend vor ihm stand und ihren Krückstock in die Erde bohrte, ›was bringt Sie Neues in Ihrem Sack?‹

›Erst laß mich in die Stube, Tede Haien! Dann soll Er's sehen!‹ Und ihre Augen sahen ihn mit seltsamem Funkeln an.

›So komm Sie!‹ sagte der Alte. Was gingen ihn die Augen des dummen Weibes an.

Und als beide eingetreten waren, fuhr sie fort: ›Bring Er den alten Tabakskasten und das Schreibzeug von dem Tisch – was hat Er denn immer zu schreiben? – So; und nun wisch Er ihn sauber ab!‹ – –

Und der Alte, der fast neugierig wurde, tat alles, was sie sagte; dann nahm sie den blauen Überzug bei beiden Zipfeln und schüttete daraus den großen Katerleichnam auf den Tisch. ›Da hat Er ihn!‹ rief sie; ›Sein Hauke hat ihn totgeschlagen.‹ Hierauf aber begann sie ein bitterliches Weinen; sie streichelte das dicke Fell des toten Tieres, legte ihm die Tatzen zusammen, neigte ihre lange Nase über dessen Kopf und raunte ihm unverständliche Zärtlichkeiten in die Ohren.

Tede Haien sah dem zu. ›So‹, sagte er; ›Hauke hat ihn totgeschlagen?‹ Er wußte nicht, was er mit dem heulenden Weibe machen sollte.

Die Alte nickte ihn grimmig an: ›Ja, ja; so Gott, das hat er getan!‹ Und sie wischte sich mit ihrer von Gicht verkrümmten Hand das Wasser aus den Augen. ›Kein Kind, kein Lebigs mehr!‹ klagte sie. ›Und Er weiß es ja wohl auch, uns Alten, wenn's nach Allerheiligen kommt, frieren abends im Bett die Beine, und statt zu schlafen, hören wir den Nordwest an unseren Fensterläden rappeln. Ich hör's nicht gern, Tede Haien, er kommt daher, wo mein Junge mir im Schlick versank.‹

Tede Haien nickte, und die Alte streichelte das Fell ihres toten Katers. ›Der aber‹, begann sie wieder, ›wenn ich winters am Spinnrad saß, dann saß er bei mir und spann auch und sah mich an mit seinen grünen Augen! Und kroch ich, wenn's mir kalt wurde, in mein Bett – es dauerte nicht lang, so sprang er zu mir und legte sich auf meine frierenden Beine, und wir schliefen so warm mitsammen, als hätte ich noch meinen jungen Schatz im Bett!‹ Die Alte, als suche sie bei dieser Erinnerung nach Zustimmung, sah den neben ihr stehenden Alten mit ihren funkelnden Augen an.

Tede Haien aber sagte bedächtig: ›Ich weiß Ihr einen Rat, Trien' Jans‹, und er ging nach seiner Schatulle und nahm eine

Silbermünze aus der Schublade – ›Sie sagt, daß Hauke Ihr das Tier vom Leben gebracht hat, und ich weiß, Sie lügt nicht; aber hier ist ein Krontaler von Christian dem Vierten; damit kauf Sie sich ein gegerbtes Lammfell für Ihre kalten Beine! Und wenn unsere Katze nächstens Junge wirft, so mag Sie sich das größte davon aussuchen; das zusammen tut wohl einen altersschwachen Angorakater! Und nun nehm Sie das Vieh und bring Sie es meinethalb an den Racker in der Stadt, und halt Sie das Maul, daß es hier auf meinem ehrlichen Tisch gelegen hat!‹

Während dieser Rede hatte das Weib schon nach dem Taler gegriffen und ihn in einer kleinen Tasche geborgen, die sie unter ihren Röcken trug; dann stopfte sie den Kater wieder in das Bettbühr, wischte mit ihrer Schürze die Blutflecken von dem Tisch und stakte zur Tür hinaus. ›Vergiß Er mir nur den jungen Kater nicht!‹ rief sie noch zurück.

– – Eine Weile später, als der alte Haien in dem engen Stüblein auf und ab schritt, trat Hauke herein und warf seinen bunten Vogel auf den Tisch; als er aber auf der weißgescheuerten Platte den noch kennbaren Blutfleck sah, frug er, wie beiläufig: ›Was ist denn das?‹

Der Vater blieb stehen: ›Das ist Blut, was du hast fließen machen!‹

Dem Jungen schoß es doch heiß ins Gesicht: ›Ist denn Trien' Jans mit ihrem Kater hier gewesen?‹

Der Alte nickte: ›Weshalb hast du ihr den totgeschlagen?‹

Hauke entblößte seinen blutigen Arm. ›Deshalb‹, sagte er; ›er hatte mir den Vogel fortgerissen!‹

Der Alte sagte nichts hierauf; er begann eine Zeitlang wieder auf und ab zu gehen; dann blieb er vor dem Jungen stehen und sah eine Weile wie abwesend auf ihn hin. ›Das mit dem Kater hab ich rein gemacht‹, sagte er dann; ›aber, siehst du, Hauke, die Kate ist hier zu klein; zwei Herren können darauf nicht sitzen – es ist nun Zeit, du mußt dir einen Dienst besorgen!‹

›Ja, Vater‹, entgegnete Hauke; ›hab dergleichen auch gedacht.‹

›Warum?‹ frug der Alte.

– ›Ja, man wird grimmig in sich, wenn man's nicht an einem ordentlichen Stück Arbeit auslassen kann.‹

›So?‹ sagte der Alte, ›und darum hast du den Angorer totgeschlagen? Das könnte leicht noch schlimmer werden!‹

– ›Er mag wohl recht haben, Vater; aber der Deichgraf hat seinen Kleinknecht fortgejagt; das könnt ich schon verrichten!‹

Der Alte begann wieder auf und ab zu gehen und spritzte dabei die schwarze Tabaksjauche von sich. ›Der Deichgraf ist ein Dummkopf, dumm wie 'ne Saatgans! Er ist nur Deichgraf, weil sein Vater und Großvater es gewesen sind, und wegen seiner neunundzwanzig Fennen. Wenn Martini herankommt und hernach die Deich- und Sielrechnungen abgetan werden müssen, dann füttert er den Schulmeister mit Gansbraten und Met und Weizenkringeln und sitzt dabei und nickt, wenn der mit seiner Feder die Zahlenreihen hinunterläuft, und sagt: ›Ja, ja, Schulmeister, Gott vergönn's Ihm! Was kann Er rechnen?‹ Wenn aber einmal der Schulmeister nicht kann oder auch nicht will, dann muß er selber dran und sitzt und schreibt und streicht wieder aus, und der große dumme Kopf wird ihm rot und heiß, und die Augen quellen wie Glaskugeln, als wollte das bißchen Verstand da hinaus.‹

Der Junge stand gerade auf vor dem Vater und wunderte sich, was der reden könne; so hatte er's noch nicht von ihm gehört. ›Ja, Gott tröst!‹ sagte er, ›dumm ist er wohl; aber seine Tochter Elke, die kann rechnen!‹

Der Alte sah ihn scharf an. ›Ahoi, Hauke‹, rief er; ›was weißt du von Elke Volkerts?‹

– ›Nichts, Vater; der Schulmeister hat's mir nur erzählt.‹

Der Alte antwortete nicht darauf, er schob nur bedächtig seinen Tabaksknoten aus einer Backe hinter die andere.

›Und du denkst‹, sagte er dann, ›du wirst dort auch mitrechnen können.‹

›O ja, Vater, das möcht schon gehen‹, erwiderte der Sohn, und ein ernstes Zucken lief um seinen Mund.

Der Alte schüttelte den Kopf: ›Nun, aber meinethalb; versuch einmal dein Glück!‹

›Dank auch, Vater!‹ sagte Hauke und stieg zu seiner Schlafstatt auf dem Boden; hier setzte er sich auf die Bettkante und sann, weshalb ihn denn sein Vater um Elke Volkerts angerufen habe. Er kannte sie freilich, das ranke achtzehnjährige Mädchen mit dem bräunlichen schmalen Antlitz und den dunklen Brauen, die über den trotzigen Augen und der schmalen Nase ineinander liefen; doch hatte er noch kaum ein Wort mit ihr gesprochen; nun, wenn er zu dem alten Tede Volkerts ging, wollte er sie doch besser darauf ansehen, was es mit dem Mädchen auf sich habe. Und gleich jetzt wollte er gehen, damit kein anderer ihm die Stelle abjage; es war ja kaum noch Abend. Und so zog er seine Sonntagsjacke und seine besten Stiefel an und machte sich guten Mutes auf den Weg.

– Das langgestreckte Haus des Deichgrafen war durch seine hohe Werfte, besonders durch den höchsten Baum des Dorfes, eine gewaltige Esche, schon von weitem sichtbar; der Großvater des jetzigen, der erste Deichgraf des Geschlechtes, hatte in seiner Jugend eine solche osten der Haustür hier gesetzt; aber die beiden ersten Anpflanzungen waren vergangen, und so hatte er an seinem Hochzeitsmorgen diesen dritten Baum gepflanzt, der noch jetzt mit seiner immer mächtiger werdenden Blätterkrone in dem hier unablässigen Winde wie von alten Zeiten rauschte.

Als nach einer Weile der lang aufgeschossene Hauke die hohe Werfte hinaufstieg, welche an den Seiten mit Rüben und Kohl bepflanzt war, sah er droben die Tochter des Hauswirts neben der niedrigen Haustür stehen. Ihr einer etwas hagerer Arm hing schlaff herab, die andere Hand schien im Rücken nach dem

Eisenring zu greifen, von denen je einer zu beiden Seiten der Tür in der Mauer war, damit, wer vor das Haus ritt, sein Pferd daran befestigen könne. Die Dirne schien von dort ihre Augen über den Deich hinaus nach dem Meer zu haben, wo an dem stillen Abend die Sonne eben in das Wasser hinabsank und zugleich das bräunliche Mädchen mit ihrem letzten Schein vergoldete.

Hauke stieg etwas langsamer an der Werfte hinan und dachte bei sich: ›So ist sie nicht so dösig!‹ Dann war er oben. ›Guten Abend auch!‹ sagte er, zu ihr tretend; ›wonach guckst du denn mit deinen großen Augen, Jungfer Elke?‹

›Nach dem‹, erwiderte sie, ›was hier alle Abend vor sich geht, aber hier nicht alle Abend just zu sehen ist.‹ Sie ließ den Ring aus der Hand fallen, daß er klingend gegen die Mauer schlug. ›Was willst du, Hauke Haien?‹ frug sie.

›Was dir hoffentlich nicht zuwider ist‹, sagte er. ›Dein Vater hat seinen Kleinknecht fortgejagt, da dachte ich bei euch in Dienst.‹

Sie ließ ihre Blicke an ihm herunterlaufen. ›Du bist noch so was schlanterig, Hauke!‹ sagte sie; ›aber uns dienen zwei feste Augen besser als zwei feste Arme!‹ Sie sah ihn dabei fast düster an; aber Hauke hielt ihr tapfer stand. ›So komm‹, fuhr sie fort; ›der Wirt ist in der Stube, laß uns hineingehen!‹

Am andern Tage trat Tede Haien mit seinem Sohne in das geräumige Zimmer des Deichgrafen; die Wände waren mit glasurten Kacheln bekleidet, auf denen hier ein Schiff mit vollen Segeln oder ein Angler an einem Uferplatz, dort ein Rind, das kauend vor einem Bauernhause lag, den Beschauer vergnügen konnte; unterbrochen war diese dauerhafte Tapete durch ein mächtiges Wandbett mit jetzt zugeschobenen Türen und einen Wandschrank, der durch seine beiden Glastüren allerlei Porzellan- und Silbergeschirr erblicken ließ; neben der Tür zum anstoßenden Pesel war hinter einer Glasscheibe eine holländische Schlaguhr in die Wand gelassen.

Der starke, etwas schlagflüssige Hauswirt saß am Ende des blankgescheuerten Tisches im Lehnstuhl auf seinem bunten Wollenpolster. Er hatte seine Hände über dem Bauch gefaltet und starrte aus seinen runden Augen befriedigt auf das Gerippe einer fetten Ente; Gabel und Messer ruhten vor ihm auf dem Teller.

›Guten Tag, Deichgraf!‹ sagte Haien, und der Angeredete drehte langsam Kopf und Augen zu ihm hin.

›Ihr seid es, Tede?‹ entgegnete er, und der Stimme war die verzehrte fette Ente anzuhören, ›setzt Euch; es ist ein gut Stück von Euch zu mir herüber!‹

›Ich komme, Deichgraf‹, sagte Tede Haien, indem er sich auf die an der Wand entlanglaufende Bank dem andern im Winkel gegenübersetzte. ›Ihr habt Verdruß mit Euerem Kleinknecht gehabt und seid mit meinem Jungen einig geworden, ihn an dessen Stelle zu setzen!‹

Der Deichgraf nickte: ›Ja, ja, Tede; aber – was meint Ihr mit Verdruß? Wir Marschleute haben, Gott tröst uns, was dagegen einzunehmen!‹ Und er nahm das vor ihm liegende Messer und klopfte wie liebkosend auf das Gerippe der armen Ente. ›Das war mein Leibvogel‹, setzte er behaglich lachend hinzu; ›sie fraß mir aus der Hand!‹

›Ich dachte‹, sagte der alte Haien, das letzte überhörend, ›der Bengel hätte Euch Unheil im Stall gemacht.‹

›Unheil? Ja, Tede; freilich Unheil genug! Der dicke Mopsbraten hatte die Kälber nicht gebörmt; aber er lag voll getrunken auf dem Heuboden, und das Viehzeug schrie die ganze Nacht vor Durst, daß ich bis Mittag nachschlafen mußte; dabei kann die Wirtschaft nicht bestehen!‹

›Nein, Deichgraf; aber dafür ist keine Gefahr bei meinem Jungen.‹

Hauke stand, die Hände in den Seitentaschen, am Türpfosten, hatte den Kopf im Nacken und studierte an den Fensterrahmen ihm gegenüber.

Der Deichgraf hatte die Augen zu ihm gehoben und nickte hinüber: ›Nein, nein, Tede‹; und er nickte nun auch dem Alten zu; ›Euer Hauke wird mir die Nachtruh nicht verstören; der Schulmeister hat's mir schon vordem gesagt, der sitzt lieber vor der Rechentafel als vor einem Glas mit Branntwein.‹

Hauke hörte nicht auf diesen Zuspruch, denn Elke war in die Stube getreten und nahm mit ihrer leichten Hand die Reste der Speisen von dem Tisch, ihn mit ihren dunkeln Augen flüchtig streifend. Da fielen seine Blicke auch auf sie. ›Bei Gott und Jesus‹, sprach er bei sich selber, ›sie sieht auch so nicht dösig aus!‹

Das Mädchen war hinausgegangen. ›Ihr wisset, Tede‹, begann der Deichgraf wieder, ›unser Herrgott hat mir einen Sohn versagt!‹

›Ja, Deichgraf, aber laßt Euch das nicht kränken‹, entgegnete der andere, ›denn im dritten Gliede soll der Familienverstand ja verschleißen; Euer Großvater, das wissen wir alle, war einer, der das Land geschützt hat!‹

Der Deichgraf, nach einigem Besinnen, sah schier verdutzt aus. ›Wie meint Ihr das, Tede Haien?‹ sagte er und setzte sich in seinem Lehnstuhl auf; ›ich bin ja doch im dritten Gliede!‹

›Ja, so! Nicht für ungut, Deichgraf; es geht nur so die Rede!‹ Und der hagere Tede Haien sah den alten Würdenträger mit etwas boshaften Augen an.

Der aber sprach unbekümmert: ›Ihr müßt Euch von alten Weibern dergleichen Torheit nicht aufschwatzen lassen, Tede Haien; Ihr kennt nur meine Tochter nicht, die rechnet mich selber dreimal um und um! Ich wollt nur sagen, Euer Hauke wird außer im Felde auch hier in meiner Stube mit Feder oder Rechenstift so manches profitieren können, was ihm nicht schaden wird!‹

›Ja, ja, Deichgraf, das wird er; da habt Ihr völlig recht!‹ sagte der alte Haien und begann dann noch einige Vergünstigungen bei dem Mietkontrakt sich auszubedingen, die abends vorher von seinem Sohne nicht bedacht waren. So sollte dieser außer seinen leinenen Hemden im Herbst auch noch acht Paar wollene Strümpfe als Zugabe seines Lohnes genießen; so wollte er selbst ihn im Frühling acht Tage bei der eigenen Arbeit haben, und was dergleichen mehr war. Aber der Deichgraf war zu allem willig; Hauke Haien schien ihm eben der rechte Kleinknecht.

– – ›Nun, Gott tröst dich, Junge‹, sagte der Alte, da sie eben das Haus verlassen hatten, ›wenn der dir die Welt klarmachen soll!‹

Aber Hauke erwiderte ruhig: ›Laß Er nur, Vater; es wird schon alles werden.‹

Und Hauke hatte so unrecht nicht gehabt; die Welt, oder was ihm die Welt bedeutete, wurde ihm klarer, je länger sein Aufenthalt in diesem Hause dauerte; vielleicht um so mehr, je weniger ihm eine überlegene Einsicht zu Hilfe kam und je mehr er auf seine eigene Kraft angewiesen war, mit der er sich von jeher beholfen hatte. Einer freilich war im Hause, für den er nicht der Rechte zu sein schien; das war der Großknecht Ole Peters, ein tüchtiger Arbeiter und ein maulfertiger Geselle. Ihm war der träge, aber dumme und stämmige Kleinknecht von vorhin besser nach seinem Sinn gewesen, dem er ruhig die Tonne Hafer auf den Rücken hatte laden und den er nach Herzenslust hatte herumstoßen können. Dem noch stilleren, aber ihn geistig überragenden Hauke vermochte er in solcher Weise nicht beizukommen; er hatte eine gar zu eigene Art, ihn anzublicken. Trotzdem verstand er es, Arbeiten für ihn auszusuchen, die seinem noch nicht gefesteten Körper hätten gefährlich werden können, und Hauke, wenn der Großknecht sagte: ›Da hättest du den dicken Niß nur sehen sollen, dem ging es von der Hand!‹ faßte nach Kräften an und brachte es, wenn auch mit Mühsal, doch zu Ende. Ein Glück war es für ihn, daß Elke selbst oder durch ihren Vater das meistens abzustellen wußte. Man mag wohl fragen, was mitunter ganz fremde Menschen aneinander bindet; vielleicht – sie waren beide geborene Rechner, und das Mädchen konnte ihren Kameraden in der groben Arbeit nicht verderben sehen.

Der Zwiespalt zwischen Groß- und Kleinknecht wurde auch im Winter nicht besser, als nach Martini die verschiedenen Deichrechnungen zur Revision eingelaufen waren.

Es war an einem Maiabend, aber es war Novemberwetter; von drinnen im Hause hörte man draußen hinterm Deich die Brandung donnern. ›He, Hauke‹, sagte der Hausherr, ›komm herein; nun magst du weisen, ob du rechnen kannst!‹

›Uns' Weert‹, entgegnete dieser; – denn so nennen hier die Leute ihre Herrschaft – ›ich soll aber erst das Jungvieh füttern!‹

›Elke!‹ rief der Deichgraf; ›wo bist du, Elke! – Geh zu Ole und sag ihm, er sollte das Jungvieh füttern; Hauke soll rechnen!‹

Und Elke eilte in den Stall und machte dem Großknecht die Bestellung, der eben damit beschäftigt war, das über Tag gebrauchte Pferdegeschirr wieder an seinen Platz zu hängen.

Ole Peters schlug mit einer Trense gegen den Ständer, neben dem er sich beschäftigte, als wolle er sie kurz und klein haben: ›Hol der Teufel den verfluchten Schreiberknecht!‹

Sie hörte die Worte noch, bevor sie die Stalltür wieder geschlossen hatte.

›Nun?‹ frug der Alte, als sie in die Stube trat.

›Ole wollte es schon besorgen‹, sagte die Tochter, ein wenig sich die Lippen beißend, und setzte sich Hauke gegenüber auf einen grobgeschnitzten Holzstuhl, wie sie noch derzeit hier an

Winterabenden im Hause selbst gemacht wurden. Sie hatte aus einem Schubkasten einen weißen Strumpf mit rotem Vogelmuster genommen, an dem sie nun weiterstrickte; die langbeinigen Kreaturen darauf mochten Reiher oder Störche bedeuten sollen. Hauke saß ihr gegenüber, in seine Rechnerei vertieft, der Deichgraf selbst ruhte in seinem Lehnstuhl und blinzelte schläfrig nach Haukes Feder; auf dem Tisch brannten, wie immer im Deichgrafenhause, zwei Unschlittkerzen, und vor den beiden in Blei gefaßten Fenstern waren von außen die Läden vorgeschlagen und von innen zugeschroben; mochte der Wind nun poltern, wie er wollte. Mitunter hob Hauke seinen Kopf von der Arbeit und blickte einen Augenblick nach den Vogelstrümpfen oder nach dem schmalen ruhigen Gesicht des Mädchens.

Da tat es aus dem Lehnstuhl plötzlich einen lauten Schnarcher, und ein Blick und ein Lächeln flog zwischen den beiden jungen Menschen hin und wider; dann folgte allmählich ein ruhigeres Atmen; man konnte wohl ein wenig plaudern; Hauke wußte nur nicht, was.

Als sie aber das Strickzeug in die Höhe zog und die Vögel sich nun in ihrer ganzen Länge zeigten, flüsterte er über den Tisch herüber: ›Wo hast du das gelernt, Elke?‹

›Was gelernt?‹ frug das Mädchen zurück.

– ›Das Vogelstricken‹, sagte Hauke.

›Das? Von Trien' Jans draußen am Deich; sie kann allerlei; sie war vorzeiten einmal bei meinem Großvater hier im Dienst.‹

›Da warst du aber wohl noch nicht geboren?‹ sagte Hauke.

›Ich denk wohl nicht; aber sie ist noch oft ins Haus gekommen.‹

›Hat denn die die Vögel gern?‹ frug Hauke; ›ich meint, sie hielt es nur mit Katzen!‹

Elke schüttelte den Kopf. ›Sie zieht ja Enten und verkauft sie; aber im vorigen Frühjahr, als du den Angorer totgeschlagen hattest, sind ihr hinten im Stall die Ratten dazwischengekommen; nun will sie sich vorn am Hause einen andern bauen.‹

›So‹, sagte Hauke und zog einen leisen Pfiff durch die Zähne, ›dazu hat sie von der Geest sich Lehm und Steine hergeschleppt! Aber dann kommt sie in den Binnenweg! – Hat sie denn Konzession?‹

›Weiß ich nicht‹, meinte Elke. Aber er hatte das letzte Wort so laut gesprochen, daß der Deichgraf aus seinem Schlummer auffuhr. ›Was Konzession?‹ frug er und sah fast wild von einem zu der andern. ›Was soll die Konzession?‹

Als aber Hauke ihm die Sache vorgetragen hatte, klopfte er ihm lachend auf die Schulter: ›Ei was, der Binnenweg ist breit genug; Gott tröst den Deichgrafen, sollt er sich auch noch um die Entenställe kümmern!‹

Hauke fiel es aufs Herz, daß er die Alte mit ihren jungen Enten den Ratten sollte preisgegeben haben, und er ließ sich mit dem Einwand abfinden. ›Aber, uns' Weert‹, begann er wieder, ›es tät wohl dem und jenem ein kleiner Zwicker gut, und wollet Ihr ihn nicht selber greifen, so zwicket den Gevollmächtigten, der auf die Deichordnung passen soll!‹

›Wie, was sagt der Junge?‹ Und der Deichgraf setzte sich vollends auf, und Elke ließ ihren künstlichen Strumpf sinken und wandte das Ohr hinüber.

›Ja, uns' Weert‹, fuhr Hauke fort, ›Ihr habt doch schon die Frühlingsschau gehalten; aber trotzdem hat Peter Jansen auf seinem Stück das Unkraut auch noch heute nicht gebuscht; im Sommer werden die Stieglitzer da wieder lustig um die roten Distelblumen spielen! Und dicht daneben, ich weiß nicht, wem's gehört, ist an der Außenseite eine ganze Wiege in dem Deich; bei schön Wetter liegt es immer voll von kleinen Kindern, die sich darin wälzen; aber – Gott bewahr uns vor Hochwasser!‹

Die Augen des alten Deichgrafen waren immer größer geworden.

›Und dann –‹ sagte Hauke wieder.

›Was dann noch, Junge?‹ frug der Deichgraf; ›bist du noch nicht fertig?‹ Und es klang, als sei der Rede seines Kleinknechts ihm schon zu viel geworden.

›Ja, dann, uns' Weert‹, sprach Hauke weiter; ›Ihr kennt die dicke Vollina, die Tochter vom Gevollmächtigten Harders, die immer ihres Vaters Pferde aus der Fenne holt – wenn sie nur eben mit ihren runden Waden auf der alten gelben Stute sitzt, hü hopp! so geht's allemal schräg an der Dossierung den Deich hinan!‹

Hauke bemerkte erst jetzt, daß Elke ihre klugen Augen auf ihn gerichtet hatte und leise ihren Kopf schüttelte.

Er schwieg, aber ein Faustschlag, den der Alte auf den Tisch tat, dröhnte ihm in die Ohren, ›da soll das Wetter dreinschlagen!‹ rief er, und Hauke erschrak beinahe über die Bärenstimme, die plötzlich hier hervorbrach. ›Zur Brüche! Notier mir das dicke Mensch zur Brüche, Hauke! Die Dirne hat mir im letzten Sommer drei junge Enten weggefangen! Ja, ja, notier nur‹, wiederholte er, als Hauke zögerte; ›ich glaub sogar, es waren vier!‹

›Ei, Vater‹, sagte Elke, ›war's nicht die Otter, die die Enten nahm?‹

›Eine große Otter‹, rief der Alte schnaufend; ›werd doch die dicke Vollina und eine Otter auseinander kennen! Nein, nein, vier Enten, Hauke – aber was du im übrigen schwatzest, der Herr Oberdeichgraf und ich, nachdem wir zusammen in meinem Hause hier gefrühstückt hatten, sind im Frühjahr an deinem Unkraut und an deiner Wiege vorbeigefahren und haben's doch nicht sehen können. Ihr beide aber‹, und er nickte ein paarmal bedeutsam gegen Hauke und seine Tochter, ›danket Gott, daß ihr nicht Deichgraf seid! Zwei Augen hat man nur, und mit hundert soll man sehen. – – Nimm nur die Rechnungen über die Bestickungsarbeiten, Hauke, und sieh sie nach; die Kerls rechnen oft zu liederlich!‹

Dann lehnte er sich wieder in seinem Stuhl zurück, ruckte den schweren Körper ein paarmal und überließ sich bald dem sorgenlosen Schlummer.

Dergleichen wiederholte sich an manchem Abend. Hauke hatte scharfe Augen und unterließ es nicht, wenn sie beisammen saßen, das eine oder andre von schädlichem Tun oder Unterlassen in Deichsachen dem Alten vor die Augen zu rücken, und da dieser sie nicht immer schließen konnte, so kam unversehens ein lebhafterer Geschäftsgang in die Verwaltung, und die, welche früher im alten Schlendrian fortgesündigt hatten und jetzt unerwartet ihre frevlen oder faulen Finger geklopft fühlten, sahen sich unwillig und verwundert um, woher die Schläge denn gekommen seien. Und Ole, der Großknecht, säumte nicht, möglichst weit die Offenbarung zu verbreiten und dadurch gegen Hauke und seinen Vater, der doch die Mitschuld tragen mußte, in diesen Kreisen einen Widerwillen zu erregen; die andern aber, welche nicht getroffen waren oder denen es um die Sache selbst zu tun war, lachten und hatten ihre Freude, daß der Junge den Alten doch einmal etwas in Trab gebracht habe. ›Schad nur‹, sagten sie, ›daß der Bengel nicht den gehörigen Klei unter den Füßen hat; das gäbe später sonst einmal wieder einen Deichgrafen, wie vordem sie dagewesen sind; aber die paar Demat seines Alten, die täten's denn doch nicht!‹

Als im nächsten Herbst der Herr Amtmann und Oberdeichgraf zur Schauung kam, sah er sich den alten Tede Volkerts von oben bis unten an, während dieser ihn zum Frühstück nötigte. ›Wahrhaftig, Deichgraf‹, sagte er, ›ich dacht's mir schon, Ihr seid in der Tat um ein Halbstieg Jahre jünger geworden; Ihr habt mir diesmal mit all Euern Vorschlägen warm gemacht, wenn wir mit alledem nur heute fertig werden!‹

›Wird schon, wird schon, gestrenger Herr Oberdeichgraf‹, erwiderte der Alte schmunzelnd; ›der Gansbraten da wird schon die Kräfte stärken! Ja, Gott sei Dank, ich bin noch allezeit frisch und munter!‹ Er sah sich in der Stube um, ob auch nicht etwa Hauke um die Wege sei; dann setzte er in würdevoller Ruhe noch hinzu: ›So hoffe ich zu Gott, noch meines Amtes ein paar Jahre in Segen warten zu können.‹

›Und darauf, lieber Deichgraf‹, erwiderte sein Vorgesetzter, sich erhebend, ›wollen wir dieses Glas zusammen trinken!‹

Elke, die das Frühstück bestellt hatte, ging eben, während die Gläser aneinander klangen, mit leisem Lachen aus der Stubentür. Dann holte sie eine Schüssel Abfall aus der Küche und ging durch den Stall, um es vor der Außentür dem Federvieh vorzuwerfen. Im Stall stand Hauke Haien und steckte den Kühen, die man der argen Witterung wegen schon jetzt hatte heraufnehmen müssen, mit der Furke Heu in ihre Raufen. Als er aber das Mädchen kommen sah, stieß er die Furke auf den Grund. ›Nu, Elke!‹ sagte er.

Sie blieb stehen und nickte ihm zu: ›Ja, Hauke; aber eben hättest du drinnen sein müssen!‹

›Meinst du? Warum denn, Elke?‹

›Der Herr Oberdeichgraf hat den Wirt gelobt!‹

›Den Wirt? Was tut das mir?‹

›Nein, ich mein, den Deichgrafen hat er gelobt!‹

Ein dunkles Rot flog über das Gesicht des jungen Menschen. ›Ich weiß wohl‹, sagte er, ›wohin du damit segeln willst!‹

›Werd nur nicht rot, Hauke, du warst es ja doch eigentlich, den der Oberdeichgraf lobte!‹

Hauke sah sie mit halbem Lächeln an. ›Auch du doch, Elke!‹ sagte er.

Aber sie schüttelte den Kopf. ›Nein, Hauke; als ich allein der Helfer war, da wurden wir nicht gelobt. Ich kann ja auch nur rechnen; du aber siehst draußen alles, was der Deichgraf doch wohl selber sehen sollte; du hast mich ausgestochen!‹

›Ich hab das nicht gewollt, dich am mindesten‹, sagte Hauke zaghaft, und er stieß den Kopf einer Kuh zur Seite. ›Komm, Rotbunt, friß mir nicht die Furke auf, du sollst ja alles haben!‹

›Denk nur nicht, daß mir's leid tut, Hauke‹, sagte nach kurzem Sinnen das Mädchen; ›das ist ja Mannessache!‹

Da streckte Hauke ihr den Arm entgegen: ›Elke, gib mir die Hand darauf!‹

Ein tiefes Rot schoß unter die dunkeln Brauen des Mädchens. ›Warum? Ich lüg ja nicht!‹ rief sie.

Hauke wollte antworten; aber sie war schon zum Stall hinaus, und er stand mit seiner Furke in der Hand und hörte nur, wie draußen die Enten und Hühner um sie schnatterten und krähten.

Es war im Januar von Haukes drittem Dienstjahr, als ein Winterfest gehalten werden sollte, ›Eisboseln‹ nennen sie es hier. Ein ständiger Frost hatte beim Ruhen der Küstenwinde alle Gräben zwischen den Fennen mit einer festen ebenen Kristallfläche belegt, so daß die zerschnittenen Landstücke nun eine weite Bahn für das Werfen der kleinen mit Blei ausgegossenen Holzkugeln bildeten, womit das Ziel erreicht werden sollte. Tagaus, tagein wehte ein leichter Nordost: alles war schon in Ordnung; die Geestleute in dem zu Osten über der Marsch belegenen Kirchdorf, die im vorigen Jahre gesiegt hatten, waren zum Wettkampf gefordert und hatten angenommen, von jeder Seite waren neun Werfer aufgestellt; auch der Obmann und die Kretler waren gewählt. Zu letzteren, die bei Streitfällen über einen zweifelhaften Wurf miteinander zu verhandeln hatten, wurden allezeit Leute genommen, die ihre Sache ins beste Licht zu rücken verstanden, am liebsten Burschen, die außer gesundem Menschenverstand auch noch ein lustig Mundwerk hatten. Dazu gehörte vor allen Ole Peters, der Großknecht des Deichgrafen. ›Werft nur wie die Teufel‹, sagte er; ›das Schwatzen tu ich schon umsonst!‹

Es war gegen Abend vor dem Festtag; in der Nebenstube des Kirchspielskruges droben auf der Geest war eine Anzahl von den Werfern erschienen, um über die Aufnahme einiger zuletzt noch Angemeldeten zu beschließen. Hauke Haien war auch unter diesen; er hatte erst nicht wollen, obschon er seiner wurfgeübten Arme sich wohl bewußt war, aber er fürchtete, durch Ole Peters, der einen Ehrenposten in dem Spiel bekleidete, zurückgewiesen zu werden; die Niederlage wollte er sich sparen. Aber Elke hatte ihm noch in der elften Stunde den Sinn gewandt. ›Er wird's nicht wagen, Hauke‹, hatte sie gesagt; ›er ist ein Tagelöhnersohn; dein Vater hat Kuh und Pferd und ist dazu der klügste Mann im Dorf!‹

›Aber, wenn er's dennoch fertig bringt?‹

Sie sah ihn halb lächelnd aus ihren dunkeln Augen an. ›Dann‹, sagte sie, ›soll er sich den Mund wischen, wenn er abends mit seines Wirts Tochter zu tanzen denkt!‹ – Da hatte Hauke ihr mutig zugenickt.

Nun standen die jungen Leute, die noch in das Spiel hineinwollten, frierend und fußtrampelnd vor dem Kirchspielskrug und sahen nach der Spitze des aus Felsblöcken gebauten Kirchturms hinauf, neben dem das Krughaus lag. Des Pastors Tauben, die sich im Sommer auf den Feldern des Dorfes nährten, kamen eben von den Höfen und Scheuern der Bauern zurück, wo sie sich jetzt ihre Körner gesucht hatten, und verschwanden unter den Schindeln des Turmes, hinter welchen sie ihre Nester hatten; im Westen über dem Haff stand ein glühendes Abendrot.

›Wird gut Wetter morgen!‹ sagte der eine der jungen Burschen und begann heftig auf und ab zu wandern; ›aber kalt! kalt!‹ Ein zweiter, als er keine Taube mehr fliegen sah, ging in das Haus und stellte sich horchend neben die Tür der Stube, aus der jetzt ein lebhaftes Durcheinanderreden herausscholl; auch des Deichgrafen Kleinknecht war neben ihn getreten.

›Hör, Hauke‹, sagte er zu diesem; ›nun schreien sie um dich!‹ Und deutlich hörte man von drinnen Ole Peters' knarrende Stimme: ›Kleinknechte und Jungens gehören nicht dazu!‹

›Komm‹, flüsterte der andre und suchte Hauke am Rockärmel an die Stubentür zu ziehen, ›hier kannst du lernen, wie hoch sie dich taxieren!‹

Aber Hauke riß sich los und ging wieder vor das Haus. ›Sie haben uns nicht ausgesperrt, damit wir's hören sollen!‹ rief er zurück.

Vor dem Hause stand der dritte der Angemeldeten. ›Ich fürcht, mit mir hat's einen Haken‹, rief er ihm entgegen; ›ich hab kaum achtzehn Jahre; wenn sie nur den Taufschein nicht verlangen! Dich, Hauke, wird dein Großknecht schon herauskreteln!‹

›Ja, heraus!‹ brummte Hauke und schleuderte mit dem Fuße einen Stein über den Weg; ›nur nicht hinein!‹

Der Lärm in der Stube wurde stärker; dann allmählich trat eine Stille ein; die draußen hörten wieder den leisen Nordost, der sich oben an der Kirchturmspitze brach. Der Horcher trat wieder zu ihnen. ›Wen hatten sie da drinnen?‹ frug der Achtzehnjährige.

›Den da!‹ sagte jener und wies auf Hauke, ›Ole Peters wollte ihn zum Jungen machen; aber alle schrien dagegen. Und sein Vater hat Vieh und Land, sagte Jeß Hansen. Ja, Land, rief Ole Peters, das man auf dreizehn Karren wegfahren kann! – Zuletzt kam Ole Hensen. Still da! schrie er; ich will's euch lehren: sagt nur, wer ist der erste Mann im Dorf? Da schwiegen sie erst und schienen sich zu besinnen; dann sagte eine Stimme: Das ist doch wohl der Deichgraf! Und alle anderen riefen: Nun ja, unserthalb der Deichgraf! – Und wer ist denn der Deichgraf? rief Ole Hensen wieder; aber nun bedenkt euch recht! – – Da begann einer leis zu lachen, und dann wieder einer, bis zuletzt nichts in der Stube war als lauter Lachen. Nun, so ruft ihn, sagte Ole Hensen; ihr wollt doch nicht den Deichgrafen von der Tür stoßen! Ich glaub, sie lachen noch; aber Ole Peters' Stimme war nicht mehr zu hören!‹ schloß der Bursche seinen Bericht.

Fast in demselben Augenblicke wurde drinnen im Hause die Stubentür aufgerissen, und: ›Hauke! Hauke Haien!‹ rief es laut und fröhlich in die Nacht hinaus.

Da trabte Hauke in das Haus und hörte nicht mehr, wer denn der Deichgraf sei; was in seinem Kopfe brütete, hat indessen niemand wohl erfahren.

– – Als er nach einer Weile sich dem Hause seiner Herrschaft nahte, sah er Elke drunten am Heck der Auffahrt stehen, das Mondlicht schimmerte über die unermeßliche weiß bereifte Weidefläche. ›Stehst du hier, Elke?‹ frug er.

Sie nickte nur. ›Was ist geworden?‹ sagte sie; ›hat er's gewagt?‹

– ›Was sollt er nicht!‹

›Nun, und?‹

– ›Ja, Elke; ich darf es morgen doch versuchen!‹

›Gute Nacht, Hauke!‹ Und sie lief flüchtig die Werfte hinan und verschwand im Hause.

Langsam folgte er ihr.

Auf der weiten Weidefläche, die sich zu Osten an der Landseite des Deiches entlang zog, sah man am Nachmittag darauf eine dunkle Menschenmasse bald unbeweglich stille stehen, bald, nachdem zweimal eine hölzerne Kugel aus derselben über den durch die Tagessonne jetzt von Reif befreiten Boden hingeflogen war, abwärts von den hinter ihr liegenden langen und niedrigen Häusern allmählich weiterrücken; die Parteien der Eisbosler in der Mitte, umgeben von Alt und Jung, was mit ihnen, sei es in jenen Häusern oder in denen droben auf der Geest, Wohnung oder Verbleib hatte; die älteren Männer in langen Röcken, bedächtig aus kurzen Pfeifen rauchend, die Weiber in

Tüchern und Jacken, auch wohl Kinder an den Händen ziehend oder auf den Armen tragend. Aus den gefrorenen Gräben, welche allmählich überschritten wurden, funkelte durch die scharfen Schilfspitzen der bleiche Schein der Nachmittagssonne, es fror mächtig; aber das Spiel ging unablässig vorwärts, und aller Augen verfolgten immer wieder die fliegende Kugel, denn an ihr hing heute für das ganze Dorf die Ehre des Tages. Der Kretler der Parteien trug hier einen weißen, bei den Geestleuten einen schwarzen Stab mit eiserner Spitze; wo die Kugel ihren Lauf geendet hatte, wurde dieser, je nachdem, unter schweigender Anerkennung oder dem Hohngelächter der Gegenpartei in den gefrorenen Boden eingeschlagen, und wessen Kugel zuerst das Ziel erreichte, der hatte für seine Partei das Spiel gewonnen.

Gesprochen wurde von all den Menschen wenig; nur wenn ein Kapitalwurf geschah, hörte man wohl einen Ruf der jungen Männer oder Weiber; oder von den Alten einer nahm seine Pfeife aus dem Mund und klopfte damit unter ein paar guten Worten den Werfer auf die Schulter: ›Das war ein Wurf, sagte Zacharies und warf sein Weib aus der Luke!‹ oder: ›So warf dein Vater auch; Gott tröst ihn in der Ewigkeit!‹ oder was sie sonst für Gutes sagten.

Bei seinem ersten Wurfe war das Glück nicht mit Hauke gewesen: als er eben den Arm hinten ausschwang, um die Kugel fortzuschleudern, war eine Wolke von der Sonne fortgezogen, die sie vorhin bedeckt hatte, und diese traf mit ihrem vollen Strahl in seine Augen; der Wurf wurde zu kurz, die Kugel fiel auf einen Graben und blieb im Bummeis stecken.

›Gilt nicht! Gilt nicht! Hauke, noch einmal‹, riefen seine Partner.

Aber der Kretler der Geestleute sprang dagegen auf: ›Muß wohl gelten; geworfen ist geworfen!‹

›Ole! Ole Peters!‹ schrie die Marschjugend. ›Wo ist Ole? Wo, zum Teufel, steckt er?‹

Aber er war schon da. ›Schreit nur nicht so! Soll Hauke wo geflickt werden! Ich dacht's mir schon.‹

– ›Ei was! Hauke muß noch einmal werfen; nun zeig, daß du das Maul am rechten Fleck hast!‹

›Das hab ich schon!‹ rief Ole und trat dem Geestkretler gegenüber und redete einen Haufen Gallimathias auf einander. Aber die Spitzen und Schärfen, die sonst aus seinen Worten blitzten, waren diesmal nicht dabei. Ihm zur Seite stand das Mädchen mit den Rätselbrauen und sah scharf aus zornigen Augen auf ihn hin; aber reden durfte sie nicht, denn die Frauen hatten keine Stimme in dem Spiel.

›Du leierst Unsinn‹, rief der andere Kretler, ›weil dir der Sinn nicht dienen kann! Sonne, Mond und Sterne sind für uns alle gleich und allezeit am Himmel; der Wurf war ungeschickt, und alle ungeschickten Würfe gelten!‹

So redeten sie noch eine Weile gegeneinander; aber das Ende war, daß nach Bescheid des Obmanns Hauke seinen Wurf nicht wiederholen durfte.

›Vorwärts!‹ riefen die Geestleute, und ihr Kretler zog den schwarzen Stab aus dem Boden, und der Werfer trat auf seinen Nummerruf dort an und schleuderte die Kugel vorwärts. Als der Großknecht des Deichgrafen dem Wurfe zusehen wollte, hatte er an Elke Volkerts vorbei müssen. ›Wem zu Liebe ließest du heut deinen Verstand zu Hause?‹ raunte sie ihm zu.

Da sah er sie fast grimmig an, und aller Spaß war aus seinem breiten Gesichte verschwunden. ›Dir zu Lieb!‹ sagte er, ›denn du hast deinen auch vergessen!‹

›Geh nur; ich kenne dich, Ole Peters!‹ erwiderte das Mädchen, sich hoch aufrichtend; er aber kehrte den Kopf ab und tat, als habe er das nicht gehört.

Und das Spiel und der schwarze und weiße Stab gingen weiter. Als Hauke wieder am Wurf war, flog seine Kugel schon so weit, daß das Ziel, die große weißgekalkte Tonne, klar in Sicht kam. Er war jetzt ein fester junger Kerl, und Mathematik und Wurfkunst hatte er täglich während seiner Knabenzeit getrieben. ›Oho, Hauke!‹ rief es aus dem Haufen; ›das war ja, als habe der Erzengel Michael selbst geworfen!‹ Eine alte Frau mit Kuchen und Branntwein drängte sich durch den Haufen zu ihm; sie schenkte ein Glas voll und bot es ihm. ›Komm‹, sagte sie, ›wir wollen uns vertragen: das heut ist besser, als da du mir die Katze totschlugst!‹ Als er sie ansah, erkannte er, daß es Trien' Jans war. ›Ich dank dir, Alte‹, sagte er; ›aber ich trink das nicht.‹ Er griff in seine Tasche und drückte ihr ein frischgeprägtes Markstück in die Hand. ›Nimm das und trink selber das Glas aus, Trien'; so haben wir uns vertragen!‹

›Hast recht, Hauke!‹ erwiderte die Alte, indem sie seiner Anweisung folgte; ›hast recht; das ist auch besser für ein altes Weib wie ich!‹

›Wie geht's mit deinen Enten?‹ rief er ihr noch nach, als sie sich schon mit ihrem Korbe fortmachte; aber sie schüttelte nur den Kopf, ohne sich umzuwenden, und patschte mit ihren alten Händen in die Luft. ›Nichts, nichts, Hauke; da sind zu viele Ratten in euren Gräben; Gott tröst mich; man muß sich anders nähren!‹ Und somit drängte sie sich in den Menschenhaufen und bot wieder ihren Schnaps und ihre Honigkuchen an.

Die Sonne war endlich schon hinter den Deich hinabgesunken; statt ihrer glimmte ein rotvioletter Schimmer empor; mitunter flogen schwarze Krähen vorüber und waren auf Augenblicke wie vergoldet, es wurde Abend. Auf den Fennen aber rückte der dunkle Menschentrupp noch immer weiter von den schwarzen, schon fern liegenden Häusern nach der Tonne zu; ein besonders tüchtiger Wurf mußte sie jetzt erreichen können. Die Marschleute waren an der Reihe; Hauke sollte werfen.

Die kreidige Tonne zeichnete sich weiß in dem breiten Abendschatten, der jetzt von dem Deiche über die Fläche fiel. ›Die werdet ihr uns diesmal wohl noch lassen!‹ rief einer von den Geestleuten, denn es ging scharf her; sie waren um mindestens ein halb Stieg Fuß im Vorteil.

Die hagere Gestalt des Genannten trat eben aus der Menge; die grauen Augen sahen aus dem langen Friesengesicht vorwärts nach der Tonne; in der herabhängenden Hand lag die Kugel.

›Der Vogel ist dir wohl zu groß‹, hörte er in diesem Augenblick Ole Peters' Knarrstimme dicht vor seinen Ohren; ›sollen wir ihn um einen grauen Topf vertauschen?‹

Hauke wandte sich und blickte ihn mit festen Augen an. ›Ich werfe für die Marsch!‹ sagte er. ›Wohin gehörst denn du?‹

›Ich denke, auch dahin, du wirfst doch wohl für Elke Volkerts!‹

›Beiseit!‹ schrie Hauke und stellte sich wieder in Positur. Aber Ole drängte mit dem Kopf noch näher auf ihn zu. Da plötzlich, bevor noch Hauke selber etwas dagegen unternehmen konnte, packte den Zudringlichen eine Hand und riß ihn rückwärts, daß der Bursche gegen seine lachenden Kameraden taumelte. Es war keine große Hand gewesen, die das getan hatte; denn als Hauke flüchtig den Kopf wandte, sah er neben sich Elke Volkerts ihren Ärmel zurecht zupfen, und die dunkeln Brauen standen ihr wie zornig in dem heißen Antlitz.

Da flog es wie eine Stahlkraft in Haukes Arm; er neigte sich ein wenig, er wiegte die Kugel ein paarmal in der Hand; dann holte er aus, und eine Todesstille war auf beiden Seiten; alle Augen folgten der fliegenden Kugel, man hörte ihr Sausen, wie sie die Luft durchschnitt; plötzlich, schon weit vom Wurfplatz, verdeckten sie die Flügel einer Silbermöwe, die, ihren Schrei ausstoßend, vom Deich herüberkam; zugleich aber hörte man es in der Ferne an die Tonne klatschen. ›Hurra für Hauke!‹ riefen die Marschleute, und lärmend ging es durch die Menge: ›Hauke! Hauke Haien hat das Spiel gewonnen!‹

Der aber, da ihn alle dicht umdrängten, hatte seitwärts nur nach einer Hand gegriffen; auch da sie wieder riefen: ›Was stehst du, Hauke? Die Kugel liegt ja in der Tonne!‹ nickte er nur und ging nicht von der Stelle; erst als er fühlte, daß sich die kleine Hand fest an die seine schloß, sagte er: ›Ihr mögt schon recht haben; ich glaube auch, ich hab gewonnen!‹

Dann strömte der ganze Trupp zurück, und Elke und Hauke wurden getrennt und von der Menge auf den Weg zum Kruge fortgerissen, der an des Deichgrafen Werfte nach der Geest hinaufbog. Hier aber entschlüpften beide dem Gedränge, und während Elke auf ihre Kammer ging, stand Hauke hinten vor der Stalltür auf der Werfte und sah, wie der dunkle Menschentrupp allmählich nach dort hinaufwanderte, wo im Kirchspielskrug ein Raum für die Tanzenden bereitstand. Das Dunkel breitete sich allmählich über die weite Gegend; es wurde immer stiller um ihn her, nur hinter ihm im Stalle regte sich das Vieh; oben von der Geest her glaubte er schon das Pfeifen der Klarinetten aus dem Kruge zu vernehmen. Da hörte er um die Ecke des Hauses das Rauschen eines Kleides, und kleine feste Schritte gingen den Fußsteig hinab, der durch die Fennen nach der Geest hinaufführte. Nun sah er auch im Dämmer die Gestalt dahinschreiten und sah, daß es Elke war; sie ging auch zum Tanze nach dem Krug. Das Blut schoß ihm in den Hals hinauf, sollte er ihr nicht nachlaufen und mit ihr gehen? Aber Hauke war kein Held den Frauen gegenüber; mit dieser Frage sich beschäftigend, blieb er stehen, bis sie im Dunkel seinem Blick entschwunden war.

Dann, als die Gefahr, sie einzuholen, vorüber war, ging auch er denselben Weg, bis er droben den Krug bei der Kirche erreicht hatte und das Schwatzen und Schreien der vor dem Hause und auf dem Flur sich Drängenden und das Schrillen der Geigen und Klarinetten betäubend ihn umrauschte. Unbeachtet drückte er sich in den ›Gildesaal‹; er war nicht groß und so voll, daß man kaum einen Schritt weit vor sich hin sehen konnte. Schweigend stellte er sich an den Türpfosten und blickte in das unruhige Gewimmel; die Menschen kamen ihm wie Narren vor; er hatte auch nicht zu sorgen, daß jemand noch an den Kampf des Nachmittags dachte und wer vor einer Stunde erst das Spiel gewonnen hatte; jeder sah nur auf seine Dirne und drehte sich mit ihr im Kreis herum. Seine Augen suchten nur die eine, und endlich – dort! Sie tanzte mit ihrem Vetter, dem jungen Deichbevollmächtigten; aber schon sah er sie nicht mehr; nur andere Dirnen aus Marsch und Geest, die ihn nicht kümmerten. Dann schnappten Violinen und Klarinetten plötzlich ab, und der Tanz war zu Ende; aber gleich begann auch schon ein anderer. Hauke flog es durch den Kopf, ob denn Elke ihm auch Wort halten, ob sie nicht mit Ole Peters ihm vorbeitanzen werde. Fast hätte er einen Schrei bei dem Gedanken ausgestoßen; dann – – ja, was wollte er dann? Aber sie schien bei diesem Tanze gar nicht mitzuhalten, und endlich ging auch der zu Ende, und ein anderer, ein Zweitritt, der eben erst hier in die Mode gekommen war, folgte. Wie rasend setzte die Musik ein, die jungen Kerle stürzten zu den Dirnen, die Lichter an den Wänden flirrten. Hauke reckte sich fast den Hals aus, um die Tanzenden zu erkennen; und dort, im dritten Paare, das war Ole Peters; aber wer war die Tänzerin? Ein breiter Marschbursche stand vor ihr und deckte ihr Gesicht! Doch der Tanz raste weiter, und Ole mit seiner Partnerin drehte sich heraus. ›Vollina! Vollina Harders!‹ rief Hauke fast laut und seufzte dann gleich wieder erleichtert auf. Aber wo blieb Elke? Hatte sie keinen Tänzer, oder hatte sie alle ausgeschlagen, weil sie nicht mit Ole hatte tanzen wollen? – Und die Musik setzte wieder ab, und ein neuer Tanz begann; aber wieder sah er Elke nicht! Doch dort kam Ole, noch immer die dicke Vollina in den Armen! ›Nun, nun‹, sagte Hauke; ›da wird Jeß Harders mit seinen fünfundzwanzig Demat auch wohl bald aufs Altenteil müssen! – Aber wo ist Elke?‹

Er verließ seinen Türpfosten und drängte sich weiter in den Saal hinein; da stand er plötzlich vor ihr, die mit einer älteren

Freundin in einer Ecke saß. ›Hauke!‹ rief sie, mit ihrem schmalen Antlitz zu ihm aufblickend; ›bist du hier? Ich sah dich doch nicht tanzen!‹

›Ich tanze auch nicht‹, erwiderte er.

– ›Weshalb nicht, Hauke?‹ Und sich halb erhebend, setzte sie hinzu: ›Willst du mit mir tanzen? Ich hab es Ole Peters nicht gegönnt; der kommt nicht wieder!‹

Aber Hauke machte keine Anstalt. ›Ich danke, Elke‹, sagte er; ›ich verstehe das nicht gut genug; sie könnten über dich lachen; und dann...‹ Er stockte plötzlich und sah sie nur aus seinen grauen Augen herzlich an, als ob er's ihnen überlassen müsse, das übrige zu sagen.

›Was meinst du, Hauke?‹ frug sie leise.

– ›Ich mein, Elke, es kann ja doch der Tag nicht schöner für mich ausgehn, als er's schon getan hat.‹

›Ja‹, sagte sie, ›du hast das Spiel gewonnen.‹

›Elke!‹ mahnte er kaum hörbar.

Da schlug ihr eine heiße Lohe in das Angesicht: ›Geh!‹ sagte sie; ›was willst du?‹ und schlug die Augen nieder.

Als aber die Freundin jetzt von einem Burschen zum Tanze fortgezogen wurde, sagte Hauke lauter: ›Ich dachte, Elke, ich hätt was Besseres gewonnen!‹

Noch ein paar Augenblicke suchten ihre Augen auf dem Boden; dann hob sie sie langsam, und ein Blick, mit der stillen Kraft ihres Wesens, traf in die seinen, der ihn wie Sommerluft durchströmte. ›Tu, wie dir ums Herz ist, Hauke!‹ sprach sie; ›wir sollten uns wohl kennen!‹

Elke tanzte an diesem Abend nicht mehr, und als beide dann nach Hause gingen, hatten sie sich Hand in Hand gefaßt; aus der Himmelshöhe funkelten die Sterne über der schweigenden Marsch; ein leichter Ostwind wehte und brachte strenge Kälte; die beiden aber gingen, ohne viel Tücher und Umhang, dahin, als sei es plötzlich Frühling worden.

Hauke hatte sich auf ein Ding besonnen, dessen passende Verwendung zwar in ungewisser Zukunft lag, mit dem er sich aber eine stille Feier zu bereiten gedachte. Deshalb ging er am nächsten Sonntag in die Stadt zum alten Goldschmied Andersen und bestellte einen starken Goldring. ›Streckt den Finger her, damit wir messen!‹ sagte der Alte und faßte ihm nach dem Goldfinger. ›Nun‹, meinte er, ›der ist nicht gar so dick, wie sie bei euch Leuten sonst zu sein pflegen!‹ Aber Hauke sagte: ›Messet lieber am kleinen Finger!‹ und hielt ihm den entgegen.

Der Goldschmied sah ihn etwas verdutzt an; aber was kümmerten ihn die Einfälle der jungen Bauernburschen. ›Da werden wir schon so einen unter den Mädchenringen haben!‹ sagte er, und Hauke schoß das Blut durch beide Wangen. Aber der kleine Goldring paßte auf seinen kleinen Finger, und er nahm ihn hastig und bezahlte ihn mit blankem Silber; dann steckte er ihn unter lautem Herzklopfen, und als ob er einen feierlichen Akt begehe, in die Westentasche. Dort trug er ihn seitdem an jedem Tage mit Unruhe und doch mit Stolz, als sei die Westentasche nur dazu da, um einen Ring darin zu tragen.

Er trug ihn so über Jahr und Tag, ja der Ring mußte sogar aus dieser noch in eine neue Westentasche wandern; die Gelegenheit zu seiner Befreiung hatte sich noch immer nicht ergeben wollen. Wohl war's ihm durch den Kopf geflogen, nur graden Wegs vor seinen Wirt hinzutreten; sein Vater war ja doch auch ein Eingesessener! Aber wenn er ruhiger wurde, dann wußte er wohl, der alte Deichgraf würde seinen Kleinknecht ausgelacht haben. Und so lebten er und des Deichgrafen Tochter nebeneinander hin; auch sie in mädchenhaftem Schweigen, und beide doch, als ob sie allzeit Hand in Hand gingen.

Ein Jahr nach jenem Winterfesttag hatte Ole Peters seinen Dienst gekündigt und mit Vollina Harders Hochzeit gemacht; Hauke hatte recht gehabt: der Alte war auf Altenteil gegangen, und statt der dicken Tochter ritt nun der muntere Schwiegersohn die gelbe Stute in die Fenne und, wie es hieß, rückwärts allzeit gegen den Deich hinan. Hauke war Großknecht geworden und ein Jüngerer an seine Stelle getreten; wohl hatte der Deichgraf ihn erst nicht wollen aufrücken lassen. ›Kleinknecht ist besser!‹ hatte er gebrummt; ›ich brauch ihn hier bei meinen Büchern!‹ Aber Elke hatte ihm vorgehalten: ›Dann geht auch Hauke, Vater!‹ Da war dem Alten bange geworden, und Hauke war zum Großknecht aufgerückt, hatte aber trotz dessen nach wie vor auch an der Deichgrafschaft mitgeholfen.

Nach einem andern Jahr aber begann er gegen Elke davon zu reden, sein Vater werde kümmerlich, und die paar Tage, die der Wirt ihn im Sommer in dessen Wirtschaft lasse, täten's nun nicht mehr; der Alte quäle sich, er dürfe das nicht länger ansehn. – Es war ein Sommerabend; die beiden standen im Dämmerschein unter der großen Esche vor der Haustür. Das Mädchen sah eine Weile stumm in die Zweige des Baumes hinauf; dann entgegnete sie: ›Ich hab's nicht sagen wollen, Hauke; ich dachte, du würdest selber wohl das Rechte treffen.‹

›Ich muß dann fort aus eurem Hause‹, sagte er, ›und kann nicht wiederkommen.‹

Sie schwiegen eine Weile und sahen in das Abendrot, das drüben hinterm Deiche in das Meer versank. ›Du mußt es wissen‹, sagte sie; ›ich war heut morgen noch bei deinem Vater und fand ihn in seinem Lehnstuhl eingeschlafen; die Reißfeder in der Hand, das Reißbrett mit einer halben Zeichnung lag vor ihm auf dem Tisch; – und da er erwacht war und mühsam ein Viertelstündchen mit mir geplaudert hatte, und ich nun gehen wollte, da hielt er mich so angstvoll an der Hand zurück, als fürchte er, es sei zum letzten Mal; aber...‹

›Was aber, Elke?‹ frug Hauke, da sie fortzufahren zögerte.

Ein paar Tränen rannen über die Wangen des Mädchens. ›Ich dachte nur an meinen Vater‹, sagte sie; ›glaub mir, es wird ihm schwer ankommen, dich zu missen.‹ Und als ob sie zu dem

Worte sich ermannen müsse, fügte sie hinzu: ›Mir ist es oft, als ob er auf seine Totenkammer rüste.‹

Hauke antwortete nicht; ihm war es plötzlich, als rühre sich der Ring in seiner Tasche; aber noch bevor er seinen Unmut über diese unwillkürliche Lebensregung unterdrückt hatte, fuhr Elke fort: ›Nein, zürn nicht, Hauke! Ich trau, du wirst auch so uns nicht verlassen!‹

Da ergriff er eifrig ihre Hand, und sie entzog sie ihm nicht. Noch eine Weile standen die jungen Menschen in dem sinkenden Dunkel beieinander, bis ihre Hände auseinanderglitten und jedes seine Wege ging. – Ein Windstoß fuhr empor und rauschte durch die Eschenblätter und machte die Läden klappern, die an der Vorderseite des Hauses waren; allmählich aber kam die Nacht, und Stille lag über der ungeheuren Ebene.

Durch Elkes Zutun war Hauke von dem alten Deichgrafen seines Dienstes entlassen worden, obgleich er ihm rechtzeitig nicht gekündigt hatte, und zwei neue Knechte waren jetzt im Hause. – Noch ein paar Monate weiter, dann starb Tede Haien; aber bevor er starb, rief er den Sohn an seine Lagerstatt. ›Setz dich zu mir, mein Kind‹, sagte der Alte mit matter Stimme, ›dicht zu mir! Du brauchst dich nicht zu fürchten; wer bei mir ist, das ist nur der dunkle Engel des Herrn, der mich zu rufen kommt.‹

Und der erschütterte Sohn setzte sich dicht an das dunkle Wandbett. ›Sprecht, Vater, was Ihr noch zu sagen habt!‹

›Ja, mein Sohn, noch etwas‹, sagte der Alte und streckte seine Hände über das Deckbett. ›Als du, noch ein halber Junge, zu dem Deichgrafen in Dienst gingst, da lag's in deinem Kopf, das selbst einmal zu werden. Das hatte mich angesteckt, und ich dachte auch allmählich, du seiest der rechte Mann dazu. Aber dein Erbe war für solch ein Amt zu klein – ich habe während deiner Dienstzeit knapp gelebt – ich dacht es zu vermehren.‹

Hauke faßte heftig seines Vaters Hände, und der Alte suchte sich aufzurichten, daß er ihn sehen könne. ›Ja, ja, mein Sohn‹, sagte er, ›dort in der obersten Schublade der Schatulle liegt das Dokument. Du weißt, die alte Antje Wohlers hat eine Fenne von fünf und einem halben Demat; aber sie konnte mit dem Mietgelde allein in ihrem krüppelhaften Alter nicht mehr durchfinden; da habe ich allzeit um Martini eine bestimmte Summe, und auch mehr, wenn ich es hatte, dem armen Mensch gegeben; und dafür hat sie die Fenne mir übertragen; es ist alles gerichtlich fertig. – – Nun liegt auch sie am Tode: die Krankheit unserer Marschen, der Krebs, hat sie befallen; du wirst nicht mehr zu zahlen brauchen!‹

Eine Weile schloß er die Augen; dann sagte er noch: ›Es ist nicht viel; doch hast du mehr dann, als du bei mir gewohnt warst. Mög es dir zu deinem Erdenleben dienen!‹

Unter den Dankesworten des Sohnes schlief der Alte ein. Er hatte nichts mehr zu besorgen; und schon nach einigen Tagen hatte der dunkle Engel des Herrn ihm seine Augen für immer zugedrückt, und Hauke trat sein väterliches Erbe an.

– – Am Tage nach dem Begräbnis kam Elke in dessen Haus. ›Dank, daß du einguckst, Elke!‹ rief Hauke ihr als Gruß entgegen.

Aber sie erwiderte: ›Ich guck nicht ein; ich will bei dir ein wenig Ordnung schaffen, damit du ordentlich in deinem Hause wohnen kannst! Dein Vater hat vor seinen Zahlen und Rissen nicht viel um sich gesehen, und auch der Tod schafft Wirrsal; ich will's dir wieder ein wenig lebig machen!‹

Er sah aus seinen grauen Augen voll Vertrauen auf sie hin: ›So schaff nur Ordnung!‹ sagte er; ›ich hab's auch lieber.‹

Und dann begann sie aufzuräumen: das Reißbrett, das noch da lag, wurde abgestaubt und auf den Boden getragen, Reißfedern und Bleistift und Kreide sorgfältig in einer Schatullenschublade weggeschlossen; dann wurde die junge Dienstmagd zur Hilfe hereingerufen und mit ihr das Gerät der ganzen Stube in eine andere und bessere Stellung gebracht, so daß es anschien, als sei dieselbe nun heller und größer geworden. Lächelnd sagte Elke: ›Das können nur wir Frauen!‹ Und Hauke, trotz seiner Trauer um den Vater, hatte mit glücklichen Augen zugesehen, auch wohl selber, wo es nötig war, geholfen.

Und als gegen die Dämmerung – es war zu Anfang des Septembers – alles war, wie sie es für ihn wollte, faßte sie seine Hand und nickte ihm mit ihren dunkeln Augen zu: ›Nun komm und iß bei uns zu Abend; denn meinem Vater hab ich's versprechen müssen, dich mitzubringen; wenn du dann heimgehst, kannst du ruhig in dein Haus treten!‹

Als sie dann in die geräumige Wohnstube des Deichgrafen traten, wo bei verschlossenen Läden schon die beiden Lichter auf dem Tische brannten, wollte dieser aus seinem Lehnstuhl in die Höhe, aber mit seinem schweren Körper zurücksinkend, rief er nur seinem früheren Knecht entgegen: ›Recht, recht, Hauke, daß du deine alten Freunde aufsuchst! Komm nur näher, immer näher!‹ Und als Hauke an seinen Stuhl getreten war, faßte er dessen Hand mit seinen beiden runden Händen. ›Nun, nun, mein Junge‹, sagte er, ›sei nur ruhig jetzt, denn sterben müssen wir alle, und dein Vater war keiner von den Schlechtsten! – Aber, Elke, nun sorg, daß du den Braten auf den Tisch kriegst; wir müssen uns stärken! Es gibt viel Arbeit für uns, Hauke! Die Herbstschau ist in Anmarsch; Deich- und Sielrechnungen haushoch; der neuliche Deichschaden am Westerkoog – ich weiß nicht, wo mir der Kopf steht, aber deiner, gottlob, ist um ein gut Stück jünger; du bist ein braver Junge, Hauke!‹

Und nach dieser langen Rede, womit der Alte sein ganzes Herz dargelegt hatte, ließ er sich in seinen Stuhl zurückfallen und blinzelte sehnsüchtig nach der Tür, durch welche Elke eben mit der Bratenschüssel hereintrat. Hauke stand lächelnd neben ihm. ›Nun setz dich‹, sagte der Deichgraf, ›damit wir nicht unnötig Zeit verspillen; kalt schmeckt das nicht!‹

Und Hauke setzte sich; es schien ihm Selbstverstand, die Arbeit von Elkes Vater mitzutun. Und als die Herbstschau dann gekommen war und ein paar Monde mehr ins Jahr gingen, da hatte er freilich auch den besten Teil daran getan.«

Der Erzähler hielt inne und blickte um sich. Ein Möwenschrei war gegen das Fenster geschlagen, und draußen vom Hausflur aus wurde ein Trampeln hörbar, als ob einer den Klei von seinen schweren Stiefeln abtrete.

Deichgraf und Gevollmächtigte wandten die Köpfe gegen die Stubentür. »Was ist?« rief der erstere.

Ein starker Mann, den Südwester auf dem Kopf, war eingetreten. »Herr«, sagte er, »wir beide haben es gesehen, Hans Nickels und ich: der Schimmelreiter hat sich in den Bruch gestürzt!«

»Wo saht Ihr das?« frug der Deichgraf.

– »Es ist ja nur die eine Wehle; in Jansens Fenne, wo der Hauke-Haien-Koog beginnt.«

»Saht Ihr's nur einmal?«

– »Nur einmal; es war auch nur wie Schatten, aber es braucht drum nicht das erste Mal gewesen zu sein.«

Der Deichgraf war aufgestanden. »Sie wollen entschuldigen«, sagte er, sich zu mir wendend, »wir müssen draußen nachsehn, wo das Unheil hin will!« Dann ging er mit dem Boten zur Tür hinaus; aber auch die übrige Gesellschaft brach auf und folgte ihm.

Ich blieb mit dem Schullehrer allein in dem großen öden Zimmer; durch die unverhangenen Fenster, welche nun nicht mehr durch die Rücken der davorsitzenden Gäste verdeckt wurden, sah man frei hinaus und wie der Sturm die dunklen Wolken über den Himmel jagte.

Der Alte saß noch auf seinem Platze, ein überlegenes, fast mitleidiges Lächeln auf seinen Lippen. »Es ist hier zu leer geworden«, sagte er; »darf ich Sie zu mir auf mein Zimmer laden? Ich wohne hier im Hause; und glauben Sie mir, ich kenne die Wetter hier am Deich; für uns ist nichts zu fürchten.«

Ich nahm das dankend an, denn auch mich wollte hier zu frösteln anfangen, und wir stiegen unter Mitnahme eines Lichtes die Stiegen zu einer Giebelstube hinauf, die zwar gleichfalls gegen Westen hinauslag, deren Fenster aber jetzt mit dunklen Wollteppichen verhangen waren. In einem Bücherregal sah ich eine kleine Bibliothek, daneben die Porträts zweier alter Professoren; vor einem Tische stand ein großer Ohrenlehnstuhl. »Machen Sie sich's bequem!« sagte mein freundlicher Wirt und warf einige Torf in den noch glimmenden kleinen Ofen, der oben von einem Blechkessel gekrönt war. »Nur noch ein Weilchen! Er wird bald sausen; dann brau ich uns ein Gläschen Grog, das hält Sie munter!«

»Dessen bedarf es nicht«, sagte ich; »ich werd nicht schläfrig, wenn ich Ihren Hauke auf seinem Lebensweg begleite!«

»Meinen Sie?« Und er nickte mit seinen klugen Augen zu mir herüber, nachdem ich behaglich in seinem Lehnstuhl untergebracht war. »Nun, wo blieben wir denn? – – Ja, ja; ich weiß schon! Also:

Hauke hatte sein väterliches Erbe angetreten, und da die alte Antje Wohlers auch ihrem Leiden erlegen war, so hatte deren Fenne es vermehrt. Aber seit dem Tode oder, richtiger, seit den letzten Worten seines Vaters war in ihm etwas aufgewachsen, dessen Keim er schon seit seiner Knabenzeit in sich getragen hatte; er wiederholte es sich mehr als zu oft, er sei der rechte Mann, wenn's einen neuen Deichgrafen geben müsse. Das war es; sein Vater, der es verstehen mußte, der ja der klügste Mann im Dorf gewesen war, hatte ihm dieses Wort wie eine letzte

Gabe seinem Erbe beigelegt; die Wohlerssche Fenne, die er ihm auch verdankte, sollte den ersten Trittstein zu dieser Höhe bilden! Denn, freilich, auch mit dieser – ein Deichgraf mußte noch einen andern Grundbesitz aufweisen können! – – Aber sein Vater hatte sich einsame Jahre knapp beholfen, und mit dem, was er sich entzogen hatte, war er des neuen Besitzes Herr geworden; das konnte er auch, er konnte noch mehr; denn seines Vaters Kraft war schon verbraucht gewesen, er aber konnte noch jahrelang die schwerste Arbeit tun! – – Freilich, wenn er es dadurch nach dieser Seite hin erzwang, durch die Schärfen und Spitzen, die er der Verwaltung seines alten Dienstherrn zugesetzt hatte, war ihm eben keine Freundschaft im Dorf zuwege gebracht worden, und Ole Peters, sein alter Widersacher, hatte jüngsthin eine Erbschaft getan und begann ein wohlhabender Mann zu werden! Eine Reihe von Gesichtern ging vor seinem innern Blick vorüber, und sie sahen ihn alle mit bösen Augen an; da faßte ihn ein Groll gegen diese Menschen, er streckte die Arme aus, als griffe er nach ihnen, denn sie wollten ihn vom Amte drängen, zu dem von allen nur er berufen war. – Und die Gedanken ließen ihn nicht; sie waren immer wieder da, und so wuchsen in seinem jungen Herzen neben der Ehrenhaftigkeit und Liebe auch die Ehrsucht und der Haß. Aber diese beiden verschloß er tief in seinem Innern; selbst Elke ahnte nichts davon.

– Als das neue Jahr gekommen war, gab es eine Hochzeit; die Braut war eine Verwandte von den Haiens, und Hauke und Elke waren beide dort geladene Gäste; ja, bei dem Hochzeitsessen traf es sich durch das Ausbleiben eines näheren Verwandten, daß sie ihre Plätze nebeneinander fanden. Nur ein Lächeln, das über beider Antlitz glitt, verriet ihre Freude darüber. Aber Elke saß heute teilnahmslos in dem Geräusche des Plauderns und Gläserklirrens.

›Fehlt dir etwas?‹ frug Hauke.

– ›Oh, eigentlich nichts; es sind mir nur zu viele Menschen hier.‹

›Aber du siehst so traurig aus!‹

Sie schüttelte den Kopf; dann sprachen sie wieder nicht.

Da stieg es über ihr Schweigen wie Eifersucht in ihm auf, und heimlich unter dem überhängenden Tischtuch ergriff er ihre Hand; aber sie zuckte nicht, sie schloß sich wie vertrauensvoll um seine. Hatte ein Gefühl der Verlassenheit sie befallen, da ihre Augen täglich auf der hinfälligen Gestalt des Vaters haften mußten? – Hauke dachte nicht daran, sich so zu fragen; aber ihm stand der Atem still, als er jetzt seinen Goldring aus der Tasche zog. ›Läßt du ihn sitzen?‹ frug er zitternd, während er den Ring auf den Goldfinger der schmalen Hand schob.

Gegenüber am Tische saß die Frau Pastorin; sie legte plötzlich ihre Gabel hin und wandte sich zu ihrem Nachbar. ›Mein Gott, das Mädchen!‹ rief sie; ›sie wird ja totenblaß!‹

Aber das Blut kehrte schon zurück in Elkes Antlitz. ›Kannst du warten, Hauke?‹ frug sie leise.

Der kluge Friese besann sich doch noch ein paar Augenblicke. ›Auf was?‹ sagte er dann.

– ›Du weißt das wohl; ich brauch dir's nicht zu sagen.‹

›Du hast recht‹, sagte er; ›ja, Elke, ich kann warten wenn's nur ein menschlich Abseh'n hat!‹

›O Gott, ich fürcht', ein nahes! Sprich nicht so, Hauke; du sprichst von meines Vaters Tod!‹ Sie legte die andere Hand auf ihre Brust. ›Bis dahin‹, sagte sie, ›trag ich den Goldring hier; du sollst nicht fürchten, daß du bei meiner Lebzeit ihn zurückbekommst!‹

Da lächelten sie beide, und ihre Hände preßten sich ineinander, daß bei anderer Gelegenheit das Mädchen wohl laut aufgeschrien hätte.

Die Frau Pastorin hatte indessen unablässig nach Elkes Augen hingesehen, die jetzt unter dem Spitzenstrich des goldbrokatenen Käppchens wie in dunklem Feuer brannten. Bei dem zunehmenden Getöse am Tische aber hatte sie nichts verstanden; auch an ihren Nachbar wandte sie sich nicht wieder, denn keimende Ehen – und um eine solche schien es ihr sich denn doch hier zu handeln – schon um des daneben keimenden Traupfennigs für ihren Mann, den Pastor, pflegte sie nicht zu stören.

Elkes Vorahnung war in Erfüllung gegangen; eines Morgens nach Ostern hatte man den Deichgrafen Tede Volkerts tot in seinem Bett gefunden; man sah's an seinem Antlitz, ein ruhiges Ende war darauf geschrieben. Er hatte auch mehrfach in den letzten Monden Lebensüberdruß geäußert; sein Leibgericht, der Ofenbraten, selbst seine Enten hatten ihm nicht mehr schmecken wollen.

Und nun gab es eine große Leiche im Dorf. Droben auf der Geest auf dem Begräbnisplatz um die Kirche war zu Westen eine mit Schmiedegitter umhegte Grabstätte; ein breiter blauer Grabstein stand jetzt aufgehoben gegen eine Traueresche, auf welchem das Bild des Todes mit stark gezahnten Kiefern ausgehauen war; darunter in großen Buchstaben:

Dat is de Dod, de allens fritt,
Nimmt Kunst un Wetenschop di mit;
De kloke Mann is nu vergån,
Gott gäw em selig Uperstån!

Es war die Begräbnisstätte des früheren Deichgrafen Volkert Tedsen; nun war eine frische Grube gegraben, wohinein dessen Sohn, der jetzt verstorbene Deichgraf Tede Volkerts, begraben werden sollte. Und schon kam unten aus der Marsch der Leichenzug heran, eine Menge Wagen aus allen Kirchspielsdörfern; auf dem vordersten stand der schwere Sarg, die beiden blanken Rappen des deichgräflichen Stalles zogen ihn schon den sandigen Anberg zur Geest hinauf; Schweife und Mähnen der Pferde wehten in dem scharfen Frühjahrswind. Der Gottesacker um die Kirche war bis an die Wälle mit Menschen angefüllt, selbst auf dem gemauerten Tore huckten Buben mit kleinen Kindern in den Armen; sie wollten alle das Begraben ansehn.

Im Hause drunten in der Marsch hatte Elke in Pesel und Wohngelaß das Leichenmahl gerüstet; alter Wein wurde bei den Gedecken hingestellt; an den Platz des Oberdeichgrafen – denn auch er war heut nicht ausgeblieben – und an den des Pastors je eine Flasche Langkork. Als alles besorgt war, ging sie durch den Stall vor die Hoftür; sie traf niemanden auf ihrem Wege; die Knechte waren mit zwei Gespannen in der Leichenfuhr. Hier blieb sie stehen und sah, während ihre Trauerkleider im Frühlingswinde flatterten, wie drüben an dem Dorfe jetzt die letzten Wagen zur Kirche hinauffuhren. Nach einer Weile entstand dort ein Gewühl, dem eine Totenstille zu folgen schien. Elke faltete die Hände; sie senkten wohl den Sarg jetzt in die Grube. ›Und zur Erde wieder sollst du werden!‹ Unwillkürlich, leise, als hätte sie von dort es hören können, sprach sie die Worte nach; dann füllten ihre Augen sich mit Tränen, ihre über der Brust gefalteten Hände sanken in den Schoß. ›Vater unser, der du bist im Himmel!‹ betete sie voll Inbrunst. Und als das Gebet des Herrn zu Ende war, stand sie noch lange unbeweglich, sie, die jetzige Herrin dieses großen Marschhofes; und Gedanken des Todes und des Lebens begannen sich in ihr zu streiten.

Ein fernes Rollen weckte sie. Als sie die Augen öffnete, sah sie schon wieder einen Wagen um den anderen in rascher Fahrt von der Marsch herab und gegen ihren Hof herankommen. Sie richtete sich auf, blickte noch einmal scharf hinaus und ging dann, wie sie gekommen war, durch den Stall in die feierlich hergestellten Wohnräume zurück. Auch hier war niemand; nur durch die Mauer hörte sie das Rumoren der Mägde in der Küche. Die Festtafel stand so still und einsam; der Spiegel zwischen den Fenstern war mit weißen Tüchern zugesteckt und ebenso die Messingknöpfe an dem Beilegerofen; es blinkte nichts mehr in der Stube. Elke sah die Türen vor dem Wandbett, in dem ihr Vater seinen letzten Schlaf getan hatte, offenstehen und ging hinzu und schob sie fest zusammen; wie gedankenlos las sie den Sinnspruch, der zwischen Rosen und Nelken mit goldenen Buchstaben darauf geschrieben stand:

Hest du din Dågwark richtig dån,
Da kummt de Slåp von sülvst heran

Das war noch von dem Großvater! – Einen Blick warf sie auf den Wandschrank; er war fast leer, aber durch die Glastüren sah sie noch den geschliffenen Pokal darin, der ihrem Vater, wie er gern erzählt hatte, einst bei einem Ringreiten in seiner Jugend als Preis zuteil geworden war. Sie nahm ihn heraus und setzte ihn bei dem Gedeck des Oberdeichgrafen. Dann ging sie ans Fenster; denn schon hörte sie die Wagen an der Werfte heraufrollen; einer um den andern hielt vor dem Hause, und munterer, als sie gekommen waren, sprangen jetzt die Gäste von ihren Sitzen auf den Boden. Händereibend und plaudernd drängte sich alles in die Stube; nicht lange, so setzte man sich an die festliche Tafel, auf der die wohlbereiteten Speisen dampften, im Pesel der Oberdeichgraf mit dem Pastor; und Lärm und lautes Schwatzen lief den Tisch entlang, als ob hier nimmer der Tod seine furchtbare Stille ausgebreitet hätte. Stumm, das Auge auf ihre Gäste, ging Elke mit den Mägden an den Tischen herum, daß an dem Leichenmahle nichts versehen werde. Auch Hauke Haien saß im Wohnzimmer neben Ole Peters und anderen kleineren Besitzern.

Nachdem das Mahl beendet war, wurden die weißen Tonpfeifen aus der Ecke geholt und angebrannt, und Elke war wiederum geschäftig, die gefüllten Kaffeetassen den Gästen anzubieten; denn auch der wurde heute nicht gespart. Im Wohnzimmer an dem Pulte des eben Begrabenen stand der Oberdeichgraf im Gespräche mit dem Pastor und dem weißhaarigen Deichgevollmächtigten Jewe Manners. ›Alles gut, ihr Herren‹, sagte der erste, ›den alten Deichgrafen haben wir mit Ehren beigesetzt; aber woher nehmen wir den neuen? Ich denke, Manners, Ihr werdet Euch dieser Würde unterziehen müssen!‹

Der alte Manners hob lächelnd das schwarze Sammetkäppchen von seinen weißen Haaren. ›Herr Oberdeichgraf‹, sagte er, ›das Spiel würde zu kurz werden; als der verstorbene Tede Volkerts Deichgraf, da wurde ich Gevollmächtigter und bin es nun schon vierzig Jahre!‹

›Das ist kein Mangel, Manners; so kennt Ihr die Geschäfte um so besser und werdet nicht Not mit ihnen haben!‹

Aber der Alte schüttelte den Kopf: ›Nein, nein, Euer Gnaden, lasset mich, wo ich bin, so laufe ich wohl noch ein paar Jahre mit!‹

Der Pastor stand ihm bei. ›Weshalb‹, sagte er, ›nicht den ins Amt nehmen, der es tatsächlich in den letzten Jahren doch geführt hat?‹

Der Oberdeichgraf sah ihn an: ›Ich verstehe nicht, Herr Pastor!‹

Aber der Pastor wies mit dem Finger in den Pesel, wo Hauke in langsam ernster Weise zwei älteren Leuten etwas zu erklären schien. ›Dort steht er‹, sagte er, ›die lange Friesengestalt mit den klugen grauen Augen neben der hageren Nase und den zwei Schädelwölbungen darüber! Er war des Alten Knecht und sitzt jetzt auf seiner eigenen kleinen Stelle; er ist zwar etwas jung!‹

›Es scheint ein Dreißiger‹, sagte der Oberdeichgraf, den ihm so Vorgestellten musternd.

›Er ist kaum vierundzwanzig‹, bemerkte der Gevollmächtigte Manners; ›aber der Pastor hat recht: was in den letzten Jahren Gutes für Deiche und Siele und dergleichen vom Deichgrafenamt in Vorschlag kam, das war von ihm; mit dem Alten war's doch zuletzt nichts mehr.‹

›So, so?‹ machte der Oberdeichgraf; ›und Ihr meinet, er wäre nun auch der Mann, um in das Amt seines alten Herrn einzurücken?‹

›Der Mann wäre es schon‹, entgegnete Jewe Manners; ›aber ihm fehlt das, was man hier »Klei unter den Füßen« nennt; sein Vater hatte so um fünfzehn, er mag gut zwanzig Demat haben, aber damit ist bis jetzt hier niemand Deichgraf geworden.‹

Der Pastor tat schon den Mund auf, als wolle er etwas einwenden, da trat Elke Volkerts, die eine Weile schon im Zimmer gewesen, plötzlich zu ihnen. ›Wollen Euer Gnaden mir ein Wort erlauben?‹ sprach sie zu dem Oberbeamten; ›es ist nur, damit aus einem Irrtum nicht ein Unrecht werde!‹

›So sprecht, Jungfer Elke!‹ entgegnete dieser; ›Weisheit von hübschen Mädchenlippen hört sich allzeit gut!‹

– ›Es ist nicht Weisheit, Euer Gnaden; ich will nur die Wahrheit sagen.‹

›Auch die muß man ja hören können, Jungfer Elke!‹

Das Mädchen ließ ihre dunklen Augen noch einmal zur Seite gehen, als ob sie wegen überflüssiger Ohren sich versichern wolle. ›Euer Gnaden‹, begann sie dann, und ihre Brust hob sich in stärkerer Bewegung, ›mein Pate, Jewe Manners, sagte Ihnen, daß Hauke Haien nur etwa zwanzig Demat im Besitz habe; das ist im Augenblick auch richtig; aber sobald es sein muß, wird Hauke noch um so viel mehr sein eigen nennen, als dieser, meines Vaters, jetzt mein Hof an Dematzahl beträgt; für einen Deichgrafen wird das zusammen denn wohl reichen.‹

Der alte Manners reckte den weißen Kopf gegen sie, als müsse er erst sehen, wer denn eigentlich da rede. ›Was ist das?‹ sagte er; ›Kind, was sprichst du da?‹

Aber Elke zog an einem schwarzen Bändchen einen blinkenden Goldring aus ihrem Mieder. ›Ich bin verlobt, Pate Manners‹, sagte sie; ›hier ist der Ring, und Hauke Haien ist mein Bräutigam.‹

– ›Und wann – ich darf's wohl fragen, da ich dich aus der Taufe hob, Elke Volkerts – wann ist denn das passiert?‹

– ›Das war schon vor geraumer Zeit; doch war ich mündig, Pate Manners‹, sagte sie; ›mein Vater war schon hinfällig worden, und da ich ihn kannte, so wollt ich ihn nicht mehr damit beunruhigen; itzt, da er bei Gott ist, wird er einsehen, daß sein Kind bei diesem Manne wohl geborgen ist. Ich hätte es auch das Trauerjahr hindurch schon ausgeschwiegen; jetzt aber, um Haukes und um des Kooges willen, hab ich reden müssen.‹ Und zum Oberdeichgrafen gewandt, setzte sie hinzu: ›Euer Gnaden wollen mir das verzeihen!‹

Die drei Männer sahen sich an; der Pastor lachte, der alte Gevollmächtigte ließ es bei einem ›Hm, hm!‹ bewenden, während der Oberdeichgraf wie vor einer wichtigen Entscheidung sich die Stirn rieb. ›Ja, liebe Jungfer‹, sagte er endlich, ›aber wie steht es denn hier im Kooge mit den ehelichen Güterrechten? Ich muß gestehen, ich bin augenblicklich nicht recht kapitelfest in diesem Wirrsal!‹

›Das brauchen Euer Gnaden auch nicht‹, entgegnete des Deichgrafen Tochter, ›ich werde vor der Hochzeit meinem Bräutigam die Güter übertragen. Ich habe auch meinen kleinen Stolz‹, setzte sie lächelnd hinzu; ›ich will den reichsten Mann im Dorfe heiraten!‹

›Nun, Manners‹, meinte der Pastor, ›ich denke, Sie werden auch als Pate nichts dagegen haben, wenn ich den jungen Deichgrafen mit des alten Tochter zusammengebe!‹

Der Alte schüttelte leis den Kopf: ›Unser Herrgott gebe seinen Segen!‹ sagte er andächtig.

Der Oberdeichgraf aber reichte dem Mädchen seine Hand: ›Wahr und weise habt Ihr gesprochen, Elke Volkerts; ich danke Euch für so kräftige Erläuterungen und hoffe auch in Zukunft, und bei freundlicheren Gelegenheiten als heute, der Gast Eueres Hauses zu sein; aber daß ein Deichgraf von solch junger Jungfer gemacht wurde, das ist das Wunderbare an der Sache!‹

›Euer Gnaden‹, erwiderte Elke und sah den gütigen Oberbeamten noch einmal mit ihren ernsten Augen an, ›einem rechten Manne wird auch die Frau wohl helfen dürfen!‹ Dann ging sie in den anstoßenden Pesel und legte schweigend ihre Hand in Hauke Haiens.

Es war um mehrere Jahre später: in dem kleinen Hause Tede Haiens wohnte jetzt ein rüstiger Arbeiter mit Frau und Kind; der junge Deichgraf Hauke Haien saß mit seinem Weibe Elke Volkerts auf deren väterlicher Hofstelle. Im Sommer rauschte die gewaltige Esche nach wie vor am Hause; aber auf der Bank, die jetzt darunter stand, sah man abends meist nur die junge Frau, einsam mit einer häuslichen Arbeit in den Händen; noch immer fehlte ein Kind in dieser Ehe; der Mann aber hatte anderes zu tun, als Feierabend vor der Tür zu halten; denn trotz seiner früheren Mithilfe lagen aus des Alten Amtsführung eine Menge unerledigter Dinge, an die auch er derzeit zu rühren nicht für gut gefunden hatte; jetzt aber mußte allmählich alles aus dem Wege; er fegte mit einem scharfen Besen. Dazu kam die Bewirtschaftung der durch seinen eigenen Landbesitz vergrößerten Stelle, bei der er gleichwohl den Kleinknecht noch zu sparen suchte; so sahen sich die beiden Eheleute, außer am Sonntag, wo Kirchgang gehalten wurde, meist nur bei dem von Hauke eilig besorgten Mittagessen und beim Auf- und Niedergang des Tages; es war ein Leben fortgesetzter Arbeit, doch gleichwohl ein zufriedenes.

Dann kam ein störendes Wort in Umlauf. – Als von den jüngeren Besitzern der Marsch- und Geestgemeinde eines Sonntags nach der Kirche ein etwas unruhiger Trupp im Kruge droben am Trunke festgeblieben war, redeten sie beim vierten oder fünften Glase zwar nicht über König und Regierung – so hoch wurde damals noch nicht gegriffen –, wohl aber über Kommunal- und Oberbeamte, vor allem über Gemeindeabgaben und -lasten, und je länger sie redeten, desto weniger fand davon Gnade vor ihren Augen, insonders nicht die neuen Deichlasten; alle Siele und Schleusen, die sonst immer gehalten hätten, seien jetzt reparaturbedürftig; am Deiche fänden sich immer neue Stellen, die Hunderte von Karren Erde nötig hätten; der Teufel möchte die Geschichte holen!

›Das kommt von eurem klugen Deichgrafen‹, rief einer von den Geestleuten, ›der immer grübeln geht und seine Finger dann in alles steckt!‹

›Ja, Marten‹, sagte Ole Peters, der dem Sprecher gegenüber saß; ›recht hast du, er ist hinterspinnig und sucht beim Oberdeichgraf sich ’nen weißen Fuß zu machen; aber wir haben ihn nun einmal!‹

›Warum habt ihr ihn euch aufhucken lassen?‹ sagte der andre; ›nun müßt ihr’s bar bezahlen.‹

Ole Peters lachte. ›Ja, Marten Fedders, das ist nun so bei uns, und davon ist nichts abzukratzen; der alte wurde Deichgraf von seines Vaters, der neue von seines Weibes wegen.‹ Das Gelächter, das jetzt um den Tisch lief, zeigte, welchen Beifall das geprägte Wort gefunden hatte.

Aber es war an öffentlicher Wirtstafel gesprochen worden, es blieb nicht da, es lief bald um im Geest- und unten in dem Marschdorf, so kam es auch an Hauke. Und wieder ging vor seinem inneren Auge die Reihe übelwollender Gesichter vorüber, und noch höhnischer, als es gewesen war, hörte er das Gelächter an dem Wirtshaustische. ›Hunde!‹ schrie er, und seine Augen sahen grimmig zur Seite, als wolle er sie peitschen lassen.

Da legte Elke ihre Hand auf seinen Arm. ›Laß sie; die wären alle gern, was du bist!‹

– ›Das ist es eben!‹ entgegnete er grollend.

›Und‹, fuhr sie fort, ›hat denn Ole Peters sich nicht selber eingefreit?‹

›Das hat er, Elke; aber was er mit Vollina freite, das reichte nicht zum Deichgrafen!‹

– ›Sag es lieber: er reichte nicht dazu!‹ Und Elke drehte ihren Mann, so daß er sich im Spiegel sehen mußte, denn sie standen zwischen den Fenstern in ihrem Zimmer. ›Da steht der Deichgraf!‹ sagte sie; ›nun sieh ihn an; nur wer ein Amt regieren kann, der hat es!‹

›Du hast nicht unrecht‹, entgegnete er sinnend, ›und doch ... Nun, Elke; ich muß zur Osterschleuse; die Türen schließen wieder nicht!‹

Sie drückte ihm die Hand: ›Komm, sieh mich erst einmal an! Was hast du, deine Augen sehen so ins Weite?‹

›Nichts, Elke, du hast ja recht.‹ –

Er ging; aber nicht lange war er gegangen, so war die Schleusenreparatur vergessen. Ein anderer Gedanke, den er halb nur ausgedacht und seit Jahren mit sich umhergetragen hatte, der aber vor den drängenden Amtsgeschäften ganz zurückgetreten war, bemächtigte sich seiner jetzt aufs neue und mächtiger als je zuvor, als seien plötzlich die Flügel ihm gewachsen.

Kaum daß er es selber wußte, befand er sich oben auf dem Haffdeich, schon eine weite Strecke südwärts nach der Stadt zu; das Dorf, das nach dieser Seite hinauslag, war ihm zur Linken längst verschwunden; noch immer schritt er weiter, seine Augen unablässig nach der Seeseite auf das breite Vorland gerichtet; wäre jemand neben ihm gegangen, er hätte es sehen müssen, welche eindringliche Geistesarbeit hinter diesen Augen vorging. Endlich blieb er stehen: das Vorland schwand hier zu einem schmalen Streifen an dem Deich zusammen. ›Es muß gehen!‹ sprach er bei sich selbst. ›Sieben Jahr im Amt; sie sollen nicht mehr sagen, daß ich nur Deichgraf bin von meines Weibes wegen!‹

Noch immer stand er, und seine Blicke schweiften scharf und bedächtig nach allen Seiten über das grüne Vorland; dann ging er zurück, bis wo auch hier ein schmaler Streifen grünen Weidelands die vor ihm liegende breite Landfläche ablöste. Hart an dem Deiche aber schoß ein starker Meeresstrom durch diese, der fast das ganze Vorland von dem Festlande trennte und zu einer Hallig machte; eine rohe Holzbrücke führte nach dort hinüber, damit man mit Vieh und Heu- und Getreidewagen hinüber und wieder zurück gelangen könne. Jetzt war es Ebbzeit, und die goldene Septembersonne glitzerte auf dem etwa hundert Schritte breiten Schlickstreifen und auf dem tiefen Priel in seiner Mitte, durch den auch jetzt das Meer noch seine Wasser trieb. ›Das läßt sich dämmen!‹ sprach Hauke bei sich selber, nachdem er diesem Spiele eine Zeitlang zugesehen; dann blickte er auf, und von dem Deiche, auf dem er stand, über den Priel hinweg, zog er in Gedanken eine Linie längs dem Rande des abgetrennten Landes, nach Süden herum und ostwärts wiederum zurück über die dortige Fortsetzung des Prieles und an den Deich heran. Die Linie aber, welche er unsichtbar gezogen hatte, war ein neuer Deich, neu auch in der Konstruktion seines Profiles, welches bis jetzt nur noch in seinem Kopf vorhanden war.

›Das gäbe einen Koog von zirca tausend Demat‹, sprach er lächelnd zu sich selber; ›nicht groß just; aber ...‹

Eine andere Kalkulation überkam ihn: das Vorland gehörte hier der Gemeinde, ihren einzelnen Mitgliedern eine Zahl von Anteilen, je nach der Größe ihres Besitzes im Gemeindebezirk oder nach sonst zu Recht bestehender Erwerbung; er begann zusammenzuzählen, wie viel Anteile er von seinem, wie viele er von Elkes Vater überkommen und was an solchen er während seiner Ehe schon selbst gekauft hatte, teils in dem dunklen Gefühle eines künftigen Vorteils, teils bei Vermehrung seiner Schafzucht. Es war schon eine ansehnliche Menge; denn auch von Ole Peters hatte er dessen sämtliche Teile angekauft, da es diesem zum Verdruß geschlagen war, als bei einer teilweisen Überströmung ihm sein bester Schafbock ertrunken war. Aber das war ein seltsamer Unfall gewesen; denn so weit Haukes Gedächtnis reichte, waren selbst bei hohen Fluten dort nur die Ränder überströmt worden. Welch treffliches Weide- und Kornland mußte es geben und von welchem Werte, wenn das alles von seinem neuen Deich umgeben war! Wie ein Rausch stieg es ihm ins Gehirn; aber er preßte die Nägel in seine Handflächen und zwang seine Augen, klar und nüchtern zu sehen, was dort vor ihm lag: eine große deichlose Fläche, wer wußt es, welchen Stürmen und Fluten schon in den nächsten Jahren preisgegeben, an deren äußerstem Rande jetzt ein Trupp von schmutzigen Schafen langsam grasend entlang wanderte; dazu für ihn ein Haufen Arbeit, Kampf und Ärger! Trotz alledem, als er vom Deich hinab – und den Fußsteig über die Fennen auf seine Werfte zuging, ihm war's, als brächte er einen großen Schatz mit sich nach Hause.

Auf dem Flur trat Elke ihm entgegen. ›Wie war es mit der Schleuse?‹ frug sie.

Er sah mit geheimnisvollem Lächeln auf sie nieder. ›Wir werden bald eine andere Schleuse brauchen‹, sagte er; ›und Sielen und einen neuen Deich!‹

›Ich versteh dich nicht‹, entgegnete Elke, während sie in das Zimmer gingen; ›was willst du, Hauke?‹

›Ich will‹, sagte er langsam und hielt dann einen Augenblick inne, ›ich will, daß das große Vorland, das unserer Hofstatt gegenüber beginnt und dann nach Westen ausgeht, zu einem festen Kooge eingedeicht werde: die hohen Fluten haben fast ein Menschenalter uns in Ruh gelassen; wenn aber eine von den schlimmen wiederkommt und den Anwachs stört, so kann mit einem Mal die ganze Herrlichkeit zu Ende sein; nur der alte Schlendrian hat das bis heut so lassen können!‹

Sie sah ihn voll Erstaunen an: ›So schiltst du dich ja selber!‹ sagte sie.

– ›Das tu ich, Elke; aber es war bisher auch so viel anderes zu beschaffen!‹

›Ja, Hauke; gewiß, du hast genug getan!‹

Er hatte sich in den Lehnstuhl des alten Deichgrafen gesetzt, und seine Hände griffen fest um beide Lehnen.

›Hast du denn guten Mut dazu?‹ frug ihn sein Weib.

– ›Das hab ich, Elke!‹ sprach er hastig.

›Sei nicht zu rasch, Hauke; das ist ein Werk auf Tod und Leben; und fast alle werden dir entgegen sein, man wird dir deine Müh und Sorg nicht danken!‹

Er nickte: ›Ich weiß!‹ sagte er.

›Und wenn es nun nicht gelänge!‹ rief sie wieder, ›von Kindesbeinen an hab ich gehört, der Priel sei nicht zu stopfen, und darum dürfe nicht daran gerührt werden.‹

›Das war ein Vorwand für die Faulen!‹ sagte Hauke; ›weshalb denn sollte man den Priel nicht stopfen können?‹

– ›Das hört ich nicht; vielleicht, weil er gerade durchgeht; die Spülung ist zu stark.‹ – Eine Erinnerung überkam sie, und ein fast schelmisches Lächeln brach aus ihren ernsten Augen: ›Als ich Kind war‹, sprach sie, ›hörte ich einmal die Knechte darüber reden; sie meinten, wenn ein Damm dort halten solle, müsse was Lebigs da hineingeworfen und mit verdämmt werden; bei einem Deichbau auf der andern Seite, vor wohl hundert Jahren, sei ein Zigeunerkind verdämmet worden, das sie um schweres Geld der Mutter abgehandelt hätten; jetzt aber würde wohl keine ihr Kind verkaufen!‹

Hauke schüttelte den Kopf: ›Da ist es gut, daß wir keins haben, sie würden es sonst noch schier von uns verlangen!‹

›Sie sollten's nicht bekommen!‹ sagte Elke und schlug wie in Angst die Arme über ihren Leib.

Und Hauke lächelte; doch sie frug noch einmal: ›Und die ungeheuren Kosten? Hast du das bedacht?‹

– ›Das hab ich, Elke; was wir dort herausbringen, wird sie bei weitem überholen, auch die Erhaltungskosten des alten Deiches gehen für ein gut Stück in dem neuen unter; wir arbeiten ja selbst und haben über achtzig Gespanne in der Gemeinde, und an jungen Fäusten ist hier auch kein Mangel. Du sollst mich wenigstens nicht umsonst zum Deichgrafen gemacht haben, Elke; ich will ihnen zeigen, daß ich einer bin!‹

Sie hatte sich vor ihm niedergehuckt und ihn sorgvoll angeblickt; nun erhob sie sich mit einem Seufzer: ›Ich muß weiter zu meinem Tagewerk‹, sagte sie, und ihre Hand strich langsam über seine Wange; ›tu du das deine, Hauke!‹

›Amen, Elke!‹ sprach er mit ernstem Lächeln; ›Arbeit ist für uns beide da!‹

– – Und es war Arbeit genug für beide, die schwerste Last aber fiel jetzt auf des Mannes Schulter. An Sonntagnachmittagen, oft auch nach Feierabend, saß Hauke mit einem tüchtigen Feldmesser zusammen, vertieft in Rechenaufgaben, Zeichnungen und Rissen; war er allein, dann ging es ebenso und endete oft weit nach Mitternacht. Dann schlich er in die gemeinsame Schlafkammer – denn die dumpfen Wandbetten im Wohngemach wurden in Haukes Wirtschaft nicht mehr gebraucht –, und sein Weib, damit er endlich nur zur Ruhe komme, lag wie schlafend mit geschlossenen Augen, obgleich sie mit klopfendem Herzen nur auf ihn gewartet hatte; dann küßte er mitunter ihre Stirn und sprach ein leises Liebeswort dabei, und legte sich selbst zum Schlafe, der ihm oft nur beim ersten Hahnenkraht zu Willen war. Im Wintersturm lief er auf den Deich hinaus, mit Bleistift und Papier in der Hand, und stand und zeichnete und notierte, während ein Windstoß ihm die Mütze vom Kopf riß und das lange, fahle Haar ihm um sein heißes Antlitz flog; bald fuhr er, solange nur das Eis ihm nicht den Weg versperrte, mit einem Knecht zu Boot ins Wattenmeer hinaus und maß dort mit Lot und Stange die Tiefen der Ströme, über die er noch nicht sicher war. Elke zitterte oft genug für ihn; aber war er wieder da, so hätte er das nur aus ihrem festen Händedruck oder dem leuchtenden Blitz aus ihren sonst so stillen Augen merken können. ›Geduld, Elke‹, sagte er, da ihm einmal war, als ob sein Weib ihn nicht lassen könne; ›ich muß erst selbst im Reinen sein, bevor ich meinen Antrag stelle!‹ Da nickte sie und ließ ihn gehen. Der Ritte in die Stadt zum Oberdeichgrafen wurden auch nicht wenige, und allem diesen und den Mühen in Haus- und Landwirtschaft folgten immer wieder die Arbeiten in die Nacht hinein. Sein Verkehr mit anderen Menschen außer in Arbeit und Geschäft verschwand fast ganz; selbst der mit seinem Weibe wurde immer weniger. ›Es sind schlimme Zeiten, und sie werden noch lange dauern‹, sprach Elke bei sich selber und ging an ihre Arbeit.

Endlich, Sonne und Frühlingswinde hatten schon überall das Eis gebrochen, war auch die letzte Vorarbeit getan; die Eingabe an den Oberdeichgrafen zu Befürwortung an höherem Orte, enthaltend den Vorschlag einer Bedeichung des erwähnten Vorlandes, zur Förderung des öffentlichen Besten, insonders des Kooges wie nicht weniger der Herrschaftlichen Kasse, da höchstderselben in kurzen Jahren die Abgabe von zirca tausend Demat daraus erwachsen würden – war sauber abgeschrieben und nebst anliegenden Rissen und Zeichnungen aller Lokalitäten, jetzt und künftig, der Schleusen und Siele und was noch sonst dazu gehörte, in ein festes Konvolut gepackt und mit dem deichgräflichen Amtssiegel versehen worden.

›Da ist es, Elke‹, sagte der junge Deichgraf, ›nun gib ihm deinen Segen!‹

Elke legte ihre Hand in seine. ›Wir wollen fest zusammenhalten‹, sagte sie.

– ›Das wollen wir.‹

Dann wurde die Eingabe durch einen reitenden Boten in die Stadt gesandt.

Sie wollen bemerken, lieber Herr«, unterbrach der Schulmeister seine Erzählung, mich freundlich mit seinen feinen Augen fixierend, »daß ich das bisher Berichtete während meiner fast vierzigjährigen Wirksamkeit in diesem Kooge aus den Überlieferungen verständiger Leute oder aus Erzählungen der Enkel und Urenkel solcher zusammengefunden habe; was ich, damit Sie dieses mit dem endlichen Verlauf in Einklang zu bringen vermögen, Ihnen jetzt vorzutragen habe, das war derzeit und ist auch jetzt noch das Geschwätz des ganzen Marschdorfes, sobald nur um Allerheiligen die Spinnräder an zu schnurren fangen.

Von der Hofstelle des Deichgrafen, etwa fünf- bis sechshundert Schritte weiter nordwärts, sah man derzeit, wenn man auf dem Deiche stand, ein paar tausend Schritt ins Wattenmeer hinaus und etwas weiter von dem gegenüberliegenden Marschufer entfernt eine kleine Hallig, die sie ›Jeverssand‹, auch ›Jevershallig‹ nannten. Von den derzeitigen Großvätern war sie noch zur Schafweide benutzt worden, denn Gras war damals noch darauf gewachsen; aber auch das hatte aufgehört, weil die niedrige Hallig ein paarmal, und just im Hochsommer, unter Seewasser gekommen und der Graswuchs dadurch verkümmert und auch zur Schafweide unnutzbar geworden war. So kam es denn, daß außer von Möwen und den andern Vögeln, die am Strande fliegen, und etwa einmal von einem Fischadler, dort kein Besuch mehr stattfand; und an mondhellen Abenden sah man vom Deiche aus nur die Nebeldünste leichter oder schwerer darüber hinziehen. Ein paar weißgebleichte Knochengerüste ertrunkener Schafe und das Gerippe eines Pferdes, von dem freilich niemand begriff, wie es dort hingekommen sei, wollte man, wenn der Mond von Osten auf die Hallig schien, dort auch erkennen können.

Es war zu Ende März, als an dieser Stelle nach Feierabend der Tagelöhner aus dem Tede Haienschen Hause und Iven Johns, der Knecht des jungen Deichgrafen, nebeneinander standen und unbeweglich nach der im trüben Mondduft kaum erkennbaren Hallig hinüberstarrten; etwas Auffälliges schien sie dort so festzuhalten. Der Tagelöhner steckte die Hände in die Tasche und schüttelte sich. ›Komm, Iven‹, sagte er, ›das ist nichts Gutes; laß uns nach Haus gehen!‹

Der andere lachte, wenn auch ein Grauen bei ihm hindurchklang: ›Ei was, es ist eine lebige Kreatur, eine große! Wer, zum Teufel, hat sie nach dem Schlickstück hinaufgejagt! Sieh nur, nun reckt's den Hals zu uns hinüber! Nein, es senkt den Kopf; es frißt! Ich dächt, es wär dort nichts zu fressen! Was es nur sein mag?‹

›Was geht das uns an!‹ entgegnete der andere. ›Gute Nacht, Iven, wenn du nicht mit willst; ich gehe nach Haus!‹

– ›Ja, ja; du hast ein Weib, du kommst ins warme Bett! Bei mir ist auch in meiner Kammer lauter Märzenluft!‹

›Gut Nacht denn!‹ rief der Tagelöhner zurück, während er auf dem Deich nach Hause trabte. Der Knecht sah sich ein paarmal nach dem Fortlaufenden um; aber die Begier, Unheimliches zu schauen, hielt ihn noch fest. Da kam eine untersetzte, dunkle Gestalt auf dem Deich vom Dorf her gegen ihn heran; es war der Dienstjunge des Deichgrafen. ›Was willst du, Carsten?‹ rief ihm der Knecht entgegen.

›Ich? – nichts‹, sagte der Junge; ›aber unser Wirt will dich sprechen, Iven Johns!‹

Der Knecht hatte die Augen schon wieder nach der Hallig: ›Gleich; ich komme gleich!‹ sagte er.

›Wonach guckst du denn so?‹ frug der Junge.

Der Knecht hob den Arm und wies stumm nach der Hallig. ›Oha!‹ flüsterte der Junge; ›da geht ein Pferd – ein Schimmel – das muß der Teufel reiten – wie kommt ein Pferd nach Jevershallig?‹

– ›Weiß nicht, Carsten, wenn's nur ein richtiges Pferd ist!‹

›Ja, ja, Iven; sieh nur, es frißt ganz wie ein Pferd! Aber wer hat's dahin gebracht; wir haben im Dorf so große Böte gar nicht! Vielleicht auch ist es nur ein Schaf; Peter Ohm sagt, im Mondschein wird aus zehn Torfringeln ein ganzes Dorf. Nein, sieh! Nun springt es – es muß doch ein Pferd sein!‹

Beide standen eine Weile schweigend, die Augen nur nach dem gerichtet, was sie drüben undeutlich vor sich gehen sahen. Der Mond stand hoch am Himmel und beschien das weite Wattenmeer, das eben in der steigenden Flut seine Wasser über die glitzernden Schlickflächen zu spülen begann. Nur das leise Geräusch des Wassers, keine Tierstimme war in der ungeheueren Weite hier zu hören; auch in der Marsch, hinter dem Deiche, war es leer; Kühe und Rinder waren alle noch in den Ställen. Nichts regte sich; nur was sie für ein Pferd, einen Schimmel, hielten, schien dort auf Jevershallig noch beweglich. ›Es wird heller‹, unterbrach der Knecht die Stille, ›ich sehe deutlich die weißen Schafgerippe schimmern!‹

›Ich auch‹, sagte der Junge und reckte den Hals; dann aber, als komme es ihm plötzlich, zupfte er den Knecht am Ärmel. ›Iven‹, raunte er, ›das Pferdsgerippe, das sonst dabei lag, wo ist es? Ich kann's nicht sehen!‹

›Ich seh es auch nicht! Seltsam!‹ sagte der Knecht.

– ›Nicht so seltsam, Iven! Mitunter, ich weiß nicht, in welchen Nächten, sollen die Knochen sich erheben und tun, als ob sie lebig wären!‹

›So?‹ machte der Knecht; ›das ist ja Altweiberglaube!‹

›Kann sein, Iven‹, meinte der Junge.

›Aber, ich mein, du sollst mich holen; komm, wir müssen nach Haus! Es bleibt hier immer doch dasselbe.‹

Der Junge war nicht fortzubringen, bis der Knecht ihn mit Gewalt herumgedreht und auf den Weg gebracht hatte. ›Hör, Carsten‹, sagte dieser, als die gespensterhafte Hallig ihnen schon ein gut Stück im Rücken lag, ›du giltst ja für einen Allerweltsbengel; ich glaub, du möchtest das am liebsten selber untersuchen!‹

›Ja‹, entgegnete Carsten, nachträglich noch ein wenig schaudernd, ›ja, das möcht ich, Iven!‹

›Ist das dein Ernst? – dann‹, sagte der Knecht, nachdem der Junge ihm nachdrücklich darauf die Hand geboten hatte, ›lösen wir morgen abend unser Boot; du fährst nach Jeverssand; ich bleib so lange auf dem Deiche stehen.‹

›Ja‹, erwiderte der Junge, ›das geht! Ich nehme meine Peitsche mit!‹

›Tu das!‹

Schweigend kamen sie an das Haus ihrer Herrschaft, zu dem sie langsam die hohe Werft hinanstiegen.

Um dieselbe Zeit des folgenden Abends saß der Knecht auf dem großen Steine vor der Stalltür, als der Junge, mit seiner Peitsche knallend, zu ihm kam. ›Das pfeift ja wunderlich!‹ sagte jener.

›Freilich, nimm dich in acht‹, entgegnete der Junge; ›ich hab auch Nägel in die Schnur geflochten.‹

›So komm!‹ sagte der andere.

Der Mond stand, wie gestern, am Osthimmel und schien klar aus seiner Höhe. Bald waren beide wieder draußen auf dem Deich und sahen hinüber nach Jevershallig, die wie ein Nebelfleck im Wasser stand. ›Da geht es wieder‹, sagte der Knecht; ›nach Mittag war ich hier, da war's nicht da; aber ich sah deutlich das weiße Pferdsgerippe liegen!‹

Der Junge reckte den Hals. ›Das ist jetzt nicht da, Iven‹, flüsterte er.

›Nun, Carsten, wie ist's?‹ sagte der Knecht. ›Juckt's dich noch, hinüberzufahren?‹

Carsten besann sich einen Augenblick; dann klatschte er mit seiner Peitsche in die Luft. ›Mach nur das Boot los, Iven!‹

Drüben aber war es, als hebe, was dorten ging, den Hals und recke gegen das Festland hin den Kopf. Sie sahen es nicht mehr; sie gingen schon den Deich hinab und bis zur Stelle, wo das Boot gelegen war. ›Nun, steig nur ein!‹ sagte der Knecht, nachdem er es losgebunden hatte. ›Ich bleib, bis du zurück bist! Zu Osten mußt du anlegen; da hat man immer landen können!‹ Und der Junge nickte schweigend und fuhr mit seiner Peitsche in die Mondnacht hinaus; der Knecht wanderte unterm Deich zurück und bestieg ihn wieder an der Stelle, wo sie vorhin gestanden hatten. Bald sah er, wie drüben bei einer schroffen, dunkeln Stelle, an die ein breiter Priel hinanführte, das Boot sich beilegte und eine untersetzte Gestalt daraus ans Land sprang. – War's nicht, als klatschte der Junge mit seiner Peitsche? Aber es konnte auch das Geräusch der steigenden Flut sein. Mehrere hundert Schritte nordwärts sah er, was sie für einen Schimmel angesehen hatten; und jetzt! – ja, die Gestalt des Jungen kam gerade darauf zugegangen. Nun hob es den Kopf, als ob es stutze; und der Junge – es war deutlich jetzt zu hören – klatschte mit der Peitsche. Aber – was fiel ihm ein? Er kehrte um, er ging den Weg zurück, den er gekommen war. Das drüben schien unablässig fortzuweiden, kein Wiehern war von dort zu hören gewesen; wie weiße Wasserstreifen schien es mitunter über die Erscheinung hinzuziehen. Der Knecht sah wie gebannt hinüber.

Da hörte er das Anlegen des Bootes am diesseitigen Ufer, und bald sah er aus der Dämmerung den Jungen gegen sich am Deich heraufsteigen. ›Nun, Carsten‹, frug er, ›was war es?‹

Der Junge schüttelte den Kopf: ›Nichts war es!‹ sagte er. ›Noch kurz vom Boot aus hatt ich es gesehen; dann aber, als ich auf der Hallig war – weiß der Henker, wo sich das Tier verkrochen hatte, der Mond schien doch hell genug; aber als ich an die Stelle kam, war nichts da als die bleichen Knochen von einem halben Dutzend Schafen, und etwas weiter lag auch das Pferdsgerippe mit seinem weißen, langen Schädel und ließ den Mond in seine leeren Augenhöhlen scheinen!‹

›Hm!‹ meinte der Knecht; ›hast auch recht zugesehen?‹

›Ja, Iven, ich stand dabei; ein gottvergessener Kiewiet, der hinter dem Gerippe sich zur Nachtruh hingeduckt hatte, flog schreiend auf, daß ich erschrak und ein paarmal mit der Peitsche hintennach klatschte.‹

›Und das war alles?‹

›Ja, Iven; ich weiß nicht mehr.‹

›Es ist auch genug‹, sagte der Knecht, zog den Jungen am Arm zu sich heran und wies hinüber nach der Hallig. ›Dort, siehst du etwas, Carsten?‹

– ›Wahrhaftig, da geht's ja wieder!‹

›Wieder?‹ sagte der Knecht; ›ich hab die ganze Zeit hinübergeschaut, aber es ist gar nicht fortgewesen; du gingst ja gerade auf das Unwesen los!‹

Der Junge starrte ihn an; ein Entsetzen lag plötzlich auf seinem sonst so kecken Angesicht, das auch dem Knechte nicht entging. ›Komm!‹ sagte dieser, ›wir wollen nach Haus: von hier aus geht's wie lebig, und drüben liegen nur die Knochen – das ist mehr, als du und ich begreifen können. Schweig aber still davon, man darf dergleichen nicht verreden!‹

So wandten sie sich, und der Junge trabte neben ihm; sie sprachen nicht, und die Marsch lag in lautlosem Schweigen an ihrer Seite.

– – Nachdem aber der Mond zurückgegangen und die Nächte dunkel geworden waren, geschah ein anderes.

Hauke Haien war zur Zeit des Pferdemarktes in die Stadt geritten, ohne jedoch mit diesem dort zu tun zu haben. Gleichwohl, da er gegen Abend heimkam, brachte er ein zweites Pferd mit sich nach Hause; aber es war rauhhaarig und mager, daß man jede Rippe zählen konnte, und die Augen lagen ihm matt und eingefallen in den Schädelhöhlen. Elke war vor die Haustür getreten, um ihren Eheliebsten zu empfangen. ›Hilf Himmel!‹ rief sie, ›was soll uns der alte Schimmel?‹ Denn da Hauke mit ihm vor das Haus geritten kam und unter der Esche hielt, hatte sie gesehen, daß die arme Kreatur auch lahme.

Der junge Deichgraf aber sprang lachend von seinem braunen Wallach: ›Laß nur, Elke; es kostet auch nicht viel!‹

Die kluge Frau erwiderte: ›Du weißt doch, das Wohlfeilste ist auch meist das Teuerste.‹

– ›Aber nicht immer, Elke; das Tier ist höchstens vier Jahr alt; sieh es dir nur genauer an! Es ist verhungert und mißhandelt; da soll ihm unser Hafer gut tun; ich werd es selbst versorgen, damit sie mir's nicht überfüttern.‹

Das Tier stand indessen mit gesenktem Kopf, die Mähnen hingen lang am Hals herunter. Frau Elke, während ihr Mann nach den Knechten rief, ging betrachtend um dasselbe herum; aber sie schüttelte den Kopf: ›So eins ist noch nie in unserm Stall gewesen!‹

Als jetzt der Dienstjunge um die Hausecke kam, blieb er plötzlich mit erschrocknen Augen stehen. ›Nun, Carsten‹, rief der Deichgraf, ›was fährt dir in die Knochen? Gefällt dir mein Schimmel nicht?‹

›Ja – o ja, uns' Weert, warum denn nicht!‹

– ›So bring die Tiere in den Stall, gib ihnen kein Futter; ich komme gleich selber hin!‹

Der Junge faßte mit Vorsicht den Halfter des Schimmels und griff dann hastig, wie zum Schutze, nach dem Zügel des ihm ebenfalls vertrauten Wallachs. Hauke aber ging mit seinem Weibe in das Zimmer; ein Warmbier hatte sie für ihn bereit, und Brot und Butter waren auch zur Stelle.

Er war bald gesättigt; dann stand er auf und ging mit seiner Frau im Zimmer auf und ab. ›Laß dir erzählen, Elke‹, sagte er, während der Abendschein auf den Kacheln an den Wänden spielte, ›wie ich zu dem Tier gekommen bin: ich war wohl eine

Stunde beim Oberdeichgrafen gewesen; er hatte gute Kunde für mich – es wird wohl dies und jenes anders werden als in meinen Rissen; aber die Hauptsache, mein Profil, ist akzeptiert, und schon in den nächsten Tagen kann der Befehl zum neuen Deichbau da sein!‹

Elke seufzte unwillkürlich: ›Also doch?‹ sagte sie sorgenvoll.

›Ja, Frau‹, entgegnete Hauke; ›hart wird's hergehen; aber dazu, denk ich, hat der Herrgott uns zusammengebracht! Unsere Wirtschaft ist jetzt so gut in Ordnung; ein groß Teil kannst du schon auf deine Schultern nehmen; denk nur um zehn Jahr weiter – dann stehen wir vor einem andern Besitz.‹

Sie hatte bei seinen ersten Worten die Hand ihres Mannes versichernd in die ihrigen gepreßt; seine letzten Worte konnten sie nicht erfreuen. ›Für wen soll der Besitz?‹ sagte sie. ›Du müßtest denn ein ander Weib nehmen; ich bring dir keine Kinder.‹

Tränen schossen ihr in die Augen; aber er zog sie fest in seine Arme. ›Das überlassen wir dem Herrgott‹, sagte er; ›jetzt aber und auch dann noch sind wir jung genug, um uns der Früchte unserer Arbeit selbst zu freuen.‹

Sie sah ihn lange, während er sie hielt, aus ihren dunkeln Augen an. ›Verzeih, Hauke‹, sprach sie; ›ich bin mitunter ein verzagt Weib!‹

Er neigte sich zu ihrem Antlitz und küßte sie: ›Du bist mein Weib und ich dein Mann, Elke! Und anders wird es nun nicht mehr.‹

Da legte sie die Arme fest um seinen Nacken: ›Du hast recht, Hauke, und was kommt, kommt für uns beide.‹ Dann löste sie sich errötend von ihm. ›Du wolltest von dem Schimmel mir erzählen‹, sagte sie leise.

›Das wollt ich, Elke. Ich sagte dir schon, mir war Kopf und Herz voll Freude über die gute Nachricht, die der Oberdeichgraf mir gegeben hatte; so ritt ich eben wieder aus der Stadt hinaus, da, auf dem Damm, hinter dem Hafen, begegnet' mir ein ruppiger Kerl; ich wußt nicht, war's ein Vagabund, ein Kesselflicker oder was denn sonst. Der Kerl zog den Schimmel am Halfter hinter sich; das Tier aber hob den Kopf und sah mich aus blöden Augen an; mir war's, als ob es mich um etwas bitten wolle; ich war ja auch in diesem Augenblicke reich genug. He, Landsmann! rief ich, wo wollt Ihr mit der Kracke hin?

Der Kerl blieb stehen und der Schimmel auch. Verkaufen! sagte jener und nickte mir listig zu.

Nur nicht an mich! rief ich lustig.

Ich denke doch! sagte er; das ist ein wacker Pferd und unter hundert Talern nicht bezahlt.

Ich lachte ihm ins Gesicht.

Nun, sagte er, lacht nicht so hart; Ihr sollt's mir ja nicht zahlen! Aber ich kann's nicht brauchen, bei mir verkommt's; es würd bei Euch bald ander Ansehen haben!

Da sprang ich von meinem Wallach und sah dem Schimmel ins Maul und sah wohl, es war noch ein junges Tier. Was soll's denn kosten? rief ich, da auch das Pferd mich wiederum wie bittend ansah.

Herr, nehmt's für dreißig Taler! sagte der Kerl, und den Halfter geb ich Euch darein!

Und da, Frau, hab ich dem Burschen in die dargebotne braune Hand, die fast wie eine Klaue aussah, eingeschlagen. So haben wir den Schimmel, und ich denk auch, wohlfeil genug! Wunderlich nur war es, als ich mit den Pferden wegritt, hört ich bald hinter mir ein Lachen, und als ich den Kopf wandte, sah ich den Slowaken, der stand noch sperrbeinig, die Arme auf dem Rücken, und lachte wie ein Teufel hinter mir drein.‹

›Pfui‹, rief Elke, ›wenn der Schimmel nur nichts von seinem alten Herrn dir zubringt! Mög er dir gedeihen, Hauke!‹

›Er selber soll es wenigstens, soweit ich's leisten kann!‹ Und der Deichgraf ging in den Stall, wie er vorhin dem Jungen es gesagt hatte.

– – Aber nicht allein an jenem Abend fütterte er den Schimmel, er tat es fortan immer selbst und ließ kein Auge von dem Tiere; er wollte zeigen, daß er einen Priesterhandel gemacht habe; jedenfalls sollte nichts versehen werden. – Und schon nach wenig Wochen hob sich die Haltung des Tieres; allmählich verschwanden die rauhen Haare; ein blankes, blaugeapfeltes Fell kam zum Vorschein, und da er es eines Tages auf der Hofstatt umherführte, schritt es schlank auf seinen festen Beinen. Hauke dachte des abenteuerlichen Verkäufers. ›Der Kerl war ein Narr oder ein Schuft, der es gestohlen hatte!‹ murmelte er bei sich selber. – Bald auch, wenn das Pferd im Stall nur seine Schritte hörte, warf es den Kopf herum und wieherte ihm entgegen; nun sah er auch, es hatte, was die Araber verlangen, ein fleischlos Angesicht; draus blitzten ein Paar feurige braune Augen. Dann führte er es aus dem Stall und legte ihm einen leichten Sattel auf; aber kaum saß er droben, so fuhr dem Tier ein Wiehern wie ein Lustschrei aus der Kehle; es flog mit ihm davon, die Werfte hinab auf den Weg und dann dem Deiche zu; doch der Reiter saß fest, und als sie oben waren, ging es ruhiger, leicht, wie tanzend, und warf den Kopf dem Meere zu. Er klopfte und streichelte ihm den blanken Hals; aber es bedurfte dieser Liebkosung schon nicht mehr; das Pferd schien völlig eins mit seinem Reiter, und nachdem er eine Strecke nordwärts den Deich hinausgeritten war, wandte er es leicht und gelangte wieder an die Hofstatt.

Die Knechte standen unten an der Auffahrt und warteten der Rückkunft ihres Wirtes. ›So, John‹, rief dieser, indem er von seinem Pferde sprang, ›nun reite du es in die Fenne zu den andern; es trägt dich wie in einer Wiege!‹

Der Schimmel schüttelte den Kopf und wieherte laut in die sonnige Marschlandschaft hinaus, während ihm der Knecht den Sattel abschnallte und der Junge damit zur Geschirrkammer lief; dann legte er den Kopf auf seines Herrn Schulter und duldete behaglich dessen Liebkosung. Als aber der Knecht sich jetzt auf seinen Rücken schwingen wollte, sprang er mit einem jähen Satz zur Seite und stand dann wieder unbeweglich, die schönen Augen auf seinen Herrn gerichtet. ›Hoho, Iven‹, rief dieser, ›hat er dir Leids getan?‹ und suchte seinem Knecht vom Boden aufzuhelfen.

Der rieb sich eifrig an der Hüfte. ›Nein, Herr, es geht noch; aber den Schimmel reit der Teufel!‹

›Und ich!‹ setzte Hauke lachend hinzu. ›So bring ihn am Zügel in die Fenne!‹

Und als der Knecht etwas beschämt gehorchte, ließ sich der Schimmel ruhig von ihm führen.

– – Einige Abende später standen Knecht und Junge miteinander vor der Stalltür; hinterm Deiche war das Abendrot erloschen, innerhalb desselben war schon der Koog von tiefer Dämmerung überwallt; nur selten kam aus der Ferne das Gebrüll eines aufgestörten Rindes oder der Schrei einer Lerche, deren Leben unter dem Überfall eines Wiesels oder einer Wasserratte endete. Der Knecht lehnte gegen den Türpfosten und rauchte aus einer kurzen Pfeife, deren Rauch er schon nicht mehr sehen konnte; gesprochen hatten er und der Junge noch nicht zusammen. Dem letzteren aber drückte etwas auf die Seele, er wußte nur nicht, wie er dem schweigsamen Knechte ankommen sollte. ›Du, Iven!‹ sagte er endlich, ›weißt du, das Pferdsgeripp auf Jeverssand!‹

›Was ist damit?‹ frug der Knecht.

›Ja, Iven, was ist damit? Es ist gar nicht mehr da; weder Tages noch bei Mondschein; wohl zwanzigmal bin ich auf den Deich hinausgelaufen!‹

›Die alten Knochen sind wohl zusammengepoltert?‹ sagte Iven und rauchte ruhig weiter.

›Aber ich war auch bei Mondschein draußen, es geht auch drüben nichts auf Jeverssand!‹

›Ja‹, sagte der Knecht, ›sind die Knochen auseinandergefallen, so wird's wohl nicht mehr aufstehen können!‹

›Mach keinen Spaß, Iven! Ich weiß jetzt; ich kann dir sagen, wo es ist!‹

Der Knecht drehte sich jäh zu ihm: ›Nun, wo ist es denn?‹

›Wo?‹ wiederholte der Junge nachdrücklich. ›Es steht in unserem Stall; da steht's, seit es nicht mehr auf der Hallig ist. Es ist auch nicht umsonst, daß der Wirt es allzeit selber füttert; ich weiß Bescheid, Iven!‹

Der Knecht paffte eine Weile heftig in die Nacht hinaus. ›Du bist nicht klug, Carsten‹, sagte er dann; ›unser Schimmel? Wenn je ein Pferd ein lebig's war, so ist es der! Wie kann so ein Allerweltsjunge wie du in solch Altem-Weiber-Glauben sitzen!‹

– – Aber der Junge war nicht zu bekehren: wenn der Teufel in dem Schimmel steckte, warum sollte er dann nicht lebendig sein? Im Gegenteil, um desto schlimmer! – Er fuhr jedesmal erschreckt zusammen, wenn er gegen Abend den Stall betrat, in dem auch sommers das Tier mitunter eingestellt wurde, und es dann den feurigen Kopf so jäh nach ihm herumwarf. ›Hol's der Teufel!‹ brummte er dann; ›wir bleiben auch nicht lange mehr zusammen!‹

So tat er sich denn heimlich nach einem neuen Dienste um, kündigte und trat um Allerheiligen als Knecht bei Ole Peters ein. Hier fand er andächtige Zuhörer für seine Geschichte von dem Teufelspferd des Deichgrafen; die dicke Frau Vollina und deren geistesstumpfer Vater, der frühere Deichgevollmächtigte Jeß Harders, hörten in behaglichem Gruseln zu und erzählten sie später allen, die gegen den Deichgrafen einen Groll im Herzen oder die an derart Dingen ihr Gefallen hatten.

Inzwischen war schon Ende März durch die Oberdeichgrafschaft der Befehl zur neuen Eindeichung eingetroffen. Hauke berief zunächst die Deichgevollmächtigten zusammen, und im

Kruge oben bei der Kirche waren eines Tages alle erschienen und hörten zu, wie er ihnen die Hauptpunkte aus den bisher erwachsenen Schriftstücken vorlas: aus seinem Antrage, aus dem Bericht des Oberdeichgrafen, zuletzt den schließlichen Bescheid, worin vor allem auch die Annahme des von ihm vorgeschlagenen Profiles enthalten war und der neue Deich nicht steil wie früher, sondern allmählich verlaufend nach der Seeseite abfallen sollte; aber mit heiteren oder auch nur zufriedenen Gesichtern hörten sie nicht.

›Ja, ja‹, sagte ein alter Gevollmächtigter, ›da haben wir nun die Bescherung, und Proteste werden nicht helfen, da der Oberdeichgraf unserm Deichgrafen den Daumen hält!‹

›Hast wohl recht, Dethlev Wiens‹, setzte ein zweiter hinzu; ›die Frühlingsarbeit steht vor der Tür, und nun soll auch ein millionenlanger Deich gemacht werden – da muß ja alles liegen bleiben.‹

›Das könnt ihr dies Jahr noch zu Ende bringen‹, sagte Hauke; ›so rasch wird der Stecken nicht vom Zaun gebrochen!‹

Das wollten wenige zugeben. ›Aber dein Profil!‹ sprach ein dritter, was Neues auf die Bahn bringend; ›der Deich wird ja auch an der Außenseite nach dem Wasser so breit, wie Lawrenz sein Kind nicht lang war! Wo soll das Material herkommen? Wann soll die Arbeit fertig werden?‹

›Wenn nicht in diesem, so im nächsten Jahre; das wird am meisten von uns selber abhängen!‹ sagte Hauke.

Ein ärgerliches Lachen ging durch die Gesellschaft. ›Aber wozu die unnütze Arbeit; der Deich soll ja nicht höher werden als der alte‹, rief eine neue Stimme; ›und ich mein, der steht schon über dreißig Jahre!‹

›Da sagt Ihr recht‹, sprach Hauke, ›vor dreißig Jahren ist der alte Deich gebrochen; dann rückwärts vor fünfunddreißig, und wiederum vor fünfundvierzig Jahren; seitdem aber, obgleich er noch immer steil und unvernünftig dasteht, haben die höchsten

Fluten uns verschont. Der neue Deich aber soll trotz solcher hundert und aber hundert Jahre stehen; denn er wird nicht durchbrochen werden, weil der milde Abfall nach der Seeseite den Wellen keinen Angriffspunkt entgegenstellt, und so werdet ihr für euch und euere Kinder ein sicheres Land gewinnen, und das ist es, weshalb die Herrschaft und der Oberdeichgraf mir den Daumen halten; das ist es auch, was ihr zu eurem eigenen Vorteil einsehen solltet!‹

Als die Versammelten hierauf nicht sogleich zu antworten bereit waren, erhob sich ein alter weißhaariger Mann mühsam von seinem Stuhle; es war Frau Elkes Pate, Jewe Manners, der auf Haukes Bitten noch immer in seinem Gevollmächtigtenamt verblieben war. ›Deichgraf Hauke Haien‹, sprach er, ›du machst uns viel Unruhe und Kosten, und ich wollte, du hättest damit gewartet, bis mich der Herrgott hätt zur Ruhe gehen lassen; aber – recht hast du, das kann nur die Unvernunft bestreiten. Wir haben Gott mit jedem Tag zu danken, daß er uns trotz unserer Trägheit das kostbare Stück Vorland gegen Sturm und Wasserdrang erhalten hat; jetzt aber ist es wohl die elfte Stunde, in der wir selbst die Hand anlegen müssen, es auch nach all unserm Wissen und Können selber uns zu wahren und auf Gottes Langmut weiter nicht zu trotzen. Ich, meine Freunde, bin ein Greis; ich habe Deiche bauen und brechen sehen; aber den Deich, den Hauke Haien nach ihm von Gott verliehener Einsicht projektiert und bei der Herrschaft für euch durchgesetzt hat, den wird niemand von euch Lebenden brechen sehen; und wolltet ihr ihm selbst nicht danken, euere Enkel werden ihm den Ehrenkranz doch einstens nicht versagen können!‹

Jewe Manners setzte sich wieder, er nahm sein blaues Schnupftuch aus der Tasche und wischte sich ein paar Tropfen von der Stirn. Der Greis war noch immer als ein Mann von Tüchtigkeit und unantastbarer Rechtschaffenheit bekannt, und da die Versammlung eben nicht geneigt war, ihm zuzustimmen, so schwieg sie weiter. Aber Hauke Haien nahm das Wort; doch sahen alle, daß er bleich geworden. ›Ich danke Euch, Jewe Manners‹, sprach er, ›daß Ihr noch hier seid und daß Ihr das Wort gesprochen habt; ihr andern Herren Gevollmächtigten wollet den neuen Deichbau, der freilich mir zur Last fällt, zum mindesten ansehen als ein Ding, das nun nicht mehr zu ändern steht, und lasset uns demgemäß beschließen, was nun not ist!‹

›Sprechet!‹ sagte einer der Gevollmächtigten. Und Hauke breitete die Karte des neuen Deiches auf dem Tische aus. ›Es hat vorhin einer gefragt‹, begann er, ›woher die viele Erde nehmen? – Ihr seht, so weit das Vorland in die Watten hinausgeht, ist außerhalb der Deichlinie ein Streifen Landes freigelassen; daher und von dem Vorlande, das nach Nord und Süd von dem neuen Kooge an dem Deiche hinläuft, können wir die Erde nehmen; haben wir an den Wasserseiten nur eine tüchtige Lage Klei, nach innen oder in der Mitte kann auch Sand genommen werden! – Nun aber ist zunächst ein Feldmesser zu berufen, der die Linie des neuen Deiches auf dem Vorland absteckt! Der mir bei Ausarbeitung des Planes behülflich gewesen, wird wohl am besten dazu passen. Ferner werden wir zur Heranholung des Kleis oder sonstigen Materiales die Anfertigung einspänniger Sturzkarren mit Gabeldeichsel bei einigen Stellmachern verdingen müssen; wir werden für die Durchdämmung des Prieles und nach den Binnenseiten, wo wir etwa mit Sand fürlieb nehmen müssen, ich kann jetzt nicht sagen, wieviel hundert Fuder Stroh zur Bestickung des Deiches gebrauchen, vielleicht mehr, als in der Marsch hier wird entbehrlich sein! – Lasset uns denn beraten, wie zunächst dies alles zu beschaffen und einzurichten ist, auch die neue Schleuse hier an der Westseite gegen das Wasser zu ist später einem tüchtigen Zimmermann zur Herstellung zu übergeben.‹

Die Versammelten hatten sich um den Tisch gestellt, betrachteten mit halbem Aug die Karte und begannen allgemach zu sprechen; doch war's, als geschähe es, damit nur überhaupt etwas gesprochen werde. Als es sich um Zuziehung des Feldmessers handelte, meinte einer der Jüngeren: ›Ihr habt es ausgesonnen, Deichgraf; Ihr müsset selbst am besten wissen, wer dazu taugen mag.‹

Aber Hauke entgegnete: ›Da ihr Geschworene seid, so müsset ihr aus eigener, nicht aus meiner Meinung sprechen, Jacob Meyen; und wenn ihr's dann besser sagt, so werd ich meinen Vorschlag fallen lassen!‹

›Nun ja, es wird schon recht sein‹, sagte Jacob Meyen.

Aber einem der Älteren war es doch nicht völlig recht: er hatte einen Bruderssohn; so einer im Feldmessen sollte hier in der Marsch noch nicht gewesen sein, der sollte noch über des Deichgrafen Vater, den seligen Tede Haien, gehen!

So wurde denn über die beiden Feldmesser verhandelt und endlich beschlossen, ihnen gemeinschaftlich das Werk zu übertragen. Ähnlich ging es bei den Sturzkarren, bei der Strohlieferung und allem andern, und Hauke kam spät und fast erschöpft auf seinem Wallach, den er noch derzeit ritt, zu Hause an. Aber als er in dem alten Lehnstuhl saß, der noch von seinem gewichtigen, aber leichter lebenden Vorgänger stammte, war auch sein Weib ihm schon zur Seite. ›Du siehst so müd aus, Hauke‹, sprach sie und strich mit ihrer schmalen Hand das Haar ihm von der Stirn.

›Ein wenig wohl!‹ erwiderte er.

– ›Und geht es denn?‹

›Es geht schon‹, sagte er mit bitterem Lächeln; ›aber ich selber muß die Räder schieben und froh sein, wenn sie nicht zurückgehalten werden!‹

– ›Aber doch nicht von allen?‹

›Nein, Elke; dein Pate, Jewe Manners, ist ein guter Mann; ich wollt, er wär um dreißig Jahre jünger.‹

Als nach einigen Wochen die Deichlinie abgesteckt und der größte Teil der Sturzkarren geliefert war, waren sämtliche Anteilbesitzer des einzudeichenden Kooges, ingleichen die Besitzer der hinter dem alten Deich belegenen Ländereien, durch den Deichgrafen im Kirchspielskrug versammelt worden; es galt, ihnen einen Plan über die Verteilung der Arbeit und Kosten vorzulegen und ihre etwaigen Einwendungen zu vernehmen; denn auch die letzteren hatten, sofern der neue Deich und die neuen Siele die Unterhaltungskosten der älteren Werke verminderte, ihren Teil zu schaffen und zu tragen. Dieser Plan war für Hauke ein schwer Stück Arbeit gewesen, und wenn ihm durch Vermittelung des Oberdeichgrafen neben einem Deichboten nicht auch noch ein Deichschreiber wäre zugeordnet worden, er würde es so bald nicht fertiggebracht haben, obwohl auch jetzt wieder an jedem neuen Tage in die Nacht hinein gearbeitet war. Wenn er dann todmüde sein Lager suchte, so hatte nicht wie vordem sein Weib in nur verstelltem Schlafe seiner gewartet; auch sie hatte so vollgemessen ihre tägliche Arbeit, daß sie nachts wie am Grunde eines tiefen Brunnens in unstörbarem Schlafe lag.

Als Hauke jetzt seinen Plan verlesen und die Papiere, die freilich schon drei Tage hier im Kruge zur Einsicht ausgelegen hatten, wieder auf den Tisch breitete, waren zwar ernste Männer zugegen, die mit Ehrerbietung diesen gewissenhaften Fleiß betrachteten und sich nach ruhiger Überlegung den billigen Ansätzen ihres Deichgrafen unterwarfen; andere aber, deren Anteile an dem neuen Lande von ihnen selbst oder ihren Vätern oder sonstigen Vorbesitzern waren veräußert worden, beschwerten sich, daß sie zu den Kosten des neuen Kooges hinzugezogen seien, dessen Land sie nichts mehr angehe, uneingedenk, daß durch die neuen Arbeiten auch ihre alten Ländereien nach und nach entbürdet würden; und wieder andere, die mit Anteilen in dem neuen Koog gesegnet waren, schrien, man möge ihnen doch dieselben abnehmen, sie sollten um ein Geringes feil sein; denn wegen der unbilligen Leistungen, die ihnen dafür aufgebürdet würden, könnten sie nicht damit bestehen. Ole Peters aber, der mit grimmigem Gesicht am Türpfosten lehnte, rief dazwischen: ›Besinnt euch erst und dann vertrauet unserm Deichgrafen! Der versteht zu rechnen; er hatte schon die meisten Anteile, da wußte er auch mir die meinen abzuhandeln, und als er sie hatte, beschloß er, diesen neuen Koog zu deichen!‹

Es war nach diesen Worten einen Augenblick totenstill in der Versammlung. Der Deichgraf stand an dem Tisch, auf dem er zuvor seine Papiere gebreitet hatte, er hob seinen Kopf und sah nach Ole Peters hinüber. ›Du weißt wohl, Ole Peters‹, sprach er, ›daß du mich verleumdest; du tust es dennoch, weil du überdies auch weißt, daß doch ein gut Teil des Schmutzes, womit du mich bewirfst, an mir wird hängen bleiben! Die Wahrheit ist, daß du deine Anteile los sein wolltest und daß ich ihrer derzeit für meine Schafzucht bedurfte; und willst du weiteres wissen, das ungewaschene Wort, das dir im Krug vom Mund gefahren, ich sei nur Deichgraf meines Weibes wegen, das hat mich aufgerüttelt, und ich hab euch zeigen wollen, daß ich wohl um meiner selbst willen Deichgraf sein könne; und somit, Ole Peters, hab ich getan, was schon der Deichgraf vor mir hätte tun sollen. Trägst du mir aber Groll, daß derzeit deine Anteile die meinen geworden sind – du hörst es ja, es sind genug, die jetzt die ihrigen um ein Billiges feilbieten, nur weil die Arbeit ihnen jetzt zu viel ist!‹

Von einem kleinen Teil der versammelten Männer ging ein Beifallsmurmeln aus, und der alte Jewe Manners, der dazwischen stand, rief laut: ›Bravo, Hauke Haien! Unser Herrgott wird dir dein Werk gelingen lassen!‹

Aber man kam doch nicht zu Ende, obgleich Ole Peters schwieg und die Leute erst zum Abendbrote auseinandergingen; erst in einer zweiten Versammlung wurde alles geordnet; aber auch nur, nachdem Hauke statt der ihm zukommenden drei Gespanne für den nächsten Monat deren vier auf sich genommen hatte.

Endlich, als schon die Pfingstglocken durch das Land läuteten, hatte die Arbeit begonnen. Unablässig fuhren die Sturzkarren von dem Vorlande an die Deichlinie, um den geholten Klei dort abzustürzen, und gleicherweise war dieselbe Anzahl schon wieder auf der Rückfahrt, um auf dem Vorland neuen aufzuladen; an der Deichlinie selber standen Männer mit Schaufeln und Spaten, um das Abgeworfene an seinen Platz zu bringen und zu ebnen; ungeheuere Fuder Stroh wurden angefahren und abgeladen; nicht nur zur Bedeckung des leichteren Materials, wie Sand und lose Erde, dessen man an den Binnenseiten sich bediente, wurde das Stroh benutzt; allmählich wurden einzelne Strecken des Deiches fertig, und die Grassoden, womit man sie belegt hatte, wurden stellenweis zum Schutz gegen die nagenden Wellen mit fester Strohbestickung überzogen. Bestellte Aufseher gingen hin und her, und wenn es stürmte, standen sie mit aufgerissenen Mäulern und schrien ihre Befehle durch Wind und Wetter; dazwischen ritt der Deichgraf auf seinem Schimmel, den er jetzt ausschließlich in Gebrauch hatte, und das Tier flog mit dem Reiter hin und wider, wenn er rasch und trocken seine Anordnungen machte, wenn er die Arbeiter lobte oder, wie es wohl geschah, einen Faulen oder Ungeschickten ohn Erbarmen aus der Arbeit wies. ›Das hilft nicht!‹ rief er dann; ›um deine Faulheit darf uns nicht der Deich verderben!‹ Schon von weitem, wenn er unten aus dem Koog heraufkam, hörten sie das Schnauben seines Rosses, und alle Hände faßten fester in die Arbeit: ›Frisch zu! Der Schimmelreiter kommt!‹

War es um die Frühstückszeit, wo die Arbeiter mit ihrem Morgenbrot haufenweis beisammen auf der Erde lagen, dann ritt Hauke an den verlassenen Werken entlang, und seine Augen waren scharf, wo liederliche Hände den Spaten geführt hatten. Wenn er aber zu den Leuten ritt und ihnen auseinandersetzte, wie die Arbeit müsse beschafft werden, sahen sie wohl zu ihm auf und kauten geduldig an ihrem Brote weiter; aber eine Zustimmung oder auch nur eine Äußerung hörte er nicht von ihnen. Einmal zu solcher Tageszeit, es war schon spät, da er an einer Deichstelle die Arbeit in besonderer Ordnung gefunden hatte, ritt er zu dem nächsten Haufen der Frühstückenden, sprang von seinem Schimmel und frug heiter, wer dort so sauberes Tagewerk verrichtet hätte; aber sie sahen ihn nur scheu und düster an, und nur langsam und wie widerwillig wurden ein paar Namen genannt. Der Mensch, dem er sein Pferd gegeben hatte, das ruhig wie ein Lamm stand, hielt es mit beiden Händen und blickte wie angstvoll nach den schönen Augen des Tieres, die es, wie gewöhnlich, auf seinen Herrn gerichtet hielt.

›Nun, Marten!‹ rief Hauke; ›was stehst du, als ob dir der Donner in die Beine gefahren sei?‹

– ›Herr, Euer Pferd, es ist so ruhig, als ob es Böses vorhabe!‹

Hauke lachte und nahm das Pferd selbst am Zügel, das sogleich liebkosend den Kopf an seiner Schulter rieb. Von den Arbeitern sahen einige scheu zu Roß und Reiter hinüber, andere, als ob das alles sie nicht kümmere, aßen schweigend ihre Frühkost, dann und wann den Möwen einen Brocken hinaufwerfend, die sich den Futterplatz gemerkt hatten und mit ihren schlanken Flügeln sich fast auf ihre Köpfe senkten. Der Deichgraf blickte eine Weile wie gedankenlos auf die bettelnden Vögel und wie sie die zugeworfenen Bissen mit ihren Schnäbeln haschten; dann sprang er in den Sattel und ritt, ohne sich nach den Leuten umzusehen, davon; einige Worte, die jetzt unter ihnen laut wurden, klangen ihm fast wie Hohn. ›Was ist das?‹ sprach er bei sich selber. ›Hatte denn Elke recht, daß sie alle gegen mich sind? Auch diese Knechte und kleinen Leute, von denen vielen durch meinen neuen Deich doch eine Wohlhabenheit ins Haus wächst?‹

Er gab seinem Pferde die Sporen, daß es wie toll in den Koog hinabflog. Von dem unheimlichen Glanze freilich, mit dem sein früherer Dienstjunge den Schimmelreiter bekleidet hatte, wußte er selber nichts; aber die Leute hätten ihn jetzt nur sehen sollen, wie aus seinem hageren Gesicht die Augen starrten, wie sein Mantel flog und wie der Schimmel sprühte!

– – So war der Sommer und der Herbst vergangen; noch bis gegen Ende November war gearbeitet worden; dann geboten Frost und Schnee dem Werke Halt; man war nicht fertig geworden und beschloß, den Koog offen liegen zu lassen. Acht Fuß ragte der Deich aus der Fläche hervor; nur wo westwärts gegen das Wasser hin die Schleuse gelegt werden sollte, hatte man eine Lücke gelassen; auch oben vor dem alten Deiche war der Priel noch unberührt. So konnte die Flut, wie in den letzten dreißig Jahren, in den Koog hineindringen, ohne dort oder an dem neuen Deiche großen Schaden anzurichten. Und so überließ man dem großen Gott das Werk der Menschenhände und stellte es in seinen Schutz, bis die Frühlingssonne die Vollendung würde möglich machen.

– – Inzwischen hatte im Hause des Deichgrafen sich ein frohes Ereignis vorbereitet: im neunten Ehejahre war noch ein Kind geboren worden. Es war rot und hutzelig und wog seine sieben Pfund, wie es für neugeborene Kinder sich gebührt, wenn sie, wie dies, dem weiblichen Geschlechte angehören; nur sein Geschrei war wunderlich verhohlen und hatte der Wehmutter nicht gefallen wollen. Das Schlimmste war, am dritten Tage lag Elke im hellen Kindbettfieber, redete Irrsal und kannte weder ihren Mann noch ihre alte Helferin. Die unbändige Freude, die Hauke beim Anblick seines Kindes ergriffen hatte, war zu Trübsal geworden; der Arzt aus der Stadt war geholt, er saß am Bett und fühlte den Puls und verschrieb und sah ratlos um sich her. Hauke schüttelte den Kopf. ›Der hilft nicht; nur Gott kann helfen!‹ Er hatte sich sein eigen Christentum zurecht gerechnet, aber es war etwas, das sein Gebet zurückhielt. Als der alte Doktor davongefahren war, stand er am Fenster, in den winterlichen Tag hinausstarrend, und während die Kranke aus ihren Phantasien aufschrie, schränkte er die Hände zusammen; er wußte selber nicht, war es aus Andacht oder war es nur, um in der ungeheueren Angst sich selbst nicht zu verlieren.

›Wasser! Das Wasser!‹ wimmerte die Kranke. ›Halt mich!‹ schrie sie; ›halt mich, Hauke!‹ Dann sank die Stimme; es klang, als ob sie weine: ›In See, ins Haff hinaus? O lieber Gott, ich seh ihn nimmer wieder!‹

Da wandte er sich und schob die Wärterin von ihrem Bette; er fiel auf seine Knie, umfaßte sein Weib und riß sie an sich: ›Elke! Elke, so kenn mich doch, ich bin ja bei dir!‹

Aber sie öffnete nur die fieberglühenden Augen weit und sah wie rettungslos verloren um sich.

Er legte sie zurück auf ihre Kissen; dann krampfte er die Hände ineinander. ›Herr, mein Gott‹, schrie er; ›nimm sie mir nicht! Du weißt, ich kann sie nicht entbehren!‹ Dann war's, als ob er sich besinne, und leiser setzte er hinzu: ›Ich weiß ja wohl, du kannst nicht allezeit, wie du willst, auch du nicht; du bist allweise; du mußt nach deiner Weisheit tun – o Herr, sprich nur durch einen Hauch zu mir!‹

Es war, als ob plötzlich eine Stille eingetreten sei; er hörte nur ein leises Atmen; als er sich zum Bette kehrte, lag sein Weib in ruhigem Schlaf; nur die Wärterin sah mit entsetzten Augen auf ihn. Er hörte die Tür gehen. ›Wer war das?‹ frug er.

›Herr, die Magd Ann' Grethe ging hinaus; sie hatte den Warmkorb hereingebracht.‹

– ›Was sieht Sie mich denn so verfahren an, Frau Levke?‹

›Ich? Ich hab mich ob Eurem Gebet erschrocken; damit betet Ihr keinen vom Tode los!‹

Hauke sah sie mit seinen durchdringenden Augen an: ›Besucht Sie denn auch, wie unsere Ann' Grethe, die Konventikel bei dem holländischen Flickschneider Jantje?‹

›Ja, Herr; wir haben beide den lebendigen Glauben!‹

Hauke antwortete ihr nicht. Das damals stark im Schwange gehende separatistische Konventikelwesen hatte auch unter den Friesen seine Blüten getrieben; heruntergekommene Handwerker oder wegen Trunkes abgesetzte Schulmeister spielten darin die Hauptrolle, und Dirnen, junge und alte Weiber, Faulenzer und einsame Menschen liefen eifrig in die heimlichen Versammlungen, in denen jeder den Priester spielen konnte. Aus des Deichgrafen Hause brachten Ann' Grethe und der in sie verliebte Dienstjunge ihre freien Abende dort zu. Freilich hatte Elke ihre Bedenken darüber gegen Hauke nicht zurückgehalten; aber er hatte gemeint, in Glaubenssachen solle man keinem drein reden: das schade niemandem, und besser dort doch als im Schnapskrug!

So war es dabei geblieben, und so hatte er auch jetzt geschwiegen. Aber freilich über ihn schwieg man nicht; seine Gebetsworte liefen um von Haus zu Haus: er hatte Gottes Allmacht bestritten; was war ein Gott denn ohne Allmacht? Er war ein Gottesleugner; die Sache mit dem Teufelspferde mochte auch am Ende richtig sein!

Hauke erfuhr nichts davon; er hatte in diesen Tagen nur Ohren und Augen für sein Weib, selbst das Kind war für ihn nicht mehr auf der Welt.

Der alte Arzt kam wieder, kam jeden Tag, mitunter zweimal, blieb dann eine ganze Nacht, schrieb wieder ein Rezept, und der Knecht Iven Johns ritt damit im Flug zur Apotheke. Dann aber wurde sein Gesicht freundlicher, er nickte dem Deichgrafen vertraulich zu: ›Es geht! Es geht! Mit Gottes Hilfe!‹ Und eines Tags – hatte nun seine Kunst die Krankheit besiegt, oder hatte auf Haukes Gebet der liebe Gott doch noch einen Ausweg finden können – als der Doktor mit der Kranken allein war, sprach er zu ihr, und seine alten Augen lachten: ›Frau, jetzt kann ich's getrost Euch sagen: heut hat der Doktor seinen Festtag; es stand schlimm um Euch, aber nun gehöret Ihr wieder zu uns, zu den Lebendigen!‹

Da brach es wie ein Strahlenmeer aus ihren dunklen Augen. ›Hauke! Hauke, wo bist du?‹ rief sie, und als er auf den hellen Ruf ins Zimmer und an ihr Bett stürzte, schlug sie die Arme um seinen Nacken: ›Hauke, mein Mann, gerettet! Ich bleibe bei dir!‹

Da zog der alte Doktor sein seiden Schnupftuch aus der Tasche, fuhr sich damit über Stirn und Wangen und ging kopfnickend aus dem Zimmer.

– – Am dritten Abend nach diesem Tage sprach ein frommer Redner – es war ein vom Deichgrafen aus der Arbeit gejagter Pantoffelmacher – im Konventikel bei dem holländischen Schneider, da er seinen Zuhörern die Eigenschaften Gottes auseinandersetzte: ›Wer aber Gottes Allmacht widerstreitet, wer da sagt: ich weiß, du kannst nicht, was du willst – wir kennen den Unglückseligen ja alle; er lastet gleich einem Stein auf der Gemeinde – der ist von Gott gefallen und suchet den Feind Gottes, den Freund der Sünde, zu seinem Tröster; denn nach irgend einem Stabe muß die Hand des Menschen greifen. Ihr aber, hütet euch vor dem, der also betet; sein Gebet ist Fluch!‹

– – Auch das lief um von Haus zu Haus. Was läuft nicht um in einer kleinen Gemeinde? Und auch zu Haukes Ohren kam es. Er sprach kein Wort darüber, nicht einmal zu seinem Weibe; nur mitunter konnte er sie heftig umfassen und an sich ziehen: ›Bleib mir treu, Elke! Bleib mir treu!‹ – Dann sahen ihre Augen voll Staunen zu ihm auf: ›Dir treu? Wem sollte ich denn anders treu sein?‹ – Nach einer kurzen Weile aber hatte sie sein Wort verstanden: ›Ja, Hauke, wir sind uns treu; nicht nur, weil wir uns brauchen.‹

Und dann ging jedes seinen Arbeitsweg.

Das wäre so weit gut gewesen; aber es war doch trotz aller lebendigen Arbeit eine Einsamkeit um ihn, und in seinem Herzen nistete sich ein Trotz und abgeschlossenes Wesen gegen andere Menschen ein; nur gegen sein Weib blieb er allezeit der gleiche, und an der Wiege seines Kindes lag er abends und morgens auf den Knien, als sei dort die Stätte seines ewigen Heils. Gegen Gesinde und Arbeiter aber wurde er strenger; die Ungeschickten und Fahrlässigen, die er früher durch ruhigen Tadel zurechtgewiesen hatte, wurden jetzt durch hartes Anfahren aufgeschreckt, und Elke ging mitunter leise bessern.

Als der Frühling nahte, begannen wieder die Deicharbeiten; mit einem Kajedeich wurde zum Schutz der jetzt aufzubauenden neuen Schleuse die Lücke in der westlichen Deichlinie geschlossen, halbmondförmig nach innen und ebenso nach außen; und gleich der Schleuse wuchs allmählich auch der Hauptdeich zu seiner immer rascher herzustellenden Höhe empor. Leichter wurde dem leitenden Deichgrafen seine Arbeit nicht, denn an Stelle des im Winter verstorbenen Jewe Manners war Ole Peters als Deichgevollmächtigter eingetreten. Hauke hatte nicht versuchen wollen, es zu hindern; aber anstatt der ermutigenden Worte und der dazugehörigen zutunlichen Schläge auf seine linke Schulter, die er so oft von dem alten Paten seines Weibes einkassiert hatte, kamen ihm jetzt von dem Nachfolger ein heimliches Widerhalten und unnötige Einwände und waren mit unnötigen Gründen zu bekämpfen; denn Ole gehörte zwar zu den Wichtigen, aber in Deichsachen nicht zu den Klugen; auch war von früher her der ›Schreiberknecht‹ ihm immer noch im Wege.

Der glänzendste Himmel breitete sich wieder über Meer und Marsch, und der Koog wurde wieder bunt von starken Rindern, deren Gebrüll von Zeit zu Zeit die weite Stille unterbrach; unablässig sangen in hoher Himmelsluft die Lerchen; aber man hörte es erst, wenn einmal auf eines Atemzuges Länge der Gesang verstummt war. Kein Unwetter störte die Arbeit, und die Schleuse stand schon mit ihrem ungestrichenen Balkengefüge, ohne daß auch nur in einer Nacht sie eines Schutzes von dem Interimsdeich bedurft hätte; der Herrgott schien seine Gunst dem neuen Werke zuzuwenden. Auch Frau Elkes Augen lachten ihrem Manne zu, wenn er auf seinem Schimmel draußen von dem Deich nach Hause kam. ›Bist doch ein braves Tier geworden!‹ sagte sie dann und klopfte den blanken Hals des Pferdes. Hauke aber, wenn sie das Kind am Halse hatte, sprang herab und ließ das winzige Dinglein auf seinen Armen tanzen; wenn dann der Schimmel seine braunen Augen auf das Kind gerichtet hielt, dann sprach er wohl: ›Komm her; sollst auch die Ehre haben!‹ Und er setzte die kleine Wienke – denn so war sie getauft worden – auf seinen Sattel und führte den Schimmel auf der Werft im Kreise herum. Auch der alte Eschenbaum hatte mitunter die Ehre; er setzte das Kind auf einen schwanken Ast und ließ es schaukeln. Die Mutter stand mit lachenden Augen in der Haustür; das Kind aber lachte nicht, seine Augen, zwischen denen ein feines Näschen stand, schauten ein wenig stumpf ins Weite, und die kleinen Hände griffen nicht nach dem Stöckchen, das der Vater ihr hinhielt. Hauke achtete nicht darauf, er wußte auch nichts von so kleinen Kindern; nur Elke, wenn sie das helläugige Mädchen auf dem Arm ihrer Arbeitsfrau erblickte, die mit ihr zugleich das Wochenbett bestanden hatte, sagte mitunter schmerzlich: ›Das Meine ist noch nicht so weit wie deines, Stina!‹ Und die Frau, ihren dicken Jungen, den sie an der Hand hatte, mit derber Liebe schüttelnd, rief dann wohl: ›Ja, Frau, die Kinder sind verschieden; der da, der stahl mir schon die Äpfel aus der Kammer, bevor er übers zweite Jahr hinaus war!‹ Und Elke strich dem dicken Buben sein Kraushaar aus den Augen und drückte dann heimlich ihr stilles Kind ans Herz.

– – Als es in den Oktober hineinging, stand an der Westseite die neue Schleuse schon fest in dem von beiden Seiten schließenden Hauptdeich, der bis auf die Lücken bei dem Priele nun mit seinem sanften Profile ringsum nach den Wasserseiten abfiel und um fünfzehn Fuß die ordinäre Flut überragte. Von seiner Nordwestecke sah man an Jevershallig vorbei ungehindert in das Wattenmeer hinaus; aber freilich auch die Winde faßten hier schärfer; die Haare flogen, und wer hier ausschauen wollte, der mußte die Mütze fest auf dem Kopf haben.

Zu Ende November, wo Sturm und Regen eingefallen waren, blieb nur noch hart am alten Deich die Schlucht zu schließen, auf deren Grund an der Nordseite das Meerwasser durch den Priel in den neuen Koog hineinschoß. Zu beiden Seiten standen die Wände des Deiches; der Abgrund zwischen ihnen mußte jetzt verschwinden. Ein trocken Sommerwetter hätte die Arbeit wohl erleichtert; aber auch so mußte sie getan werden, denn ein aufbrechender Sturm konnte das ganze Werk gefährden. Und Hauke setzte alles daran, um jetzt den Schluß herbeizuführen. Der Regen strömte, der Wind pfiff, aber seine hagere Gestalt auf dem feurigen Schimmel tauchte bald hier, bald dort aus den schwarzen Menschenmassen empor, die oben wie unten an der Nordseite des Deiches neben der Schlucht beschäftigt waren. Jetzt sah man ihn unten bei den Sturzkarren, die schon weither die Kleierde aus dem Vorlande holen mußten und von denen eben ein gedrängter Haufen bei dem Priele anlangte und seine Last dort abzuwerfen suchte. Durch das Geklatsch des Regens und das Brausen des Windes klangen von Zeit zu Zeit die scharfen Befehlsworte des Deichgrafen, der heute hier allein gebieten wollte; er rief die Karren nach den Nummern vor und wies die Drängenden zurück; ein ›Halt!‹ schon von seinem Munde, dann ruhte unten die Arbeit; ›Stroh! ein Fuder Stroh hinab!‹ rief er denen droben zu, und von einem der oben haltenden Fuder stürzte es auf den nassen Klei hinunter. Unten sprangen Männer dazwischen und zerrten es auseinander und schrien nach oben, sie nur nicht zu begraben. Und wieder kamen neue Karren, und Hauke war schon wieder oben und sah von seinem Schimmel in die Schlucht hinab, und wie sie dort schaufelten und stürzten; dann warf er seine Augen nach dem Haff hinaus. Es wehte scharf, und er sah, wie mehr und mehr der Wassersaum am Deich hinaufklimmte und wie die Wellen sich noch höher hoben; er sah auch, wie die Leute trieften und kaum atmen konnten in der schweren Arbeit vor dem Winde, der ihnen die Luft am Munde abschnitt, und vor dem kalten Regen, der sie überströmte. ›Ausgehalten, Leute! Ausgehalten!‹ schrie er zu ihnen hinab. ›Nur einen Fuß noch höher; dann ist's genug für diese Flut!‹ Und durch alles Getöse des Wetters hörte man das Geräusch der Arbeiter; das Klatschen der hineingestürzten Kleimassen, das Rasseln der Karren und das Rauschen des von oben hinabgelassenen Strohes ging unaufhaltsam vorwärts; dazwischen war mitunter das Winseln eines gelben Hundes laut geworden, der frierend und wie verloren zwischen Menschen und Fuhrwerken herumgestoßen wurde; plötzlich aber scholl ein jammervoller Schrei des kleinen Tieres von unten aus der Schlucht herauf. Hauke blickte hinab; er hatte es von oben hinunterschleudern sehen; eine jähe Zornröte stieg ihm ins Gesicht. ›Halt! Haltet ein!‹ schrie er zu den Karren hinunter; denn der nasse Klei wurde unaufhaltsam aufgeschüttet.

›Warum?‹ schrie eine rauhe Stimme von unten herauf; ›doch um die elende Hundekreatur nicht?‹

›Halt! sag ich‹, schrie Hauke wieder; ›bringt mir den Hund! Bei unserm Werke soll kein Frevel sein!‹

Aber es rührte sich keine Hand; nur ein paar Spaten zähen Kleis flogen noch neben das schreiende Tier. Da gab er seinem Schimmel die Sporen, daß das Tier einen Schrei ausstieß, und stürmte den Deich hinab, und alles wich vor ihm zurück. ›Den Hund!‹ schrie er; ›ich will den Hund!‹

Eine Hand schlug sanft auf seine Schulter, als wäre es die Hand des alten Jewe Manners; doch als er umsah, war es nur ein Freund des Alten. ›Nehmt Euch in acht, Deichgraf!‹ raunte der ihm zu, ›Ihr habt nicht Freunde unter diesen Leuten; laßt es mit dem Hunde gehen!‹

Der Wind pfiff, der Regen klatschte; die Leute hatten die Spaten in den Grund gesteckt, einige sie fortgeworfen. Hauke neigte sich zu dem Alten. ›Wollt ihr meinen Schimmel halten, Harke Jens?‹ frug er; und als jener noch kaum den Zügel in der Hand hatte, war Hauke schon in die Kluft gesprungen und hielt das kleine winselnde Tier in seinem Arm; und fast im selben Augenblick saß er auch wieder hoch im Sattel und sprengte auf den Deich zurück. Seine Augen flogen über die Männer, die bei den Wagen standen. ›Wer war es?‹ rief er. ›Wer hat die Kreatur hinabgeworfen?‹

Einen Augenblick schwieg alles, denn aus dem hageren Gesicht des Deichgrafen sprühte der Zorn, und sie hatten abergläubische Furcht vor ihm. Da trat von einem Fuhrwerk ein stiernackiger Kerl vor ihn hin. ›Ich tat es nicht, Deichgraf‹, sagte er und biß von einer Rolle Kautabak ein Endchen ab, das er sich erst ruhig in den Mund schob; ›aber der es tat, hat recht getan; soll Euer Deich sich halten, so muß was Lebiges hinein!‹

– ›Was Lebiges? Aus welchem Katechismus hast du das gelernt?‹

›Aus keinem, Herr!‹ entgegnete der Kerl, und aus seiner Kehle stieß ein freches Lachen; ›das haben unsere Großväter schon gewußt, die sich mit Euch im Christentum wohl messen durften! Ein Kind ist besser noch; wenn das nicht da ist, tut's auch wohl ein Hund!‹

›Schweig du mit deinen Heidenlehren‹, schrie ihn Hauke an, ›es stopfte besser, wenn man dich hineinwürfe.‹

›Oho!‹ erscholl es; aus einem Dutzend Kehlen war der Laut gekommen, und der Deichgraf gewahrte ringsum grimmige

Gesichter und geballte Fäuste; er sah wohl, daß das keine Freunde waren; der Gedanke an seinen Deich überfiel ihn wie ein Schrecken: was sollte werden, wenn jetzt alle ihre Spaten hinwürfen? – Und als er nun den Blick nach unten richtete, sah er wieder den Freund des alten Jewe Manners; der ging dort zwischen den Arbeitern, sprach zu dem und jenem, lachte hier einem zu, klopfte dort mit freundlichem Gesicht einem auf die Schulter, und einer nach dem anderen faßte wieder seinen Spaten; noch einige Augenblicke, und die Arbeit war wieder in vollem Gange. – Was wollte er denn noch? Der Priel mußte geschlossen werden, und den Hund barg er sicher genug in den Falten seines Mantels. Mit plötzlichem Entschluß wandte er seinen Schimmel gegen den nächsten Wagen. ›Stroh auf die Kante!‹ rief er herrisch, und wie mechanisch gehorchte ihm der Fuhrknecht; bald rauschte es hinab in die Tiefe, und von allen Seiten regte es sich aufs neue und mit allen Armen.

Eine Stunde wurde noch so gearbeitet; es war nach sechs Uhr, und schon brach tiefe Dämmerung herein, der Regen hatte aufgehört, da rief Hauke die Aufseher an sein Pferd. ›Morgen früh vier Uhr‹, sagte er, ›ist alles wieder auf dem Platz; der Mond wird noch am Himmel sein; da machen wir mit Gott den Schluß! Und dann noch eines!‹ rief er, als sie gehen wollten; ›kennt ihr den Hund?‹ und er nahm das zitternde Tier aus seinem Mantel.

Sie verneinten das; nur einer sagte: ›Der hat sich taglang schon im Dorf herumgebettelt; der gehört gar keinem!‹

›Dann ist er mein!‹ entgegnete der Deichgraf. ›Vergesset nicht: morgen früh vier Uhr!‹ und ritt davon.

Als er heimkam, trat Ann' Grethe aus der Tür: sie hatte saubere Kleidung an, und es fuhr ihm durch den Kopf, sie gehe jetzt zum Konventikelschneider. ›Halt die Schürze auf!‹ rief er ihr zu, und da sie es unwillkürlich tat, warf er das kleibeschmutzte Hündlein ihr hinein. ›Bring ihn der kleinen Wienke; er soll ihr Spielkamerad werden! Aber wasch und wärm ihn zuvor; so tust du auch ein gottgefällig Werk; denn die Kreatur ist schier verklommen.‹

Und Ann' Grethe konnte nicht lassen, ihrem Wirt Gehorsam zu leisten, und kam deshalb heute nicht in den Konventikel.

Und am andern Tage wurde der letzte Spatenstich am neuen Deich getan; der Wind hatte sich gelegt; in anmutigem Fluge schwebten Möwen und Avosetten über Land und Wasser hin und wider; von Jevershallig tönte das tausendstimmige Geknorr der Rottgänse, die sich's noch heute an der Küste der Nordsee wohl sein ließen, und aus den weißen Morgennebeln, welche die weite Marsch bedeckten, stieg allmählich ein goldner Herbsttag und beleuchtete das neue Werk der Menschenhände.

Nach einigen Wochen kamen mit dem Oberdeichgrafen die herrschaftlichen Kommissäre zur Besichtigung desselben; ein großes Festmahl, das erste nach dem Leichenmahl des alten Tede Volkerts, wurde im deichgräflichen Hause gehalten; alle Deichgevollmächtigten und die größten Interessenten waren dazu geladen. Nach Tische wurden sämtliche Wagen der Gäste und des Deichgrafen angespannt; Frau Elke wurde von dem Oberdeichgrafen in die Karriole gehoben, vor der der braune Wallach mit seinen Hufen stampfte; dann sprang er selber hintennach und nahm die Zügel in die Hand; er wollte die gescheite Frau seines Deichgrafen selber fahren. So ging es munter von der Werfte und in den Weg hinaus, den Akt zum neuen Deich hinan und auf demselben um den jungen Koog herum. Es war inmittelst ein leichter Nordwestwind aufgekommen, und an der Nord- und Westseite des neuen Deiches wurde die Flut hinaufgetrieben; aber es war unverkennbar, der sanfte Abfall bedingte einen sanfteren Anschlag; aus dem Munde der herrschaftlichen Kommissäre strömte das Lob des Deichgrafen, daß die Bedenken, welche hie und da von den Gevollmächtigten dagegen langsam vorgebracht wurden, gar bald darin erstickten.

– Auch das ging vorüber; aber noch eine Genugtuung empfing der Deichgraf eines Tages, da er in stillem, selbstbewußtem Sinnen auf dem neuen Deich entlangritt. Es mochte ihm wohl die Frage kommen, weshalb der Koog, der ohne ihn nicht da wäre, in dem sein Schweiß und seine Nachtwachen steckten, nun schließlich nach einer der herrschaftlichen Prinzessinnen ›der neue Carolinenkoog‹ getauft sei; aber es war doch so: auf allen dahin gehörigen Schriftstücken stand der Name, auf einigen sogar in roter Frakturschrift. Da, als er aufblickte, sah er zwei Arbeiter mit ihren Feldgerätschaften, der eine etwa zwanzig Schritte hinter dem andern, sich entgegenkommen. ›So wart doch!‹ hörte er den Nachfolgenden rufen; der andere aber – er stand eben an einem Akt, der in den Koog hinunterführte – rief ihm entgegen: ›Ein andermal, Jens! Es ist schon spät; ich soll hier Klei schlagen!‹

– ›Wo denn?‹

›Nun hier, im Hauke-Haien-Koog!‹

Er rief es laut, indem er den Akt hinabtrabte, als solle die ganze Marsch es hören, die darunter lag. Hauke aber war es, als höre er seinen Ruhm verkünden; er hob sich im Sattel, gab seinem Schimmel die Sporen und sah mit festen Augen über die weite Landschaft hin, die zu seiner Linken lag. ›Hauke-Haien-Koog!‹ wiederholte er leis; das klang, als könnt es alle Zeit nicht anders heißen! Mochten sie trotzen, wie sie wollten, um seinen Namen war doch nicht herumzukommen; der Prinzessinnen-Name – würde er nicht bald nur noch in alten Schriften modern? – Der Schimmel ging in stolzem Galopp; vor seinen Ohren aber summte es: ›Hauke-Haien-Koog! Hauke-Haien-Koog!‹ In seinen Gedanken wuchs fast der neue Deich zu einem achten Weltwunder; in ganz Friesland war nicht seinesgleichen! Und er ließ den Schimmel tanzen; ihm war, er stünde inmitten aller

Friesen; er überragte sie um Kopfeshöhe, und seine Blicke flogen scharf und mitleidig über sie hin.

– – Allmählich waren drei Jahre seit der Eindeichung hingegangen; das neue Werk hatte sich bewährt, die Reparaturkosten waren nur gering gewesen; im Kooge aber blühte jetzt fast überall der weiße Klee, und ging man über die geschützten Weiden, so trug der Sommerwind einem ganze Wolken süßen Dufts entgegen. Da war die Zeit gekommen, die bisher nur idealen Anteile in wirkliche zu verwandeln und allen Teilnehmern ihre bestimmten Stücke für immer eigentümlich zuzusetzen. Hauke war nicht müßig gewesen, vorher noch einige neue zu erwerben; Ole Peters hatte sich verbissen zurückgehalten, ihm gehörte nichts im neuen Kooge. Ohne Verdruß und Streit hatte auch so die Teilung nicht abgehen können; aber fertig war er gleichwohl geworden; auch dieser Tag lag hinter dem Deichgrafen.

Fortan lebte er einsam seinen Pflichten als Hofwirt wie als Deichgraf und denen, die ihm am nächsten angehörten; die alten Freunde waren nicht mehr in der Zeitlichkeit, neue zu erwerben, war er nicht geeignet. Aber unter seinem Dach war Frieden, den auch das stille Kind nicht störte; es sprach wenig, das stete Fragen, was den aufgeweckten Kindern eigen ist, kam selten und meist so, daß dem Gefragten die Antwort darauf schwer wurde; aber ihr liebes, einfältiges Gesichtlein trug fast immer den Ausdruck der Zufriedenheit. Zwei Spielkameraden hatte sie, die waren ihr genug: wenn sie über die Werfte wanderte, sprang das gerettete gelbe Hündlein stets um sie herum, und wenn der Hund sich zeigte, war auch klein Wienke nicht mehr fern. Der zweite Kamerad war eine Lachmöwe, und wie der Hund ›Perle‹, so hieß die Möwe ›Claus‹.

Claus war durch ein greises Menschenkind auf dem Hofe installiert worden: die achtzigjährige Trien' Jans hatte in ihrer Kate auf dem Außendeich sich nicht mehr durchbringen können; da hatte Frau Elke gemeint, die verlebte Dienstmagd ihres

Großvaters könnte bei ihnen noch ein paar stille Abendstunden und eine gute Sterbekammer finden, und so, halb mit Gewalt, war sie von ihr und Hauke nach dem Hofe geholt und in dem Nordweststübchen der neuen Scheuer untergebracht worden, die der Deichgraf vor einigen Jahren neben dem Haupthause bei der Vergrößerung seiner Wirtschaft hatte bauen müssen. Ein paar der Mägde hatten daneben ihre Kammer erhalten und konnten der Greisin nachts zur Hand gehen. Rings an den Wänden hatte sie ihr altes Hausgerät: eine Schatulle von Zuckerkistenholz, darüber zwei bunte Bilder vom verlorenen Sohn, ein längst zur Ruhe gestelltes Spinnrad und ein sehr sauberes Gardinenbett, vor dem ein ungefüger, mit dem weißen Fell des weiland Angorakaters überzogener Schemel stand. Aber auch was Lebiges hatte sie noch um sich gehabt und mit hierher gebracht: das war die Möwe Claus, die sich schon jahrelang zu ihr gehalten hatte und von ihr gefüttert worden war; freilich, wenn es Winter wurde, flog sie mit den andern Möwen südwärts und kam erst wieder, wenn am Strand der Wermut duftete.

Die Scheuer lag etwas tiefer an der Werfte; die Alte konnte hinausblicken. ›Du hast mich hier als wie gefangen, Deichgraf!‹ murrte sie eines Tages, als Hauke zu ihr eintrat, und wies mit ihrem verkrümmten Finger nach den Fennen hinaus, die sich dort unten breiteten. ›Wo ist denn Jeverssand? Da über den roten oder über den schwarzen Ochsen hinaus?‹

›Was will Sie denn mit Jeverssand?‹ frug Hauke.

– ›Ach was, Jeverssand!‹ brummte die Alte. ›Aber ich will doch sehen, wo mein Jung mir derzeit ist zu Gott gegangen!‹

– ›Wenn Sie das sehen will‹, entgegnete Hauke, ›so muß Sie sich oben unter den Eschenbaum setzen, da sieht Sie das ganze Haff!‹

›Ja‹, sagte die Alte; ›ja, wenn ich deine jungen Beine hätte, Deichgraf!‹

Dergleichen blieb lange der Dank für die Hülfe, die ihr die Deichgrafsleute angedeihen ließen; dann aber wurde es auf einmal anders. Der kleine Kindskopf Wienkes guckte eines Morgens durch die halbgeöffnete Tür zu ihr herein. ›Na‹, rief die Alte, welche mit den Händen ineinander auf ihrem Holzstuhl saß, ›was hast du denn zu bestellen?‹

Aber das Kind kam schweigend näher und sah sie mit ihren gleichgültigen Augen unablässig an.

›Bist du das Deichgrafskind?‹ frug sie Trien' Jans, und da das Kind wie nickend das Köpfchen senkte, fuhr sie fort: ›So setz dich hier auf meinen Schemel! Ein Angorakater ist's gewesen – so groß! Aber dein Vater hat ihn totgeschlagen. Wenn er noch lebig wäre, so könntest du auf ihm reiten.‹

Wienke richtete stumm ihre Augen auf das weiße Fell; dann kniete sie nieder und begann es mit ihren kleinen Händen zu streicheln, wie Kinder es bei einer lebenden Katze oder einem Hunde zu machen pflegen. ›Armer Kater!‹ sagte sie dann und fuhr wieder in ihren Liebkosungen fort.

›So!‹ rief nach einer Weile die Alte; ›jetzt ist es genug; und sitzen kannst du auch noch heut auf ihm; vielleicht hat dein Vater ihn auch nur um deshalb totgeschlagen!‹ Dann hob sie das Kind an beiden Armen in die Höhe und setzte es derb auf den Schemel nieder. Da es aber stumm und unbeweglich sitzen blieb und sie nur immer ansah, begann sie mit dem Kopfe zu schütteln. ›Du strafst ihn, Gott der Herr! Ja, ja, du strafst ihn!‹ murmelte sie; aber ein Erbarmen mit dem Kinde schien sie doch zu überkommen; ihre knöcherne Hand strich über das dürftige Haar desselben, und aus den Augen der Kleinen kam es, als ob ihr damit wohl geschehe.

Von nun an kam Wienke täglich zu der Alten in die Kammer; sie setzte sich bald von selbst auf den Angoraschemel, und Trien' Jans gab ihr kleine Fleisch- und Brotstückchen in ihre Händchen, welche sie allezeit in Vorrat hatte, und ließ sie diese auf den Fußboden werfen; dann kam mit Gekreisch und ausgespreizten Flügeln die Möwe aus irgendeinem Winkel hervorgeschossen und machte sich darüber her. Erst erschrak das Kind und schrie auf vor dem großen stürmenden Vogel; bald aber war es wie ein eingelerntes Spiel, und wenn sie nur ihr Köpfchen durch den Türspalt steckte, schoß schon der Vogel auf sie zu und setzte sich ihr auf Kopf oder Schulter, bis die Alte ihr zu Hilfe kam und die Fütterung beginnen konnte. Trien' Jans, die es sonst nicht hatte leiden können, daß einer auch nur die Hand nach ihrem ›Claus‹ ausstreckte, sah jetzt geduldig zu, wie das Kind allmählich ihr den Vogel völlig abgewann. Er ließ sich willig von ihr haschen; sie trug ihn umher und wickelte ihn in ihre Schürze, und wenn dann auf der Werfte etwa das gelbe Hündlein um sie herum und eifersüchtig gegen den Vogel aufsprang, dann rief sie wohl: ›Nicht du, nicht du, Perle!‹ und hob mit ihren Ärmchen die Möwe so hoch, daß diese, sich selbst befreiend, schreiend über die Werfte hinflog und statt ihrer nun der Hund durch Schmeicheln und Springen den Platz auf ihren Armen zu erobern suchte.

Fielen zufällig Haukes und Elkes Augen auf dies wunderliche Vierblatt, das nur durch einen gleichen Mangel am selben Stengel festgehalten wurde, dann flog wohl ein zärtlicher Blick auf ihr Kind; hatten sie sich gewandt, so blieb nur noch ein Schmerz auf ihrem Antlitz, den jedes einsam mit sich von dannen trug, denn das erlösende Wort war zwischen ihnen noch nicht gesprochen worden. Da eines Sommervormittags, als Wienke mit der Alten und den beiden Tieren auf den großen Steinen vor der Scheuntür saß, gingen ihre beiden Eltern, der Deichgraf seinen Schimmel hinter sich, die Zügel über dem Arme, hier vorüber; er wollte auf den Deich hinaus und hatte das Pferd sich selber von der Fenne heraufgeholt; sein Weib hatte auf der Werfte sich an seinen Arm gehängt. Die Sonne schien warm hernieder; es war fast schwül, und mitunter kam ein Windstoß aus Südsüdost. Dem Kinde mochte es auf dem Platze unbehaglich werden. ›Wienke will mit!‹ rief sie, schüttelte die Möwe von ihrem Schoß und griff nach der Hand des Vaters.

›So komm!‹ sagte dieser.

– Frau Elke aber rief. ›In dem Wind? Sie fliegt dir weg!‹

›Ich halt sie schon; und heut haben wir warme Luft und lustig Wasser, da kann sie's tanzen sehen.‹

Und Elke lief ins Haus und holte noch ein Tüchlein und ein Käppchen für ihr Kind. ›Aber es gibt ein Wetter‹, sagte sie; ›macht, daß ihr fortkommt, und seid bald wieder hier!‹

Hauke lachte: ›Das soll uns nicht zu fassen kriegen!‹ und hob das Kind zu sich auf den Sattel. Frau Elke blieb noch eine Weile auf der Werfte und sah, mit der Hand ihre Augen beschattend, die beiden auf den Weg und nach dem Deich hinübertraben; Trien' Jans saß auf dem Stein und murmelte Unverständliches mit ihren welken Lippen.

Das Kind lag regungslos im Arm des Vaters; es war, als atme es beklommen unter dem Druck der Gewitterluft; er neigte den Kopf zu ihr: ›Nun, Wienke?‹ frug er.

Das Kind sah ihn eine Weile an: ›Vater‹, sagte es, ›du kannst das doch! Kannst du nicht alles?‹

›Was soll ich können, Wienke?‹

Aber sie schwieg; sie schien die eigene Frage nicht verstanden zu haben.

Es war Hochflut; als sie auf den Deich hinaufkamen, schlug der Widerschein der Sonne von dem weiten Wasser ihr in die Augen, ein Wirbelwind trieb die Wellen strudelnd in die Höhe, und neue kamen heran und schlugen klatschend gegen den Strand; da klammerte sie ihre Händchen angstvoll um die Faust ihres Vaters, die den Zügel führte, daß der Schimmel mit einem Satz zur Seite fuhr. Die blaßblauen Augen sahen in wirrem Schreck zu Hauke auf: ›Das Wasser, Vater! das Wasser!‹ rief sie.

Aber er löste sich sanft und sagte: ›Still, Kind, du bist bei deinem Vater; das Wasser tut dir nichts!‹

Sie strich sich das fahlblonde Haar aus der Stirn und wagte es wieder, auf die See hinauszusehen. ›Es tut mir nichts‹, sagte sie zitternd; ›nein, sag, daß es uns nichts tun soll; du kannst das, und dann tut es uns auch nichts!‹

›Nicht ich kann das, Kind‹, entgegnete Hauke ernst; ›aber der Deich, auf dem wir reiten, der schützt uns, und den hat dein Vater ausgedacht und bauen lassen.‹

Ihre Augen gingen wider ihn, als ob sie das nicht ganz verstünde, dann barg sie ihr auffallend kleines Köpfchen in dem weiten Rocke ihres Vaters.

›Warum versteckst du dich, Wienke?‹ raunte der ihr zu; ›ist dir noch immer bange?‹ Und ein zitterndes Stimmchen kam aus den Falten des Rockes: ›Wienke will lieber nicht sehen; aber du kannst doch alles, Vater?‹

Ein ferner Donner rollte gegen den Wind herauf. ›Hoho!‹ rief Hauke, ›da kommt es!‹ und wandte sein Pferd zur Rückkehr. ›Nun wollen wir heim zur Mutter!‹

Das Kind tat einen tiefen Atemzug; aber erst, als sie die Werfte und das Haus erreicht hatten, hob es das Köpfchen von seines Vaters Brust. Als dann Frau Elke ihr im Zimmer das Tüchelchen und die Kapuze abgenommen hatte, blieb sie wie ein kleiner stummer Kegel vor der Mutter stehen. ›Nun, Wienke‹, sagte diese und schüttelte sie leise, ›magst du das große Wasser leiden?‹

Aber das Kind riß die Augen auf: ›Es spricht‹, sagte sie; ›Wienke ist bange!‹

– ›Es spricht nicht; es rauscht und toset nur!‹

Das Kind sah ins Weite: ›Hat es Beine?‹ frug es wieder; ›kann es über den Deich kommen?‹

– ›Nein, Wienke; dafür paßt dein Vater auf, er ist der Deichgraf.‹

›Ja‹, sagte das Kind und klatschte mit blödem Lächeln in seine Händchen; ›Vater kann alles – alles!‹ Dann plötzlich, sich von der Mutter abwendend, rief sie: ›Laß Wienke zu Trien' Jans, die hat rote Äpfel!‹

Und Elke öffnete die Tür und ließ das Kind hinaus. Als sie dieselbe wieder geschlossen hatte, schlug sie mit einem Ausdruck des tiefsten Grams die Augen zu ihrem Manne auf, aus denen ihm sonst nur Trost und Mut zu Hilfe gekommen war.

Er reichte ihr die Hand und drückte sie, als ob es zwischen ihnen keines weiteren Wortes bedürfe; sie aber sagte leis: ›Nein, Hauke, laß mich sprechen: das Kind, das ich nach Jahren dir geboren habe, es wird für immer ein Kind bleiben. O, lieber Gott! es ist schwachsinnig; ich muß es einmal vor dir sagen.‹

›Ich wußte es längst‹, sagte Hauke und hielt die Hand seines Weibes fest, die sie ihm entziehen wollte.

›So sind wir denn doch allein geblieben‹, sprach sie wieder.

Aber Hauke schüttelte den Kopf. ›Ich hab sie lieb, und sie schlägt ihre Ärmchen um mich und drückt sich fest an meine Brust; um alle Schätze wollt ich das nicht missen!‹

Die Frau sah finster vor sich hin: ›Aber warum?‹ sprach sie; ›was hab ich arme Mutter denn verschuldet?‹

– ›Ja, Elke, das hab ich freilich auch gefragt; den, der allein es wissen kann; aber du weißt ja auch, der Allmächtige gibt den Menschen keine Antwort – vielleicht, weil wir sie nicht begreifen würden.‹

Er hatte auch die andere Hand seines Weibes gefaßt und zog sie sanft zu sich heran: ›Laß dich nicht irren, dein Kind, wie du es tust, zu lieben; sei sicher, das versteht es!‹

Da warf sich Elke an ihres Mannes Brust und weinte sich satt und war mit ihrem Leid nicht mehr allein. Dann plötzlich lächelte sie ihn an; nach einem heftigen Händedruck lief sie hinaus und holte sich ihr Kind aus der Kammer der alten Trien' Jans und nahm es auf ihren Schoß und hätschelte und küßte es, bis es stammelnd sagte: ›Mutter, mein liebe Mutter!‹

So lebten die Menschen auf dem Deichgrafshofe still beisammen; wäre das Kind nicht dagewesen, es hätte viel gefehlt.

Allmählich verfloß der Sommer; die Zugvögel waren durchgezogen, die Luft wurde leer vom Gesang der Lerchen; nur vor den Scheunen, wo sie beim Dreschen Körner pickten, hörte man hie und da einige kreischend davonfliegen; schon war alles hart gefroren. In der Küche des Haupthauses saß eines Nachmittags die alte Trien' Jans auf der Holzstufe einer Treppe, die neben dem Feuerherd nach dem Boden lief. Es war in den letzten Wochen, als sei sie aufgelebt; sie kam jetzt gern einmal in die Küche und sah Frau Elke hier hantieren; es war keine Rede mehr davon, daß ihre Beine sie nicht hätten dahin tragen können, seit eines Tages klein Wienke sie an der Schürze hier heraufgezogen hatte. Jetzt kniete das Kind an ihrer Seite und sah mit seinen stillen Augen in die Flammen, die aus dem Herdloch aufflackerten; ihr eines Händchen klammerte sich an den Ärmel der Alten, das andere lag in ihrem eigenen fahlblonden Haar. Trien' Jans erzählte. ›Du weißt‹, sagte sie, ›ich stand in Dienst bei deinem Urgroßvater, als Hausmagd, und dann mußt ich die Schweine füttern; der war klüger als sie alle – da war es, es ist grausam lange her; aber eines Abends, der Mond schien, da ließen sie die Haffschleuse schließen, und sie konnte nicht wieder zurück in See. O, wie sie schrie und mit ihren Fischhänden sich in ihre harten struppigen Haare griff! Ja, Kind, ich sah es und hörte sie selber schreien! Die Gräben zwischen den Fennen waren alle voll Wasser, und der Mond schien darauf, daß sie wie Silber glänzten, und sie schwamm aus einem Graben in den anderen und hob die Arme und schlug, was ihre Hände waren, aneinander, daß man es weither klatschen hörte, als wenn sie beten wollte; aber Kind, beten können diese Kreaturen nicht. Ich saß vor der Haustür auf ein paar Balken, die zum Bauen angefahren waren, und sah weithin über die Fennen; und das Wasserweib schwamm noch immer in den Gräben, und wenn sie die Arme aufhob, so glitzerten auch die wie Silber und Demanten. Zuletzt sah ich sie nicht mehr, und die Wildgänse und Möwen, die ich all die Zeit nicht gehört hatte, zogen wieder mit Pfeifen und Schnattern durch die Luft.‹

Die Alte schwieg; das Kind hatte ein Wort sich aufgefangen. ›Konnte sie beten?‹ frug sie. ›Was sagst du? Wer war es?‹

›Kind‹, sagte die Alte; ›die Wasserfrau war es; das sind Undinger, die nicht selig werden können.‹

›Nicht selig!‹ wiederholte das Kind, und ein tiefer Seufzer, als habe sie das verstanden, hob die kleine Brust.

– ›Trien' Jans!‹ kam eine tiefe Stimme von der Küchentür, und die Alte zuckte leicht zusammen. Es war der Deichgraf Hauke Haien, der dort am Ständer lehnte. ›Was redet Sie dem Kinde vor? Hab ich Ihr nicht geboten, Ihre Mären für sich zu behalten oder sie den Gäns' und Hühnern zu erzählen?‹

Die Alte sah ihn mit einem bösen Blick an und schob die Kleine von sich fort. ›Das sind keine Mären‹, murmelte sie in sich hinein, ›das hat mein Großohm mir erzählt.‹

– ›Ihr Großohm, Trien'? Sie wollte es ja eben selbst erlebt haben.‹

›Das ist egal‹, sagte die Alte; ›aber Ihr glaubt nicht, Hauke Haien; Ihr wollt wohl meinen Großohm noch zum Lügner machen!‹ Dann rückte sie näher an den Herd und streckte die Hände über die Flammen des Feuerlochs.

Der Deichgraf warf einen Blick gegen das Fenster; draußen dämmerte es noch kaum. ›Komm, Wienke!› sagte er und zog sein schwachsinniges Kind zu sich heran; ›komm mit mir, ich will dir draußen vom Deich aus etwas zeigen! Nur müssen wir zu Fuß gehen; der Schimmel ist beim Schmied.‹ Dann ging er mit ihr in die Stube, und Elke band dem Kinde dicke wollene Tücher um Hals und Schultern; und bald danach ging der Vater mit ihr auf dem alten Deiche nach Nordwest hinauf, Jeverssand vorbei, bis wo die Watten breit, fast unübersehbar wurden.

Bald hatte er sie getragen, bald ging sie an seiner Hand; die Dämmerung wuchs allmählich; in der Ferne verschwand alles in Dunst und Duft. Aber dort, wohin noch das Auge reichte, hatten die unsichtbar schwellenden Wattströme das Eis zerrissen, und, wie Hauke Haien es in seiner Jugend einst gesehen hatte, aus den Spalten stiegen wie damals die rauchenden Nebel, und daran entlang waren wiederum die unheimlichen närrischen Gestalten und hüpften gegeneinander und dienerten und dehnten sich plötzlich schreckhaft in die Breite.

Das Kind klammerte sich angstvoll an seinen Vater und deckte dessen Hand über sein Gesichtlein. ›Die Seeteufel!‹ raunte es zitternd zwischen seine Finger; ›die Seeteufel!‹

Er schüttelte den Kopf: ›Nein, Wienke, weder Wasserweiber noch Seeteufel; so etwas gibt es nicht; wer hat dir davon gesagt?‹

Sie sah mit stumpfem Blicke zu ihm herauf, aber sie antwortete nicht. Er strich ihr zärtlich über die Wangen. ›Sieh nur wieder hin!‹ sagte er, ›das sind nur arme hungrige Vögel! Sieh nur, wie jetzt der große seine Flügel breitet, die holen sich die Fische, die in die rauchenden Spalten kommen.‹

›Fische‹, wiederholte Wienke.

›Ja, Kind, das alles ist lebig, so wie wir; es gibt nichts anderes; aber der liebe Gott ist überall!‹

Klein Wienke hatte ihre Augen fest auf den Boden gerichtet und hielt den Atem an; es war, als sähe sie erschrocken in einen Abgrund. Es war vielleicht nur so; der Vater blickte lange auf sie hin, er bückte sich und sah in ihr Gesichtlein; aber keine Regung der verschlossenen Seele wurde darin kund. Er hob sie auf den Arm und steckte ihre verklommenen Händchen in einen seiner dicken Wollhandschuhe. ›So, mein Wienke‹ – und das Kind vernahm wohl nicht den Ton von heftiger Innigkeit in seinen Worten – ›so, wärm dich bei mir! Du bist doch mein Kind, unser einziges. Du hast uns lieb...!‹ Die Stimme brach dem Manne; aber die Kleine drückte zärtlich ihr Köpfchen in seinen rauhen Bart.

So gingen sie friedlich heimwärts.

Nach Neujahr war wieder einmal die Sorge in das Haus getreten; ein Marschfieber hatte den Deichgrafen ergriffen; auch mit ihm ging es nah am Rand der Grube her, und als er unter Frau Elkes Pfleg' und Sorge wieder erstanden war, schien er kaum derselbe Mann. Die Mattigkeit des Körpers lag auch auf seinem Geiste, und Elke sah mit Besorgnis, wie er allzeit leicht zufrieden war. Dennoch, gegen Ende des März, drängte es ihn, seinen Schimmel zu besteigen und zum ersten Male wieder auf seinem Deich entlang zu reiten; es war an einem Nachmittage, und die Sonne, die zuvor geschienen hatte, lag längst schon wieder hinter trübem Duft.

Im Winter hatte es ein paarmal Hochwasser gegeben; aber es war nicht von Belang gewesen; nur drüben am andern Ufer war auf einer Hallig eine Herde Schafe ertrunken und ein Stück vom Vorland abgerissen worden; hier an dieser Seite und am neuen Kooge war ein nennenswerter Schaden nicht geschehen. Aber in der letzten Nacht hatte ein stärkerer Sturm getobt; jetzt mußte der Deichgraf selbst hinaus und alles mit eigenem Aug besichtigen. Schon war er unten von der Südostecke aus auf dem neuen Deich herumgeritten, und es war alles wohl erhalten; als er aber an die Nordostecke gekommen war, dort, wo der neue Deich auf den alten stößt, war zwar der erstere unversehrt, aber wo früher der Priel den alten erreicht hatte und an ihm entlang geflossen war, sah er in großer Breite die Grasnarbe zerstört und fortgerissen und in dem Körper des Deiches eine von der Flut gewühlte Höhlung, durch welche überdies ein Gewirr von Mäusegängen bloßgelegt war. Hauke stieg vom Pferde und besichtigte den Schaden in der Nähe: das Mäuseunheil schien unverkennbar noch unsichtbar weiter fortzulaufen.

Er erschrak heftig; gegen alles dieses hätte schon beim Bau des neuen Deiches Obacht genommen werden müssen; da es damals übersehen worden, so mußte es jetzt geschehen! – Das Vieh war noch nicht auf den Fennen, das Gras war ungewohnt zurückgeblieben; wohin er blickte, es sah ihn leer und öde an. Er bestieg wieder sein Pferd und ritt am Ufer hin und her: es war Ebbe, und er gewahrte wohl, wie der Strom von außen her sich wieder ein neues Bett im Schlick gewühlt hatte und jetzt von Nordwesten auf den alten Deich gestoßen war; der neue aber, soweit es ihn traf, hatte mit seinem sanfteren Profile dem Anprall widerstehen können.

Ein Haufen neuer Plag' und Arbeit erhob sich vor der Seele des Deichgrafen; nicht nur der alte Deich mußte hier verstärkt, auch dessen Profil dem des neuen angenähert werden; vor allem aber mußte der als gefährlich wieder aufgetretene Priel durch neu zu legende Dämme oder Lahnungen abgeleitet werden. Noch einmal ritt er auf dem neuen Deich bis an die äußerste Nordwestecke, dann wieder rückwärts, die Augen unablässig auf das neugewühlte Bett des Priel heftend, der ihm zur Seite sich deutlich genug in dem bloßgelegten Schlickgrund abzeichnete. Der Schimmel drängte vorwärts und schnob und schlug mit den Vorderhufen; aber der Reiter drückte ihn zurück, er wollte langsam reiten, er wollte auch die innere Unruhe bändigen, die immer wilder in ihm aufgor.

Wenn eine Sturmflut wiederkäme – eine wie 1655 dagewesen, wo Gut und Menschen ungezählt verschlungen wurden –, wenn sie wiederkäme, wie sie schon mehrmals einst gekommen war! – Ein heißer Schauer überrieselte den Reiter – der alte Deich, er würde den Stoß nicht aushalten, der gegen ihn heraufschösse! Was dann, was sollte dann geschehen? – Nur eines, ein einziges Mittel würde es geben, um vielleicht den alten Koog und Gut und Leben darin zu retten. Hauke fühlte sein Herz still stehen, sein sonst so fester Kopf schwindelte; er sprach es nicht aus, aber in ihm sprach es stark genug: Dein Koog, der Hauke-Haien-Koog müßte preisgegeben und der neue Deich durchstochen werden!

Schon sah er im Geist die stürzende Hochflut hereinbrechen und Gras und Klee mit ihrem salzen schäumenden Gischt bedecken. Ein Sporenstich fuhr in die Weichen des Schimmels, und einen Schrei ausstoßend, flog er auf dem Deich entlang und dann den Akt hinab, der deichgräflichen Werfte zu.

Den Kopf voll von innerem Schrecknis und ungeordneten Plänen kam er nach Hause. Er warf sich in seinen Lehnstuhl, und als Elke mit der Tochter in das Zimmer trat, stand er wieder auf und hob das Kind zu sich empor und küßte es; dann jagte er das gelbe Hündlein mit ein paar leichten Schlägen von sich. ›Ich muß noch einmal droben nach dem Krug!‹ sagte er und nahm seine Mütze vom Türhaken, wohin er sie eben erst gehängt hatte.

Seine Frau sah ihn sorgvoll an: ›Was willst du dort? Es wird schon Abend, Hauke!‹

›Deichgeschichten!‹ murmelte er vor sich hin, ›ich treffe von den Gevollmächtigten dort.‹

Sie ging ihm nach und drückte ihm die Hand, denn er war mit diesen Worten schon zur Tür hinaus. Hauke Haien, der sonst alles bei sich selber abgeschlossen hatte, drängte es jetzt, ein Wort von jenen zu erhalten, die er sonst kaum eines Anteils wertgehalten hatte. Im Gastzimmer traf er Ole Peters mit zweien der Gevollmächtigten und einem Koogseinwohner am Kartentisch.

›Du kommst wohl von draußen, Deichgraf?‹ sagte der erstere, nahm die halb ausgeteilten Karten auf und warf sie wieder hin.

›Ja, Ole‹, erwiderte Hauke; ›ich war dort; es sieht übel aus.‹

›Übel? – Nun, ein paar hundert Soden und eine Bestickung wird's wohl kosten; ich war dort am Nachmittag.‹

›So wohlfeil wird's nicht abgehen, Ole‹, erwiderte der Deichgraf, ›der Priel ist wieder da, und wenn er jetzt auch nicht von

Norden auf den alten Deich stößt, so tut er's doch von Nordwesten!‹

›Du hättest ihn lassen sollen, wo du ihn fandest!‹ sagte Ole trocken.

›Das heißt‹, entgegnete Hauke, ›der neue Koog geht dich nichts an; und darum sollte er nicht existieren. Das ist deine eigne Schuld! Aber wenn wir Lahnungen legen müssen, um den alten Deich zu schützen, der grüne Klee hinter dem neuen bringt das übermäßig ein!‹

›Was sagt Ihr, Deichgraf?‹ riefen die Gevollmächtigten; ›Lahnungen? Wie viele denn? Ihr liebt es, alles beim teuersten Ende anzufassen!‹

Die Karten lagen unberührt auf dem Tisch. ›Ich will's dir sagen, Deichgraf‹, sagte Ole Peters und stemmte beide Arme auf, ›dein neuer Koog ist ein fressend Werk, was du uns gestiftet hast! Noch laboriert alles an den schweren Kosten deiner breiten Deiche; nun frißt er uns auch den alten Deich, und wir sollen ihn verneuen! – Zum Glück ist's nicht so schlimm; er hat diesmal gehalten und wird es auch noch ferner tun! Steig nur morgen wieder auf deinen Schimmel und sieh es dir noch einmal an!‹

Hauke war aus dem Frieden seines Hauses hieher gekommen, hinter den immerhin noch gemäßigten Worten, die er eben hörte, lag – er konnte es nicht verkennen – ein zäher Widerstand; ihm war, als fehle ihm dagegen noch die alte Kraft. ›Ich will tun, wie du rätst, Ole‹, sprach er; ›nur fürcht ich, ich werd es finden, wie ich es heut gesehen habe.‹

Eine unruhige Nacht folgte diesem Tage; Hauke wälzte sich schlaflos in seinen Kissen. ›Was ist dir?‹ frug ihn Elke, welche die Sorge um ihren Mann wach hielt; ›drückt dich etwas, so sprich es von dir; wir haben's ja immer so gehalten!‹

›Es hat nichts auf sich, Elke!‹ erwiderte er, ›am Deiche, an den Schleusen ist was zu reparieren; du weißt, daß ich das allzeit nachts in mir zu verarbeiten habe.‹ Weiter sagte er nichts; er wollte sich die Freiheit seines Handelns vorbehalten; ihm unbewußt, war die klare Einsicht und der kräftige Geist seines Weibes ihm in seiner augenblicklichen Schwäche ein Hindernis, dem er unwillkürlich auswich.

– – Am folgenden Vormittag, als er wieder auf den Deich hinauskam, war die Welt eine andere, als wie er sie tags zuvor gefunden hatte; zwar war wieder hohl Ebbe, aber der Tag war noch im Steigen, und eine lichte Frühlingssonne ließ ihre Strahlen fast senkrecht auf die unabsehbaren Watten fallen; die weißen Möwen schwebten ruhig hin und wider, und unsichtbar über ihnen, hoch unter dem azurblauen Himmel, sangen die Lerchen ihre ewige Melodie. Hauke, der nicht wußte, wie uns die Natur mit ihrem Reiz betrügen kann, stand auf der Nordwestecke des Deiches und suchte nach dem neuen Bett des Priels, das ihn gestern so erschreckt hatte; aber bei dem vom Zenit herabschießenden Sonnenlicht fand er es anfänglich nicht einmal. Erst da er gegen die blendenden Strahlen seine Augen mit der Hand beschattete, konnte er es nicht verkennen; aber dennoch, die Schatten in der gestrigen Dämmerung mußten ihn getäuscht haben: es kennzeichnete sich jetzt nur schwach; die bloßgelegte Mäusewirtschaft mußte mehr als die Flut den Schaden in dem Deich veranlaßt haben. Freilich, Wandel mußte hier geschafft werden; aber durch sorgfältiges Aufgraben und, wie Ole Peters gesagt hatte, durch frische Soden und einige Ruten Strohbestickung war der Schaden auszuheilen.

›Es war so schlimm nicht‹, sprach er erleichtert zu sich selber, ›du bist gestern doch dein eigner Narr gewesen!‹ – Er berief die Gevollmächtigten, und die Arbeiten wurden ohne Widerspruch beschlossen, was bisher noch nie geschehen war. Der Deichgraf meinte eine stärkende Ruhe in seinem noch geschwächten Körper sich verbreiten zu fühlen; und nach einigen Wochen war alles sauber ausgeführt.

Das Jahr ging weiter, aber je weiter es ging und je ungestörter die neugelegten Rasen durch die Strohdecke grünten, um so unruhiger ging oder ritt Hauke an dieser Stelle vorüber, er wandte die Augen ab, er ritt hart an der Binnenseite des Deiches; ein paarmal, wo er dort hätte vorüber müssen, ließ er sein schon gesatteltes Pferd wieder in den Stall zurückführen; dann wieder, wo er nichts dort zu tun hatte, wanderte er, um nur rasch und ungesehen von seiner Werfte fortzukommen, plötzlich und zu Fuß dahin; manchmal auch war er umgekehrt, er hatte es sich nicht zumuten können, die unheimliche Stelle aufs neue zu betrachten; und endlich, mit den Händen hätte er alles wieder aufreißen mögen, denn wie ein Gewissensbiß, der außer ihm Gestalt gewonnen hatte, lag dies Stück des Deiches ihm vor Augen. Und doch, seine Hand konnte nicht mehr daran rühren; und niemandem, selbst nicht seinem Weibe, durfte er davon reden. So war der September gekommen; nachts hatte ein mäßiger Sturm getobt und war zuletzt nach Nordwest umgesprungen. An trübem Vormittag danach, zur Ebbezeit, ritt Hauke auf den Deich hinaus, und es durchfuhr ihn, als er seine Augen über die Watten schweifen ließ; dort, von Nordwest herauf, sah er plötzlich wieder, und schärfer und tiefer ausgewühlt, das gespenstische neue Bett des Prieles; so sehr er seine Augen anstrengte, es wollte nicht mehr weichen.

Als er nach Hause kam, ergriff Elke seine Hand. ›Was hast du, Hauke?‹ sprach sie, als sie in sein düstres Antlitz sah; ›es ist doch kein neues Unheil? Wir sind jetzt so glücklich; mir ist, du hast nun Frieden mit ihnen allen!‹

Diesen Worten gegenüber vermochte er seine verworrene Furcht nicht in Worten kund zu geben.

›Nein, Elke‹, sagte er, ›mich feindet niemand an; es ist nur ein verantwortlich Amt, die Gemeinde vor unseres Herrgotts Meer zu schützen.‹

Er machte sich los, um weiteren Fragen des geliebten Weibes auszuweichen. Er ging in Stall und Scheuer, als ob er alles revidieren müsse; aber er sah nichts um sich her; er war nur beflissen, seinen Gewissensbiß zur Ruhe, ihn sich selber als eine krankhaft übertriebene Angst zur Überzeugung zu bringen.

– – Das Jahr, von dem ich Ihnen erzähle«, sagte nach einer Weile mein Gastfreund, der Schulmeister, »war das Jahr 1756, das in dieser Gegend nie vergessen wird; im Hause Hauke Haiens brachte es eine Tote. Zu Ende des Septembers war in der Kammer, welche ihr in der Scheune eingeräumt war, die fast neunzigjährige Trien' Jans am Sterben. Man hatte sie nach ihrem Wunsche in den Kissen aufgerichtet, und ihre Augen gingen durch die kleinen bleigefaßten Scheiben in die Ferne; es mußte dort am Himmel eine dünnere Luftschicht über einer dichteren liegen; denn es war hohe Kimmung, und die Spiegelung hob in diesem Augenblick das Meer wie einen flimmernden Silberstreifen über den Rand des Deiches, so daß es blendend in die Kammer schimmerte; auch die Südspitze von Jeverssand war sichtbar.

Am Fußende des Bettes kauerte die kleine Wienke und hielt mit der einen Hand sich fest an der ihres Vaters, der daneben stand. In das Antlitz der Sterbenden grub eben der Tod das hippokratische Gesicht, und das Kind starrte atemlos auf die unheimliche, ihr unverständliche Verwandlung des unschönen, aber ihr vertrauten Angesichts. ›Was macht sie? Was ist das, Vater?‹ flüsterte sie angstvoll und grub die Fingernägel in ihres Vaters Hand.

›Sie stirbt!‹ sagte der Deichgraf.

›Stirbt!‹ wiederholte das Kind und schien in verworrenes Sinnen zu verfallen.

Aber die Alte rührte noch einmal ihre Lippen: ›Jins! Jins!‹ Und kreischend, wie ein Notschrei, brach es hervor, und ihre knöchernen Arme streckten sich gegen die draußen flimmernde Meeresspiegelung: ›Hölp mi! Hölp mi! Du bist ja båwen Wåter ... Gott gnåd de annern!‹

Ihre Arme sanken, ein leises Krachen der Bettstatt wurde hörbar; sie hatte aufgehört zu leben.

Das Kind tat einen tiefen Seufzer und warf die blassen Augen zu ihrem Vater auf: ›Stirbt sie noch immer?‹ frug es.

›Sie hat es vollbracht!‹ sagte der Deichgraf und nahm das Kind auf seinen Arm: ›Sie ist nun weit von uns, beim lieben Gott.‹

›Beim lieben Gott!‹ wiederholte das Kind und schwieg eine Weile, als müsse es den Worten nachsinnen. ›Ist das gut, beim lieben Gott?‹

›Ja, das ist das Beste.‹ – In Haukes Innerm aber klang schwer die letzte Rede der Sterbenden. ›Gott gnåd de annern!‹ sprach es leise in ihm. ›Was wollte die alte Hexe? Sind denn die Sterbenden Propheten ?‹ – –

– – Bald nachdem Trien' Jans oben bei der Kirche eingegraben war, begann man immer lauter von allerlei Unheil und seltsamem Geschmeiß zu reden, das die Menschen in Nordfriesland erschreckt haben sollte; und sicher war es, am Sonntage Lätare war droben von der Turmspitze der goldne Hahn durch einen Wirbelwind herabgeworfen worden; auch das war richtig, im Hochsommer fiel, wie ein Schnee, ein groß Geschmeiß vom Himmel, daß man die Augen davor nicht auftun konnte und es hernach fast handhoch auf den Fennen lag, und hatte niemand je so was gesehen. Als aber nach Ende September der Großknecht mit Korn und die Magd Ann' Grethe mit Butter in die Stadt zu Markt gefahren waren, kletterten sie bei ihrer Rückkunft mit schreckensbleichen Gesichtern von ihrem Wagen. ›Was ist? Was habt ihr?‹ riefen die andern Dirnen, die hinausgelaufen waren, da sie den Wagen rollen hörten.

Ann' Grethe in ihrem Reiseanzug trat atemlos in die geräumige Küche. ›Nun, so erzähl doch!‹ riefen die Dirnen wieder, ›wo ist das Unglück los?‹

›Ach, unser lieber Jesus wolle uns behüten!‹ rief Ann' Grethe. ›Ihr wißt, von drüben, überm Wasser, das alt Mariken vom Ziegelhof, wir stehen mit unserer Butter ja allzeit zusammen an der Apothekerecke, die hat es mir erzählt, und Iven Johns sagte auch, das gibt ein Unglück! sagte er; ein Unglück über ganz Nordfriesland; glaub mir's, Ann Gret! Und‹ – sie dämpfte ihre Stimme – ›mit des Deichgrafs Schimmel ist's am Ende auch nicht richtig!‹

›Scht! scht!‹ machten die andern Dirnen.

– ›Ja, ja; was kümmert's mich! Aber drüben, an der andern Seite, geht's noch schlimmer als bei uns! Nicht bloß Fliegen und Geschmeiß, auch Blut ist wie Regen vom Himmel gefallen; und da am Sonntagmorgen danach der Pastor sein Waschbekken vorgenommen hat, sind fünf Totenköpfe, wie Erbsen groß, darin gewesen, und alle sind gekommen, um das zu sehen; im Monat Augusti sind grausige rotköpfige Raupenwürmer über das Land gezogen und haben Korn und Mehl und Brot, und was sie fanden, weggefressen, und hat kein Feuer sie vertilgen können!‹

Die Erzählerin verstummte plötzlich; keine der Mägde hatte bemerkt, daß die Hausfrau in die Küche getreten war. ›Was redet ihr da?‹ sprach diese. ›Laßt das den Wirt nicht hören!‹ Und da sie alle jetzt erzählen wollten: ›Es tut nicht not; ich habe genug davon vernommen; geht an euere Arbeit, das bringt euch besseren Segen!‹ Dann nahm sie Ann' Grethe mit sich in die Stube und hielt mit dieser Abrechnung über ihre Marktgeschäfte.

So fand im Hause des Deichgrafen das abergläubische Geschwätz bei der Herrschaft keinen Anhalt; aber in die übrigen Häuser, und je länger die Abende wurden, um desto leichter drang es mehr und mehr hinein. Wie schwere Luft lag es auf allen; und heimlich sagte man es sich, ein Unheil, ein schweres, würde über Nordfriesland kommen.

Es war vor Allerheiligen, im Oktober. Tag über hatte es stark aus Südwest gestürmt; abends stand ein halber Mond am Himmel, dunkelbraune Wolken jagten überhin, und Schatten und trübes Licht flogen auf der Erde durcheinander; der Sturm war im Wachsen. Im Zimmer des Deichgrafen stand noch der geleerte Abendtisch; die Knechte waren in den Stall gewiesen, um dort des Viehes zu achten; die Mägde mußten im Hause und auf den Böden nachsehen, ob Türen und Luken wohl verschlossen seien, daß nicht der Sturm hineinfasse und Unheil anrichte. Drinnen stand Hauke neben seiner Frau am Fenster; er hatte eben sein Abendbrot hinabgeschlungen; er war draußen auf dem Deich gewesen. Zu Fuße war er hinausgetrabt, schon früh am Nachmittag; spitze Pfähle und Säcke voll Klei oder Erde hatte er hie und dort, wo der Deich eine Schwäche zu verraten schien, zusammentragen lassen; überall hatte er Leute angestellt, um die Pfähle einzurammen und mit den Säcken vorzudämmen, sobald die Flut den Deich zu schädigen beginne; an dem Winkel zu Nordwesten, wo der alte und der neue Deich zusammenstießen, hatte er die meisten Menschen hingestellt; nur im Notfall durften sie von den angewiesenen Plätzen weichen. Das hatte er zurückgelassen; dann, vor kaum einer Viertelstunde, naß, zerzaust, war er in seinem Hause angekommen, und jetzt, das Ohr nach den Windböen, welche die in Blei gefaßten Scheiben rasseln machten, blickte er wie gedankenlos in die wüste Nacht hinaus; die Wanduhr hinter ihrer Glasscheibe schlug eben acht. Das Kind, das neben der Mutter stand, fuhr zusammen und barg den Kopf in deren Kleider. ›Claus!‹ rief sie weinend; ›wo ist mein Claus?‹

Sie konnte wohl so fragen, denn die Möwe hatte, wie schon im vorigen Jahre, so auch jetzt ihre Winterreise nicht mehr angetreten. Der Vater überhörte die Frage; die Mutter aber nahm das Kind auf den Arm. ›Dein Claus ist in der Scheune‹, sagte sie; ›da sitzt er warm.‹

›Warum?‹ sagte Wienke; ›ist das gut?‹

–›Ja, das ist gut.‹

Der Hausherr stand noch am Fenster: ›Es geht nicht länger, Elke!‹ sagte er, ›ruf eine von den Dirnen; der Sturm drückt uns die Scheiben ein, die Luken müssen angeschroben werden!‹

Auf das Wort der Hausfrau war die Magd hinausgelaufen; man sah vom Zimmer aus, wie ihr die Röcke flogen; aber als sie die Klammern gelöst hatte, riß ihr der Sturm den Laden aus der Hand und warf ihn gegen die Fenster, daß ein paar Scheiben zersplittert in die Stube flogen und eins der Lichter qualmend auslosch. Hauke mußte selbst hinaus, zu helfen, und nur mit Not kamen allmählich die Luken vor die Fenster. Als sie beim Wiedereintritt in das Haus die Tür aufrissen, fuhr eine Böe hintendrein, daß Glas und Silber im Wandschrank durcheinanderklirrten; oben im Hause über ihren Köpfen zitterten und krachten die Balken, als wolle der Sturm das Dach von den Mauern reißen. Aber Hauke kam nicht wieder in das Zimmer; Elke hörte, wie er durch die Tenne nach dem Stalle schritt. ›Den Schimmel! Den Schimmel, John! Rasch!‹ hörte sie ihn rufen; dann kam er wieder in die Stube, das Haar zerzaust, aber die grauen Augen leuchtend. ›Der Wind ist umgesprungen!‹ rief er – ›nach Nordwest, auf halber Springflut! Kein Wind; – wir haben solchen Sturm noch nicht erlebt!‹

Elke war totenblaß geworden: ›Und du mußt noch einmal hinaus?‹

Er ergriff ihre beiden Hände und drückte sie wie im Krampfe in die seinen: ›Das muß ich, Elke.‹

Sie erhob langsam ihre dunkeln Augen zu ihm, und ein paar Sekunden lang sahen sie sich an; doch war's wie eine Ewigkeit. ›Ja, Hauke‹, sagte das Weib; ›ich weiß es wohl, du mußt!‹

Da trabte es draußen vor der Haustür. Sie fiel ihm um den Hals, und einen Augenblick war's, als könne sie ihn nicht lassen; aber auch das war nur ein Augenblick. ›Das ist unser

Kampf!‹ sprach Hauke; ›ihr seid hier sicher; an dies Haus ist noch keine Flut gestiegen. Und bete zu Gott, daß er auch mit mir sei!‹

Hauke hüllte sich in seinen Mantel, und Elke nahm ein Tuch und wickelte es ihm sorgsam um den Hals; sie wollte ein Wort sprechen, aber die zitternden Lippen versagten es ihr.

Draußen wieherte der Schimmel, daß es wie Trompetenschall in das Heulen des Sturmes hineinklang. Elke war mit ihrem Mann hinausgegangen; die alte Esche knarrte, als ob sie auseinanderstürzen solle. ›Steigt auf, Herr!‹ rief der Knecht, ›der Schimmel ist wie toll; die Zügel könnten reißen.‹ Hauke schlug die Arme um sein Weib. ›Bei Sonnenaufgang bin ich wieder da!‹

Schon war er auf sein Pferd gesprungen; das Tier stieg mit den Vorderhufen in die Höhe; dann gleich einem Streithengst, der sich in die Schlacht stürzt, jagte es mit seinem Reiter die Werfte hinunter, in Nacht und Sturmgeheul hinaus. ›Vater, mein Vater!‹ schrie eine klägliche Kinderstimme hinter ihm darein; ›mein lieber Vater!‹

Wienke war im Dunkeln hinter dem Fortjagenden hergelaufen; aber schon nach hundert Schritten strauchelte sie über einen Erdhaufen und fiel zu Boden.

Der Knecht Iven Johns brachte das weinende Kind der Mutter zurück; die lehnte am Stamme der Esche, deren Zweige über ihr die Luft peitschten, und starrte wie abwesend in die Nacht hinaus, in der ihr Mann verschwunden war; wenn das Brüllen des Sturmes und das ferne Klatschen des Meeres einen Augenblick aussetzten, fuhr sie wie in Schreck zusammen; ihr war jetzt, als suche alles nur ihn zu verderben und werde jäh verstummen, wenn es ihn gefaßt habe. Ihre Knie zitterten, ihre Haare hatte der Sturm gelöst und trieb damit sein Spiel. ›Hier ist das Kind, Frau!‹ schrie John ihr zu; ›haltet es fest!‹ und drückte die Kleine der Mutter in den Arm.

›Das Kind? – Ich hatte dich vergessen, Wienke!‹ rief sie; ›Gott verzeih mir's.‹ Dann hob sie es an ihre Brust, so fest nur Liebe fassen kann, und stürzte mit ihr in die Knie. ›Herr Gott und du mein Jesus, laß uns nicht Witwe und Waise werden! Schütz ihn, o lieber Gott; nur du und ich, wir kennen ihn allein!‹ Und der Sturm setzte nicht mehr aus; es tönte und donnerte, als solle die ganze Welt in ungeheuerem Hall und Schall zugrunde gehen.

›Geht in das Haus, Frau!‹ sagte John; ›kommt!‹ Und er half ihnen auf und leitete die beiden in das Haus und in die Stube.

– – Der Deichgraf Hauke Haien jagte auf seinem Schimmel dem Deiche zu. Der schmale Weg war grundlos; denn die Tage vorher war unermeßlicher Regen gefallen; aber der nasse saugende Klei schien gleichwohl die Hufen des Tieres nicht zu halten, es war, als hätte es festen Sommerboden unter sich. Wie eine wilde Jagd trieben die Wolken am Himmel; unten lag die weite Marsch wie eine unerkennbare, von unruhigen Schatten erfüllte Wüste; von dem Wasser hinter dem Deiche, immer ungeheurer, kam ein dumpfes Tosen, als müsse es alles andere verschlingen. ›Vorwärts, Schimmel!‹ rief Hauke; ›wir reiten unseren schlimmsten Ritt!‹

Da klang es wie ein Todesschrei unter den Hufen seines Rosses. Er riß den Zügel zurück; er sah sich um: ihm zur Seite dicht über dem Boden, halb fliegend, halb vom Sturme geschleudert, zog eine Schar von weißen Möwen, ein höhnisches Gegacker ausstoßend; sie suchten Schutz im Lande. Eine von ihnen – der Mond schien flüchtig durch die Wolken – lag am Weg zertreten: dem Reiter war's, als flattere ein rotes Band an ihrem Halse. ›Claus!‹ rief er. ›Armer Claus!‹

War es der Vogel seines Kindes? Hatte er Roß und Reiter erkannt und sich bei ihnen bergen wollen? – Der Reiter wußte es nicht. ›Vorwärts!‹ rief er wieder, und schon hob der Schimmel zu neuem Rennen seine Hufe, da setzte der Sturm plötzlich aus, eine Totenstille trat an seine Stelle; nur eine Sekunde lang, dann kam er mit erneuter Wut zurück; aber Menschenstimmen und verlorenes Hundegebell waren inzwischen an des Reiters Ohr geschlagen, und als er rückwärts nach seinem Dorf den Kopf wandte, erkannte er in dem Mondlicht, das hervorbrach, auf den Werften und vor den Häusern Menschen an hochbeladenen Wagen umherhantierend; er sah, wie im Fluge, noch andere Wagen eilend nach der Geest hinauffahren; Gebrüll von Rindern traf sein Ohr, die aus den warmen Ställen nach dort hinaufgetrieben wurden. ›Gott Dank! sie sind dabei, sich und ihr Vieh zu retten!‹ rief es in ihm; und dann mit einem Angstschrei: ›Mein Weib! Mein Kind! – Nein, nein; auf unsere Werfte steigt das Wasser nicht!‹

Aber nur ein Augenblick war es; nur wie eine Vision flog alles an ihm vorbei.

Eine furchtbare Böe kam brüllend vom Meer herüber, und ihr entgegen stürmten Roß und Reiter den schmalen Akt zum Deich hinan. Als sie oben waren, stoppte Hauke mit Gewalt sein Pferd. Aber wo war das Meer? Wo Jeverssand? Wo blieb das Ufer drüben? – Nur Berge von Wasser sah er vor sich, die dräuend gegen den nächtlichen Himmel stiegen, die in der furchtbaren Dämmerung sich über einander zu türmen suchten und über einander gegen das feste Land schlugen. Mit weißen Kronen kamen sie daher, heulend, als sei in ihnen der Schrei alles furchtbaren Raubgetiers der Wildnis. Der Schimmel schlug mit den Vorderhufen und schnob mit seinen Nüstern in den Lärm hinaus; den Reiter aber wollte es überfallen, als sei hier alle Menschenmacht zu Ende; als müsse jetzt die Nacht, der Tod, das Nichts hereinbrechen.

Doch er besann sich: es war ja Sturmflut; nur hatte er sie selbst noch nimmer so gesehen; sein Weib, sein Kind, sie saßen sicher auf der hohen Werfte, in dem festen Hause; sein Deich aber – und wie ein Stolz flog es ihm durch die Brust – der Hauke-

Haien-Deich, wie ihn die Leute nannten, der mochte jetzt beweisen, wie man Deiche bauen müsse!

Aber – was war das? – Er hielt an dem Winkel zwischen beiden Deichen; wo waren die Leute, die er hierher gestellt, die hier die Wacht zu halten hatten? – Er blickte nach Norden den alten Deich hinauf; denn auch dorthin hatte er einzelne beordert. Weder hier noch dort vermochte er einen Menschen zu erblicken; er ritt ein Stück hinaus, aber er blieb allein; nur das Wehen des Sturmes und das Brausen des Meeres bis aus unermessener Ferne schlug betäubend an sein Ohr. Er wandte das Pferd zurück; er kam wieder zu der verlassenen Ecke und ließ seine Augen längs der Linie des neuen Deiches gleiten; er erkannte deutlich: langsamer, weniger gewaltig rollten hier die Wellen heran; fast schien's, als wäre dort ein ander Wasser. ›Der soll schon stehen!‹ murmelte er, und wie ein Lachen stieg es in ihm herauf.

Aber das Lachen verging ihm, als seine Blicke weiter an der Linie seines Deiches entlang glitten: an der Nordwestecke – was war das dort? Ein dunkler Haufen wimmelte durcheinander; er sah, wie es sich emsig rührte und drängte – kein Zweifel, es waren Menschen! Was wollten, was arbeiteten die jetzt an seinem Deich? – Und schon saßen seine Sporen dem Schimmel in den Weichen, und das Tier flog mit ihm dahin; der Sturm kam von der Breitseite; mitunter drängten die Böen so gewaltig, daß sie fast vom Deiche in den neuen Koog hinabgeschleudert wären; aber Roß und Reiter wußten, wo sie ritten. Schon gewahrte Hauke, daß wohl ein paar Dutzend Menschen in eifriger Arbeit dort beisammen seien, und schon sah er deutlich, daß eine Rinne quer durch den neuen Deich gegraben war. Gewaltsam stoppte er sein Pferd: ›Halt!‹ schrie er; ›halt! Was treibt ihr hier für Teufelsunfug?‹

Sie hatten in Schreck die Spaten ruhen lassen, als sie auf einmal den Deichgraf unter sich gewahrten; seine Worte hatte der Sturm ihnen zugetragen, und er sah wohl, daß mehrere ihm zu antworten strebten; aber er gewahrte nur ihre heftigen Gebärden; denn sie standen alle ihm zur Linken, und was sie sprachen, nahm der Sturm hinweg, der hier draußen jetzt die Menschen mitunter wie im Taumel gegeneinander warf, so daß sie sich dicht zusammenscharten. Hauke maß mit seinen raschen Augen die gegrabene Rinne und den Stand des Wassers, das, trotz des neuen Profiles, fast an die Höhe des Deichs hinaufklatschte und Roß und Reiter überspritzte. Nur noch zehn Minuten Arbeit – er sah es wohl –, dann brach die Hochflut durch die Rinne, und der Hauke-Haien-Koog wurde vom Meer begraben!

Der Deichgraf winkte einen der Arbeiter an die andere Seite seines Pferdes. ›Nun, so sprich!‹ schrie er, ›was treibt ihr hier, was soll das heißen?‹

Und der Mensch schrie dagegen: ›Wir sollen den neuen Deich durchstechen, Herr, damit der alte Deich nicht bricht!‹

›Was sollt ihr?‹

– ›Den neuen Deich durchstechen!‹

›Und den Koog verschütten? – Welcher Teufel hat euch das befohlen?‹

›Nein, Herr, kein Teufel; der Gevollmächtigte Ole Peters ist hier gewesen, der hat's befohlen!‹

Der Zorn stieg dem Reiter in die Augen. ›Kennt ihr mich?‹ schrie er. ›Wo ich bin, hat Ole Peters nichts zu ordinieren! Fort mit euch! An eure Plätze, wo ich euch hingestellt!‹

Und da sie zögerten, sprengte er mit seinem Schimmel zwischen sie: ›Fort, zu euerer oder des Teufels Großmutter!‹

›Herr, hütet Euch!‹ rief einer aus dem Haufen und stieß mit seinem Spaten gegen das wie rasend sich gebärdende Tier, ein anderer stürzte zu Boden. Da plötzlich erhob sich ein Schrei aus dem übrigen Haufen, ein Schrei, wie ihn nur die Todesangst einer Menschenkehle zu entreißen pflegt; einen Augenblick war alles, auch der Deichgraf und der Schimmel, wie gelähmt; nur ein Arbeiter hatte gleich einem Wegweiser seinen Arm gestreckt; der wies nach der Nordwestecke der beiden Deiche, dort wo der neue auf den alten stieß. Nur das Tosen des Sturmes und das Rauschen des Wassers war zu hören. Hauke drehte sich im Sattel: was gab das dort? Seine Augen wurden groß. ›Herr Gott! Ein Bruch! Ein Bruch im alten Deich!‹

›Euere Schuld, Deichgraf!‹ schrie eine Stimme aus dem Haufen. ›Euere Schuld! Nehmt's mit vor Gottes Thron!‹

Haukes zornrotes Antlitz war totenbleich geworden; der Mond, der es beschien, konnte es nicht bleicher machen; seine Arme hingen schlaff, er wußte kaum, daß er den Zügel hielt. Aber auch das war nur ein Augenblick; schon richtete er sich auf, ein hartes Stöhnen brach aus seinem Munde; dann wandte er stumm sein Pferd, und der Schimmel schnob und raste ostwärts auf dem Deich mit ihm dahin. Des Reiters Augen flogen scharf nach allen Seiten; in seinem Kopfe wühlten die Gedanken: Was hatte er für Schuld vor Gottes Thron zu tragen? – Der Durchstich des neuen Deichs – vielleicht, sie hätten's fertiggebracht, wenn er sein Halt nicht gerufen hätte; aber – es war noch eins, und es schoß ihm heiß zu Herzen, er wußte es nur zu gut – im vorigen Sommer, hätte damals Ole Peters' böses Maul ihn nicht zurückgehalten – da lag's! Er allein hatte die Schwäche des alten Deichs erkannt; er hätte trotz alledem das neue Werk betreiben müssen. ›Herr Gott, ja, ich bekenn es‹, rief er plötzlich laut in den Sturm hinaus, ›ich habe meines Amtes schlecht gewaltet!‹

Zu seiner Linken, dicht an des Pferdes Hufen, tobte das Meer; vor ihm, und jetzt in voller Finsternis, lag der alte Koog mit seinen Werften und heimatlichen Häusern; das bleiche Himmelslicht war völlig ausgetan; nur von einer Stelle brach ein Lichtschein durch das Dunkel. Und wie ein Trost kam es an des Mannes Herz; es mußte von seinem Haus herüber scheinen, es war ihm wie ein Gruß von Weib und Kind. Gottlob, sie saßen sicher auf der hohen Werfte! Die andern, gewiß, sie waren schon im Geestdorf droben; von dorther schimmerte so viel Lichtschein, wie er niemals noch gesehen hatte; ja selbst hoch oben aus der Luft, es mochte wohl vom Kirchturm sein, brach solcher in die Nacht hinaus. ›Sie werden alle fort sein, alle!‹ sprach Hauke bei sich selber; ›freilich auf mancher Werfte wird ein Haus in Trümmern liegen, schlechte Jahre werden für die überschwemmten Fennen kommen, Siele und Schleusen zu reparieren sein! Wir müssen's tragen, und ich will helfen, auch denen, die mir Leids getan; nur, Herr, mein Gott, sei gnädig mit uns Menschen!‹

Da warf er seine Augen seitwärts nach dem neuen Koog; um ihn schäumte das Meer; aber in ihm lag es wie nächtlicher Friede. Ein unwillkürliches Jauchzen brach aus des Reiters Brust: ›Der Hauke-Haien-Deich, er soll schon halten; er wird es noch nach hundert Jahren tun!‹

Ein donnerartiges Rauschen zu seinen Füßen weckte ihn aus diesen Träumen; der Schimmel wollte nicht mehr vorwärts. Was war das? – Das Pferd sprang zurück, und er fühlte es, ein Deichstück stürzte vor ihm in die Tiefe. Er riß die Augen auf und schüttelte alles Sinnen von sich: er hielt am alten Deich, der Schimmel hatte mit den Vorderhufen schon darauf gestanden. Unwillkürlich riß er das Pferd zurück; da flog der letzte Wolkenmantel von dem Mond, und das milde Gestirn beleuchtete den Graus, der schäumend, zischend vor ihm in die Tiefe stürzte, in den alten Koog hinab.

Wie sinnlos starrte Hauke darauf hin; eine Sündflut war's, um Tier und Menschen zu verschlingen. Da blinkte wieder ihm der Lichtschein in die Augen; es war derselbe, den er vorhin gewahrt hatte; noch immer brannte der auf seiner Werfte; und als er jetzt ermutigt in den Koog hinabsah, gewahrte er wohl, daß hinter dem sinnverwirrenden Strudel, der tosend vor ihm hinabstürzte, nur noch eine Breite von etwa hundert Schritten überflutet war; dahinter konnte er deutlich den Weg erkennen, der vom Koog heranführte. Er sah noch mehr: ein Wagen, nein, eine zweiräderige Karriole kam wie toll gegen den Deich herangefahren; ein Weib, ja auch ein Kind saßen darin. Und jetzt – war das nicht das kreischende Gebell eines kleinen Hundes, das im Sturm vorüberflog? Allmächtiger Gott! Sein Weib, sein Kind waren es; schon kamen sie dicht heran, und die schäumende Wassermasse drängte auf sie zu. Ein Schrei, ein Verzweiflungsschrei brach aus der Brust des Reiters. ›Elke!‹ schrie er; ›Elke! Zurück! Zurück!‹

Aber Sturm und Meer waren nicht barmherzig, ihr Toben zerwehte seine Worte; nur seinen Mantel hatte der Sturm erfaßt, es hätte ihn bald vom Pferd herabgerissen; und das Fuhrwerk flog ohne Aufenthalt der stürzenden Flut entgegen. Da sah er, daß das Weib wie gegen ihn hinauf die Arme streckte: Hatte sie ihn erkannt? Hatte die Sehnsucht, die Todesangst um ihn sie aus dem sicheren Haus getrieben? Und jetzt – rief sie ein letztes Wort ihm zu? – Die Fragen fuhren durch sein Hirn; sie blieben ohne Antwort: von ihr zu ihm, von ihm zu ihr waren die Worte all verloren: nur ein Brausen wie vom Weltenuntergang füllte ihre Ohren und ließ keinen andern Laut hinein.

›Mein Kind! O Elke, o getreue Elke!‹ schrie Hauke in den Sturm hinaus. Da sank aufs neue ein großes Stück des Deiches vor ihm in die Tiefe, und donnernd stürzte das Meer sich hintendrein; noch einmal sah er drunten den Kopf des Pferdes, die Räder des Gefährtes aus dem wüsten Greuel emportauchen und dann quirlend darin untergehen. Die starren Augen des Reiters, der so einsam auf dem Deiche hielt, sahen weiter nichts. ›Das Ende!‹ sprach er leise vor sich hin; dann ritt er an den Abgrund, wo unter ihm die Wasser, unheimlich rauschend, sein Heimatsdorf zu überfluten begannen; noch immer sah er das Licht von seinem Hause schimmern; es war ihm wie entseelt.

Er richtete sich hoch auf und stieß dem Schimmel die Sporen in die Weichen; das Tier bäumte sich, es hätte sich fast überschlagen; aber die Kraft des Mannes drückte es herunter. ›Vorwärts!‹ rief er noch einmal, wie er es so oft zum festen Ritt gerufen hatte. ›Herr Gott, nimm mich; verschon die andern!‹

Noch ein Sporenstich; ein Schrei des Schimmels, der Sturm und Wellenbrausen überschrie; dann unten aus dem hinabstürzenden Strom ein dumpfer Schall, ein kurzer Kampf.

Der Mond sah leuchtend aus der Höhe; aber unten auf dem Deiche war kein Leben mehr, als nur die wilden Wasser, die bald den alten Koog fast völlig überflutet hatten. Noch immer aber ragte die Werfte von Hauke Haiens Hofstatt aus dem Schwall hervor, noch schimmerte von dort der Lichtschein, und von der Geest her, wo die Häuser allmählich dunkel wurden, warf noch die einsame Leuchte aus dem Kirchturm ihre zitternden Lichtfunken über die schäumenden Wellen.«

*

Der Erzähler schwieg; ich griff nach dem gefüllten Glase, das seit lange vor mir stand; aber ich führte es nicht zum Munde; meine Hand blieb auf dem Tische ruhen.

»Das ist die Geschichte von Hauke Haien«, begann mein Wirt noch einmal, »wie ich sie nach bestem Wissen nur berichten konnte. Freilich, die Wirtschafterin unseres Deichgrafen würde sie Ihnen anders erzählt haben; denn auch das weiß man zu berichten: jenes weiße Pferdsgerippe ist nach der Flut wiederum, wie vormals, im Mondschein auf Jevershallig zu sehen gewesen; das ganze Dorf will es gesehen haben. – So viel ist sicher: Hauke Haien mit Weib und Kind ging unter in dieser Flut; nicht einmal ihre Grabstätte hab ich droben auf dem Kirchhof finden können; die toten Körper werden von dem abströmenden Wasser durch den Bruch ins Meer hinausgetrieben und auf dessen Grunde allmählich in ihre Urbestandteile aufgelöst sein – so haben sie Ruhe vor den Menschen gehabt. Aber der Hauke-Haien-Deich steht noch jetzt nach hundert Jahren, und wenn Sie morgen nach der Stadt reiten und die halbe Stunde Umweg nicht scheuen wollen, so werden Sie ihn unter den Hufen Ihres Pferdes haben.

Der Dank, den einstmals Jewe Manners bei den Enkeln seinem Erbauer versprochen hatte, ist, wie Sie gesehen haben, ausgeblieben; denn so ist es, Herr: dem Sokrates gaben sie ein Gift zu trinken, und unsern Herrn Christus schlugen sie an das Kreuz! Das geht in den letzten Zeiten nicht mehr so leicht; aber – einen Gewaltsmenschen oder einen bösen stiernackigen Pfaffen zum Heiligen, oder einen tüchtigen Kerl, nur weil er uns um Kopfeslänge überwachsen war, zum Spuk und Nachtgespenst zu machen – das geht noch alle Tage.«

Als das ernsthafte Männlein das gesagt hatte, stand es auf und horchte nach draußen. »Es ist dort etwas anders worden«, sagte er und zog die Wolldecke vom Fenster; es war heller Mondschein. »Seht nur«, fuhr er fort, »dort kommen die Gevollmächtigten zurück; aber sie zerstreuen sich, sie gehen nach Hause; – drüben am andern Ufer muß ein Bruch geschehen sein; das Wasser ist gefallen.«

Ich blickte neben ihm hinaus; die Fenster hier oben lagen über dem Rand des Deiches; es war, wie er gesagt hatte. Ich nahm mein Glas und trank den Rest. »Haben Sie Dank für diesen Abend!« sagte ich; »ich denk, wir können ruhig schlafen!«

»Das können wir«, entgegnete der kleine Herr; »ich wünsche von Herzen eine wohlschlafende Nacht!«

– – Beim Hinabgehen traf ich unten auf dem Flur den Deichgrafen; er wollte noch eine Karte, die er in der Schenkstube gelassen hatte, mit nach Hause nehmen. »Alles vorüber!« sagte er. »Aber unser Schulmeister hat Ihnen wohl schön was weisgemacht; er gehört zu den Aufklärern!«

– »Er scheint ein verständiger Mann!«

»Ja, ja, gewiß; aber Sie können Ihren eigenen Augen doch nicht mißtrauen; und drüben an der andern Seite, ich sagte es ja voraus, ist der Deich gebrochen!«

Ich zuckte die Achseln: »Das muß beschlafen werden! Gute Nacht, Herr Deichgraf!«

Er lachte: »Gute Nacht!«

– – Am andern Morgen, beim goldensten Sonnenlichte, das über einer weiten Verwüstung aufgegangen war, ritt ich über den Hauke-Haien-Deich zur Stadt hinunter.

ANHANG

DATEN ZU LEBEN UND WERK

Elternhaus, Vorfahren, Schule und Studium (1817–1842)

1817 Hans Theodor Woldsen Storm wird am 14. September in Husum, Markt 9, als Sohn des Rechtsanwalts Johann Casimir Storm (1790–1874) geboren; Mutter: Lucie, geb. Woldsen (1797–1879).

1821 Umzug in das Haus der Großeltern Woldsen, Hohle Gasse 3.

1826 Theodor tritt in die Quarta der Husumer Gelehrtenschule ein.

1833 Erstes Gedicht: »An Emma«.

1834 Erste Gedichtveröffentlichung »Sängers Abendlied« im Husumer Wochenblatt vom 27. Juli 1834.

1835 Im Herbst Umschulung in die Prima des Katharineums in Lübeck; dort Freundschaft mit Ferdinand Röse, der ihn mit Goethes »Faust« und der Lyrik Heines und Eichendorffs bekannt macht.

1837 Beginn des Jura-Studiums in Kiel; Storm schreibt ein Märchen und Gedichte für Bertha von Buchan; Verlobung mit der 17jährigen Emma Kühl von Föhr.

1838 Entlobung; Studium in Berlin, Bildungsreise nach Dresden. Veröffentlichung von Gedichten in den »Neuen Pariser Modeblättern«.

1839 Rückkehr zur Universität Kiel; Freundschaft mit Theodor und Tycho Mommsen.

1842 Bertha von Buchan weist Theodors Heiratsantrag zurück. Juristisches Staatsexamen in Kiel. Beginn der Sammlung von Sagen und Reimen aus Schleswig-Holstein. Seit Herbst lebt Theodor wieder in Husum.

Als Rechtsanwalt in Husum (1843–1852)

1843 Zunächst arbeitet Storm in der väterlichen Kanzlei; Anfang des Jahres eröffnet er eine eigene Rechtsanwaltskanzlei; Gründung eines gemischten Gesangvereins. Veröffentlichungen im

»Volksbuch auf das Jahr 1844« und im »Liederbuch dreier Freunde«.

1844 Verlobung mit seiner Cousine Constanze Esmarch, Tochter des Bürgermeisters von Segeberg. Teilnahme am Nordfriesenfest in Bredstedt.

1845 Einzug in das Haus Neustadt 56. Karl Müllenhoff gibt die Sagensammlung mit vielen Beiträgen von Storm zum Druck.

1846 Eheschließung mit Constanze. Weitere Arbeiten für die »Volksbücher«.

1847 Liebesverhältnis zu Dorothea Jensen, leidenschaftliche Liebesgedichte, z.B. »Rote Rosen«; »Marthe und ihre Uhr« im »Volksbuch« veröffentlicht.

1849 Storm engagiert sich für die nationale Unabhängigkeit Schleswig-Holsteins; »Immensee« (1. Fassung).

1850 Niederlage der Schleswig-Holsteiner bei Idstedt; Beschießung von Friedrichstadt.

1852 Storms Bestallung als Rechtsanwalt wird kassiert; er ist nicht bereit, eine Loyalitätserklärung gegenüber der Dänischen Krone abzugeben. Stellungssuche, erste Reise nach Berlin. Mit der Veröffentlichung der 2. Fassung von »Immensee« wird Storm im deutschsprachigen Kulturraum als Dichter bekannt. Die erste Sammlung seiner »Gedichte« erscheint.

Im preußischen Exil (1853–1864)

1853 Storm bemüht sich in Berlin um eine Stelle im preußischen Justizdienst; schließlich wird er zum preußischen Gerichtsassessor (zunächst ohne Gehalt) ernannt; Wohnung in Potsdam. Storm schließt sich dem »Tunnel über der Spree« an. Bekanntschaft mit Fontane, Paul Heyse, Franz Kugler, Friedrich Eggers u.a.

1854 Gedicht »Für meine Söhne«, Novelle »Im Sonnenschein«.

1855 Besuch bei Eduard Mörike in Stuttgart.

1856 Freundschaft mit dem »Immensee«-Illustrator Ludwig Pietsch; Ernennung zum Kreisrichter in Heiligenstadt; Übersiedlung nach Thüringen.

1859 In Heiligenstadt entstehen bedeutende Erzählungen, so die Novellen »Auf dem Staatshof« und »Veronika«, in denen Storm seine zunehmend kritische gesellschaftspolitische Position darstellt.

1862 »Knecht Ruprecht«; neben der Novelle »Im Schloß«, in der er seine demokratische Gesinnung veranschaulicht, konzipiert Storm eine Reihe von Märchen (»Bulemanns Haus«, »Die Regentrude«, »Der Spiegel des Cyprianus«).

1864 In Folge des Deutsch-Dänischen Krieges besiegen preußisch-österreichische Truppen die Dänen. Storm wird zum Landvogt des Kreises Husum gewählt; er scheidet aus dem preußischen Staatsdienst aus und kehrt nach Husum zurück.

Landvogt und Amtsrichter in Husum (1864–1880)

1864 Im März tritt Storm sein Landvogt-Amt in Husum an.

1865 Tod Constanzes. Gedichtzyklus »Tiefe Schatten«; Novelle »Von Jenseits des Meeres«. Reise nach Baden-Baden zu Iwan Turgenjew.

1866 Vermählung mit Dorothea Jensen; Umzug in das Haus Wasserreihe 31.

1868 Nach Aufhebung des Amtes des Landvogts wird Storm preußischer Amtsrichter; die erste Auflage der »Sämmtlichen Schriften« erscheint.

1870 Storm stellt das »Hausbuch aus deutschen Dichtern seit Claudius. Eine kritische Anthologie« zusammen. Freundschaft mit dem Illustrator Hans Speckter.

1872 »Draußen im Heidedorf« (erste Novelle, die sich »aus den vorgetragenen Tatsachen« entwickelt); Reise nach Leopoldskron bei Salzburg zum österreichischen Politiker und Schriftsteller Julius Schindler, der unter dem Namen Julius von der Traun Erzählungen veröffentlichte.

1874 Ernennung zum Oberamtsrichter; »Pole Poppenspäler« entsteht als Auftragsarbeit; es handelt sich um Storms einzige eigens für die Jugend geschriebene Erzählung.

1876 »Aquis submersus«; »Meine Erinnerungen an Eduard Mörike«.

1877 Beginn der Freundschaft und des Briefwechsels mit Gottfried Keller und mit dem Literaturprofessor Erich Schmidt; »Carsten Curator«. Storms Novellistik entwickelt sich in Richtung kompromißloser Realistik.

1878 In der Novelle »Renate« thematisiert Storm gesellschaftspolitische Veränderungen seiner Zeit im Gewand der Geschichtserzählung (Chroniknovelle).

1879 Gedicht »Geh nicht hinein«.

1880 Storm wird auf eigenen Wunsch pensioniert und beschließt, mit seiner Familie Husum zu verlassen.

Alter in Hademarschen (1880–1888)

1880 Umzug nach Hademarschen, um »als Poet noch eine neue Periode zu beginnen«; Neubau einer großzügigen Villa; »Die Söhne des Senators«.

1881 An Gottfried Keller schreibt Storm: »Die ›Novelle‹ ist die strengste und geschlossenste Form der Prosa-Dichtung, die Schwester des Dramas.«

1881/1882 Mit seinen Erzählungen »Der Herr Etatsrat« und »Hans und Heinz Kirch« setzt Storm die Kritik am Bürgertum der Gründerzeit fort und thematisiert den Verfall der Familie.

1884 »Zur Chronik von Grieshuus«; Festbankett in Berlin zu Ehren Storms.

1885 »John Riew'. Ein Fest auf Haderslevhuus«.

1886 Reise nach Weimar zur Jahresversammlung der »Goethe-Gesellschaft«; Beginn der Arbeit am »Schimmelreiter«. Schwere Krankheit.

1887 »Bötjer Basch«; »Ein Doppelgänger«; »Ein Bekenntnis«; Reise nach Sylt; »Sylter Novelle« (Fragment). Zur Feier seines 70. Geburtstags wird der Dichter in ganz Deutschland geehrt.

1888 Vollendung der Novelle »Der Schimmelreiter«; Tod Storms am 4. Juli; Beisetzung am 7. Juli in der Familiengruft auf dem Husumer St. Jürgen-Friedhof.